庆祝建党100周年长篇精品丛书

檀河谣

鸿琳 著

海峡出版发行集团 | 海峡书局

目录

引　子	1
第一章	16
第二章	36
第三章	59
第四章	78
第五章	108
第六章	127
第七章	141
第八章	153
第九章	170
第十章	182

第十一章	203
第十二章	213
第十三章	231
第十四章	244
第十五章	260
第十六章	270

引子

在李瞎子到来之前，檀河镇的人是不唱曲只讲古的。上了年纪的人肚子里都有许多故事，那些故事在肚子里装久了，就会像酒缸里发酵起来的酒，"咕嘟咕嘟"往外冒，就得与人说。

夏夜的时候，石拱桥头的老樟树下坐满乘凉听古的人。早早会有人在河边烧起一堆熏蚊虫的辣蓼，一股浓浓的辛辣味儿就顺着檀河水飘荡。男人喜欢打赤膊，穿个大裤衩或裹个抿裆裤，女人则爱套件松松垮垮的织布衫。只有小孩儿闲不住，排排坐在河岸边的麻石板上，将脚丫伸进水里，"扑通扑通"地踢起一河细碎的粼光。

会讲古的嘴皮溜，想象力也丰富，一些故事经过他们不断的演绎和添油加醋，会让人生出好多想象来。男人们边听边在大腿上搓根辣子烟，咬在嘴上"吧唧吧唧"吸，眼睛却跟着那些摇着蒲扇的女人骨碌碌地转，肆无忌惮地评论着哪家女人的

胸脯大，哪家女人的胸脯小，常常惹得一些女人挥着蒲扇上前来扑打。在嘻嘻哈哈打闹中有些汉子就会趁机在有些女人晃晃荡荡的胸脯上抓上一把，女人嘴里骂着"你妈×的，敢食我豆腐"！心里却麻酥酥得偷偷发笑。讲古的人这时就吸烟，就吃茶，等他们打闹完了继续讲。当然讲得最多的除了妖魔鬼怪，就是男女裤裆里那点事，讲古的人又会搞气氛，经常一惊一乍、声情并茂，话又说得露骨，常常让一些女人听得脸热心跳，男人们更是大腿根一阵阵鼓胀起来。有些胆大的汉子就瞄上春心荡漾的女子，散伙时跟进小巷子里用些荤话撩拨，甚至还动手动脚，有些经不住的女人就让得了手。都说世上没有不透风的墙，更何况在檀河镇这鼻屎般大的地方。于是乎，大清早的常能看见街上两个女人撸裆拍腚，跳着脚对骂，或者两个汉子驮刀持斧，打出人脑屎的事来。

　　其实李瞎子到镇上时并不瞎，只是一条腿瘸得厉害，拄着根打狗棍走在铺着鹅卵石的街巷里一蹦一跳，样子十分滑稽可笑。额头上又有个小酒盅大的疤，那疤呈红褐色，往里凹陷着，直贯脑门顶，像开了一条沟，平时遮在乱蓬蓬的长发下面，不容易让人看见而已。那年头，兵荒马乱的，逃荒乞食的人很多，人们对李瞎子也没多少在意，直到他站在人家门口拍着竹筒唱曲乞食时，大家才注意到他和别的乞食佬不一样。先前的乞食佬也有打竹板的，也有拉二胡的，但像李瞎子这样拍着个竹筒唱曲的是头一个。李瞎子那竹筒有两尺多长，去了青皮上了桐油，筒口蒙着一层抛了光的水牛皮。唱曲的时候，将竹筒斜斜夹在左腋下，另一只巴掌在牛皮面上有节奏地拍打，声音在竹筒里产生共鸣，发出低沉柔和的"嘣，嘣嘣；嘣，嘣嘣"的声响，似鼓非鼓。谁也说不清那是个什么乐器，都感到很新奇。更让镇上人惊奇的是李瞎子能现编现唱，那曲调抑扬顿挫又婉转押韵，与长声吆吆的客家山歌比起来更富有节奏感，听起来别有一番味道。当时李瞎子也不叫李瞎子，镇上的人都叫他"乞食佬"或"唱曲佬"。

别的乞食佬走街过巷，这个村子进那个村子出，像无根的浮萍四处飘。可这个不知从哪冒出来的李瞎子到了镇上就赖着不走了，住在檀河边的伊公庙里，靠唱曲为生。那时红军走了，镇上的国军和民团到处搜捕失散的红军和游击队员，土堡外的火烧坪上隔三岔五就有人被砍头。有人就怀疑李瞎子可能是受伤失散的红军，将他捉进区公所盘问。可李瞎子一身又脏又臭，蓬头垢面，说三不对两，连捉他想领赏的团丁都认为这样的癫子要是红军那才是老天开了眼。这样的乞食佬在镇上多一个不多，少一个不少，于是也就没再将他当一回事。但这个乞食佬平时疯疯癫癫，一唱起曲来倒有板有眼，让人耳目一新，给小镇人平庸、呆板的生活添了不少的乐趣。后来，镇上有红白喜事也会请李瞎子去唱。李瞎子很能来事，喜事他唱乐，丧事他唱悲，唱多了，名声渐渐大了起来，有吃有喝，东家还能封个把红包给他。人们在树下听古时，有时也会让李瞎子唱上一曲。讲古是要人听的，听的人越多，讲古的人就越起劲，但也不是所有的故事都能吸引人，有些也乏味，这时就有人叫："唱曲

佬，唱段来听。"这时的李瞎子一般都是很安静地坐在一个背光的角落里，不说话也不走动，许多人就起哄要李瞎子唱他编的《讲古歌》。李瞎子在小镇人面前是没有什么尊严的，也没资格与人争短长，人家让他唱，他不敢不唱。于是依旧坐在背光的角落里，抱起那个磨得油光滑亮的竹筒，巴掌在牛皮面上"嘣嘣"打响节奏，然后清清喉咙，就张了口：

讲古歌来讲古歌，问你讲古讲几多？一个子俚（孩子）十八岁，讨个妇娘八十多。高山顶上涨大水，坑头坑尾旱死禾。烂泥田里挖冬笋，火烧山上捡田螺。公公出世子安名，嬷嬷（奶奶）归亲孙打锣。灯芯拿来撬石板，鸭蛋捡来打铜锣。桅杆顶上拉泡尿，涨满九十九条河。上厅瞎子会写字，下厅哑巴唱山歌。昨日生下小牛崽，今日重来三百多。今朝买来小鸡婆，明日生蛋两米箩。

李瞎子唱完，就会惹来许多笑声，那笑声顺着汤汤檀河水飘出老远。

李瞎子的眼睛是小镇快解放时被土匪拍瞎的。那时土匪闹得凶，光天化日就敢跑到镇上来抢妇女，劫财物。走纸厂的王木佬说，那日一早他起来担水，经过伊公庙时想去看一下李瞎子起来没有，刚走进伊公庙，就见李瞎子昏死在血泊里，一对眼珠都被拍掉了，留下两个血淋淋的黑洞儿。那时土匪腰带上除了刀枪都还插着一根笛子长短的竹管，竹管有一端圈口削得很薄，就像一个环形的刃，锋利得很。土匪要害人时将竹管削薄的那端对着人的眼眶，然后在另一端猛拍一掌，被害人的眼珠子就滚落到竹管里了。镇上人都不清楚李瞎子怎么就得罪了土匪，但王木佬说："土匪要害人，还要什么理由？"大家想想也是，那些土匪个个穷凶极恶，杀人不眨眼，什么事做不出来？李瞎子打那时起就真正成了瞎子，原先额头上凹陷的疤加上两个黑洞洞的眼眶，整张脸就比鬼都更吓人了。谁家小儿哭闹，只要大人叫声"李瞎子来了"小儿即刻噤若寒蝉，大气都不敢出。李瞎子眼睛被拍瞎后在床上躺了两个月，突然有一天在伊公庙外又蹦又跳，根本就不像瘸脚的样。据说那天晴空万里，猛然天空一道霹雳，惊天动地，接着乌云翻滚，下起了倾盆大雨。李瞎子一会儿在大风大雨里手舞足蹈，一会儿驻足朝天口中念念有词，似乎在和天上的神灵隔空对话。大家都说是庙里的伊公尊王显灵。说也奇怪，自那天起，李瞎子就无师自通干起了算命的行当，而且说得头头是道。李瞎子帮人算命也唱曲，也拍竹筒，拍两声，唱两句，再拍两声，再唱两句，曲调抑扬顿挫，请他算命的人得竖着耳朵仔细听。当时李瞎子的算命摊就摆在石拱桥头的老樟树下，进镇子的人一下桥第一眼就看到那杆画着八卦太极图的布幡在风中飘摇。李瞎子眼瞎了，耳朵却好使起来，时间长了，他听脚步声就能叫出人的名字来："天明狗，要去哪？""马木仔，看牛去啊。"……被叫的人八九不离十，大家都说奇了。王木佬每次从纸厂回来，人还在桥上，李瞎子就会打招呼："木佬，走厂转来了？"这让王木佬感到很邪门，李瞎子好像就看得见他似的。接着就解放了，政府提倡移风易俗，破除迷信，李瞎子不再给人算命了，但还唱曲，唱《解放区的天是明朗的天》，唱《东方红》，后来又唱大跃进、人民公社好，很有与时俱进的味道。

　　李瞎子之前是从来不讲古的，所以在小镇生活了几十年，除了说过他姓李，至于叫什么名字，哪里人，他说他自己都记不清楚了。那时交通不便，镇上好多人一辈子都没走出过镇子，相隔几十里两个村子的人有的也一辈子没谋过面，几十年来也没见有人来找过他。当时的人命如草芥，何况是这么一个疯疯癫癫的乞食佬，也真没什么人会感兴趣。但李瞎子眼睛瞎掉后却讲了一个关于崖婆①精的故事，这让很多人感到意外。崖婆精的故事大致是这样：有天清早，李瞎子牵牛从一棵大树下经过，突然听得头上的树叶沙啦啦直响，他抬头朝树顶上一看，就见高高的树杈上蹲着一只大崖婆。那崖婆比他牵的牛还大，瞪着铜铃般的眼珠一动不动盯着他。他吓得魂都没了，牛也不要了，撒腿就朝山下跑。没跑几步，身后就呼拉拉扯起了大风，转头一看，那崖婆扑扇着翅膀从树上飞下来叼他。李瞎子说他当时吓得连滚带爬往山下跑，一不小心掉进了村里人捕野猪挖的陷阱里，被埋设的竹签扎透了大腿，戳伤了脑壳，从此落下瘸脚的毛病，以前的事也想不起来了。

　　崖婆精的故事是李瞎子唯一讲过的故事，但却遭到王木佬

---

① 崖婆：老鹰。

的强烈质疑，王木佬说李瞎子是胡说八道，崖婆再大也不可能有牛牸大！但李瞎子却坚持他说的是真话，没哄人。这是人们知道李瞎子唯一一次和人发生争执。镇上的人说他们两人为此结下了梁子，最后都死在了一把裁纸刀下。

关于李瞎子和王木佬的死，镇上流传着多个版本，有人说是李瞎子先捅了王木佬一刀，有人说是王木佬先捅了李瞎子一刀，还有的人说是两个活腻的人商量好的互杀，反正当人们发现他们时两个都死了。王木佬伏在板桌上睡着了一般。李瞎子背靠大樟树，睁着两个黑洞洞的眼，那一尺多长的裁纸刀就插在他的肚子上，血哗哗流了一地。但李瞎子没有一点痛苦，脸上反倒有一丝神秘的微笑，这让许多赶去看热闹的人感到很不可思议。

虽然李瞎子在我出生前早就死了，但他的故事却如绵延不断的檀河水在镇上流传，我最先听到关于李瞎子的故事是在小学一年级的时候，不久我就随着落实政策的父亲回到了省城。几十年后，我在闽西北一个叫凤凰山的村子里，又听到一个关于崖婆精的故事，这个故事除了结局别的和李瞎子讲过的几乎一模一样，这让我感到十分吃惊，我曾怀疑凤凰山那个见过崖婆精的人和李瞎子会不会是同一个人？但凤凰山那个见过崖婆精的人早在1934年的除夕夜就死了，而檀河镇讲崖婆精故事的李瞎子直到1960年才因和那个叫王木佬的人互杀而死。那年秋天我从凤凰山回来后又去了一趟阔别多年的檀河镇，这时的小镇已经没有原先的模样，土堡的高墙已经不见了，原先那屋脊高翘的封火屋早已被一栋栋钢筋水泥楼房代替。不过石拱桥还在，老樟树也还在，伊公庙依旧香火鼎盛，檀河水依旧清凌凌地流，但再也见不着讲古和听古的人。

关于凤凰山在这里我很必要进行一个详细的说明，因为在我这部小说里可以说它的重要性不亚于檀河镇，小说中很多故事的起因都发生在那里，并且它将会在我这部小说的叙述过程中不断出现。多年前，我读美国作家斯诺的《西行漫记》，记得他在叙述长征时曾明确写道："红军谈到它时，一般都叫'二万五千里长征'，从福建最远的地方开始，一直到遥远的陕西北部道路的尽头为止，其间迂回曲折、进进退退，因此有好些长征战士肯定走过的路程有那么长，甚至比这更长。"我对他这句话一直记忆犹新。我始终认为他提到这个"福建最远的地方"所指的就是宁化，它和长汀以及江西的瑞金、于都都是红军长征出发地，而位于宁化西部的凤凰山必然是举世闻名的二万五千里长征的一个始点。

那年秋天，作为研究中共党史的一名学者，为完成一个长征出发地调查的课题，我来到了闽西北这个叫凤凰山的村里。给我带路的是当地党史部门的干部马墩，马墩长得和他名字一样，矮矮墩墩，很壮实。他告诉我，他的老家就在凤凰山，村子之所以叫凤凰山是因为形状像只凤凰，他还煞有介事地指给我看，哪是头，哪是尾，哪是扑扇着的翅膀。可我站在山坡下看了半天，也看不出村子有哪点像凤凰，也许是我的眼拙。

村子是自上而下从半山腰往山脚延伸的，有百十户人家，那些古老的或者说是已经很破旧的木屋高高低低，七拱八翘，被层层叠叠的黑瓦覆盖着，整个村子呈现出一片黛青色。但是，当炊烟和雾气起来时，那片黛青色的屋顶上就漫上白茫茫的颜色。这时候看，村子就显得黑白层次分明，打底的黑色依旧呆板，而白色却是变化莫测——白雾笼罩的黑色屋顶上，袅袅升起的炊烟似乎都带着一丝热气，这些炊烟在没风的时候，细且直，宛如从白雾中搓出的一根根绳索，就像印度魔术通天绳般不断往天空升腾。风来的时候，炊烟就乱了，有的和瓦片上的雾气搅和在一起，有的碎成棉花状，纷纷扬扬在山野中随着白云飘荡。

村后是起伏的山脊，村里人称之为"后龙山"，那是众家的风水山。山上的树木是砍不得的，那些樟树、栲树、楮树、木荷、马尾松，还有毛竹，因此长得十分葱茏。但最显眼的算是那株比桶篁还大的枫树，没人能说清它长了多少年了，听村里的老人说他们打小就眸到枫树长那么高大了。树下设了"社公"，村里的人初一、十五都会去点烛上香，平日里哪家宰了猪也会提了猪舌和猪尾来供奉，并在社坛上压上洒了猪血的"花纸"，买了畜苗也到社坛前点烛燃香，祈求"社公"保佑血财兴旺。枫树应是受了村民的祀奉，枝繁叶茂，直入云霄，高出了其他树一大截。当

时秋意已很浓了，一树的枫叶红得十分耀眼，就像后龙山举起的一支火把，照亮了整个山村。

也就是那个时候，我听到了那个关于崖婆精的故事：有年早上，村里的李初一牵牛从树下过，那时的枫叶也红得出血，树叶"吧嗒吧嗒"掉下来，落雨一般，他抬头朝树顶上看了一眼，就见高高的树杈上蹲着一只崖婆，那崖婆比他牵的牛还大，瞪着铜铃大的眼珠一动不动盯着他。村里经常有崖婆从天上飞下来叼走畜禽，可他从来没有见过那么大的崖婆，顿时吓得魂都没了，牛也不要了，撒腿就朝山下跑。没跑几步，后面就呼拉拉扯起了大风，转头一看，那崖婆扑扇着翅膀从树上飞下来，两个翅膀张开有大门板宽，天都暗了一半。李初一那个吓啊，连滚带爬跑回家，一头栽在床上就起不来了。后来，李初一害了场重病，变得疯疯癫癫的，整天在老街上转悠，见人就说崖婆精的故事。村里的人说李初一是不小心冲撞了社公，看到了不该看的东西。那时李初一还年轻，他老婆请人抬了肥猪到枫树下杀，给"社公"点烛焚香，可无济于事。那年的除夕夜，在噼里啪啦的爆竹声中李初一失踪了，直到第二天早上，人们才发现他吊死在后龙山那棵大枫树上，舌头伸得老长。大家都说他被鬼寻着了，终究还是逃不脱。

李初一这个惊心动魄的经历我在马墩的爷爷嘴里得到证实。马墩的爷爷叫"妈三"，我怀疑这个发音有误，我觉得他应该叫"马三"，可马墩说，就是叫"妈三"。客家话里

"马"的发音是第四声，音同"骂"，我猜测可能是那发音太硬，不好听，"妈三"好叫，又柔软些。

马墩的爷爷回忆说，李初一被崖婆精吓傻那日就是红军离开村子那天，他记得十分清楚。那天下着密细雨子，凉风习习，整个村子人喊马叫乱成一团，军号一声比一声紧，吹得人心里凉飕飕的，直打激灵儿。老街口架起门板，布鞋和军衣堆得像小山一样，走过的红军每人都从摊子上拿一双鞋和一套衣服。村里的乡亲提着篮子，依依不舍，把炒黄豆、地瓜干和红辣椒往战士们口袋里塞，黄豆、地瓜可以充饥，辣椒可以驱寒。红军把什么家当都带上了，许多箱子都绑在了马匹和骡子背上，还雇了好几百的挑夫。他们戴着笠麻，穿着蓑衣，个个打着背包，枪啊、炮啊背的背、抬的抬，就连水壶、搪瓷罐子那些喝水、吃饭的家什都绑在腰上，一跑起来"叮叮当当"直响。红军在晒场上，田塅里、山坡下整好队后，就一列列开出隘口走了，走了好几个时辰才走完。那时谁也不知道他们要去哪里啊，也不知他们什么时候还会再回来啊。一杆红旗当头被风扯得呼啦啦响，山路上的红军密密麻麻的，蚂蚁搬家一般。

据马墩的爷爷回忆，那一年夏秋时节，天边整日都响着隆隆的枪炮声，还有画着青天白日的飞机时不时贴着后龙山飞来，低得好像用竹竿都捅得到。红军就是那个时候源源不断地从四面八方开过来的，先来的住在百姓家里，后面来的就住在祠堂里、寺庙内、屋檐下。再后来，山上

的竹林里，路边，割完的稻田里都住满了，数都数不过来，村民家的门板都被借去当床板了，但哪里够呢？红军就打稻草铺，被子铺在稻草上睡觉。但都没住多久，多的一两个月，少的一二十天，最少的才几天。

我后来在当地的党史部门查了一下，当年从凤凰山出发往江西于都集结的红军有一万多人，其中包括红三军团第四师及军团医院、少共国际师一个团、中革军委直属炮兵营、红九军团后方机关等部队。在那个秋雨淅沥的清晨，这些红军中的绝大多数人和凤凰山的乡亲一样，他们根本不知道那次的出发后来被叫作长征。

马墩的爷爷领着我们顺着老街由下往上走。其实街很窄，也就四五米宽，街两旁的木楼也很矮，伸出手就能摸到楼板。临街开着一些店铺和作坊，有卖水酒的，卖食杂的，卖钵碗瓢盆的，卖锄耙刀斧的，还有一个榨油作坊。但最多还是卖水酒的，酒用一个炖壶温在火炉上，门口都煮着一锅豆腐坨子，"咕噜噜"冒着的热气，香喷喷弥漫了一条街，这是当地很有名的客家小吃。这些房屋年代都很久远了，马墩说大多是明清时期的民居建筑。站店的人见了马墩的爷爷便会探头出来打招呼，看得出，马墩的爷爷在村里很受尊敬。

马墩的爷爷用烟管指着街两旁的木楼对我说："当年这些屋里楼上楼下都住着红军。"马墩的爷爷的竹烟管有一米多长，既可抽烟又可作拐杖。没事的时候，他爱拄着拐杖在老街上来来回回地走,烟管敲在鹅卵石铺就的路面上发出"笃笃"的脆响声。马墩后来告诉我,他爷爷去世后,有好长一段时间,夜深人静的时候,老街上的人都能听到他爷爷烟管敲打路面的声响和咳嗽声。

"红军前脚刚走,李初一后脚就从山上跑回来了。他跑进街的时候,一身是血,衣裳扯得稀烂,边走边喊,像被煞打着一般,当时好多人都看到了。"马墩的爷爷这么说。

关于李初一被崖婆精吓傻的事村里还留传有多个版本。有人说,红军走了,妖魔鬼怪镇不住了,就跑出来祸害人了。有人说山里崖婆多,隔三岔五飞下来叼走畜禽是常有的事,但像牛那么大的崖婆怎么可能有?一定是李初一说了假话。但马墩的爷爷却坚持李初一没说假话,他说李初一当年看到的肯定是崖婆精,成精的崖婆要多大就有多大,会变。

因为这个故事过分离奇,又和我小时候在檀河镇听过的那个故事很相似,那时我也年轻,好奇心重,还真跑去问李初一的老婆。李初一的老婆已经很老了,满脸乌黑的老年斑,火燎过一般。她耷拉着眼皮,间或朝上一翻,露出惨白的眼仁,骂了我一句:"你食饱没腋事做啊?"就再也不理我了。李初一的老婆骂完我不久就去世了。那时村里像她这把年纪的老人还很多,太阳出来的时候,他们大多眯着眼睛坐在门口晒太阳,打瞌睡,也有的一睡就睡到头了,再也不醒来。李初一的老婆就是这么晒着太阳睡过去的。这让村里许多老人很羡慕,都说李初一死得早,该是前世造了孽。而她为李初一守了大半辈子寡，最后还是修到了，老了无病无灾，打个盹说走就走，多好，不受苦，不连累后人。

和崖婆精的故事一起让村里人津津乐道的还有一件事，这事和马墩的爷爷有关。马墩说当年他家阁楼上住过一个红军团长，新中国成立后，那团长成了将军，1960年还回过凤凰山看望过他爷爷。

这一点在村里很多老人的嘴里都得到证实，但版本不一，有的说将军是故地重游，有的说将军是特地回来看望妈三的，还有的说是回来寻人的。但有一点马墩的爷爷是承认的，那就是将军送了他三十块钱和五十斤粮票。

马墩的爷爷那时已饿得全身浮肿，他坐在门槛上动都懒得动。一只瘦骨嶙峋的老鼠从路边的茅厕里爬出来，沿着墙角一溜小跑，在离马墩的爷爷几尺远的地方停下来，贼溜溜盯着马墩的爷爷看。老鼠身上沾满臭烘烘的屎尿，但这并没有影响马墩的爷爷把它想象成美味佳肴。马墩的爷爷眯着眼睛看着老鼠，几次想站起来，可他站不起来，他连脸上的屎苍蝇都没有力气拍，他没有能力抓住那只老鼠，只能眼巴巴地目送老鼠拖着一条湿漉漉的尾巴又掉头钻进茅厕里去了。他唯一能做的就是咽了咽口水。后来他看见一群干部簇拥着一个穿四个口袋绿军装的人从下街走上来。那军人很胖，有马墩的爷爷两个那么大。他走到马墩的爷爷面前，打量着，蹲下，然后问："你是妈三哥吗？"

马墩的爷爷吃力地睁大眼,他看到了对方嘴里的一颗龅牙在毒辣辣的阳光下闪闪发亮。当马墩的爷爷看清楚那颗龅牙后,他就知道自己有救了,不会死了。马墩的爷爷眼睛亮起来,说:"你是张团长?你可转来了。"那个时候,马墩的爷爷很想哭。

马墩的爷爷一双脚肿得像抹了茶籽油般又光又亮,将军伸出肥肥的手指按上去就是一个深坑,半天回不了原状。将军没再说话,掏出三十块钱和五十斤粮票按在马墩的爷爷手里。

马墩的爷爷说到这就不再往下说了,但马墩说将军向他爷爷打听过一个人,当时村里在场的老人也都这么说。可马墩的爷爷却说没有,或者他没有听到,因为当时饿得耳朵嗡嗡响像打铜锣一般,将军说什么他听不到。

我在凤凰山走访了一个多星期就离开了,后来听马墩说,那一年的冬天特别冷,积雪盈尺,凤凰山后龙山上的树木被冰雪压折了许多。那株大枫树也被压垮了好几根枝丫,远远望去,后龙山好像缺了一角。电线上结的冰凌有手臂那么粗,电杆不堪重负都倒了,村子停了两个多月的电。上了年纪的老人最怕这样的天气,不少老人都没挺过那个寒冷的冬天,其中就有马墩的爷爷。

马墩说,他爷爷肚子里藏着许多故事,他把很多秘密带走了。

第一章

李大力进入檀河镇的那天，正好是大雪，二十四节气中的大雪，农历十一月十三。虽然没下雪，但天气出奇的冷，镇上不少人都捂着火笼缩在床上不想起来。从莲花山飞下来的山雀儿冻得伸不开翅膀，扑棱棱从空中往檀河里掉，砸得河面上那层薄冰"吧嗒吧嗒"地响。

李大力是从莲花山顺着檀河一路走下来的，从莲花山到镇上不过五十来里路，但整整花去他两天时间。当他走出木马坳黑压压的大林子时，天空一下子敞亮了许多，笼罩在茫茫晨雾中的小镇若隐若现呈现在他眼里。原本穿涧跳峡，跌宕起伏的檀河此时从李大力的脚下缓缓延伸开去，就像一个跑累了的汉子，猛地收住了急促的脚步，曲曲折折在满是禾茬兜的田野上蜿蜒穿行，到了镇上，拐了个火夹弯，从小镇旁擦过，然后缓悠悠地望西而去。在此之前，李大力和镇上的许多人一样都以为檀河出自莽莽苍苍的莲花山。可是，两天前，莲花观的邱道长告诉李大力，檀河的真正源头在一百多里外的凤凰山。当时李大力听了，不知怎么心里就跳了一下，鬼使神差般决定要进檀河镇，他预感他要找的人会藏在那里。事实证明，李大力的这个决定是对的，王天木的确在檀河镇落了脚。

在寻找王天木这一年多的时间里，李大力几乎走遍了全县大多数的村寨，甚至还找到邻县长汀和江西的石城，可奇怪的是他从没有想过要踏进檀河镇。其实，李大力对檀河镇并不陌生，这个小镇因为地势中间高四周低，檀河涨得快，也消得快，留不住水，就好像坐在泉眼之上，因此又名"泉上镇"。前年夏天，他所在的红三团就曾随彭德怀率领的东方军攻克镇上的土堡。当时土堡内据守着当地的反动民团、地主武装及国民党军卢兴邦部的一个团共一千二百多人。因土堡四周围墙高厚，东方军久攻不克，最后是采用挖地道爆破的方式炸开土堡围墙，全歼守敌，取得了东方军入闽首战大捷。红军围点打援的时候，正是三伏天，天气热得像着了火一般，战士们常会到檀河里洗澡泅水，每天傍晚，石拱桥下的河面上都是白花花的人影。虽然那场战斗前后只经过半个来月，攻克土堡后东方军就挥师东进，离开了小镇，但浩浩汤汤的檀河给李大力留下了深刻的印象。李大力之所以忽视了檀河镇，是因为在他的潜意识里，这个地处县城最东部的小镇是连接闽西北的枢纽，自古就是兵家必争之地。东方军攻克土堡后，中华苏维埃临时政府在此设立了泉上县，革命热潮如火如荼。红军长征出发后，白匪和民团卷土重来，反攻倒算，大肆捕杀失散红军和革命群众，随后又在镇上常设一个营的兵力驻守。因此，李大力认为，就凭王天木当过红军，他躲上躲下都不敢躲到檀河镇来，能隐姓埋名藏身的地方多得是，他犯不着选择这样一个险恶之地落脚。现在想来，李大力才觉得自己犯了一个天大的错误，想不到王天木深谙最危险的地方最安全这个道理。

　　李大力踏上那条进镇的石拱桥时，太阳才从浓雾里钻出来，河面上水汽氤氲，结了一层薄冰，亮晶晶的像农户人家晾晒的粉皮子。应是太冷的缘故，石拱桥下不见洗涮的女人，只有三三两两起早挑水的汉子。也就是在这个时候，李大力一眼就认出了在桥下担水的王天木。尽管王天木一身黑色棉衣棉裤，与乡民的穿衣着衫毫无二致，但李大力还是一眼就认出这个让他耿耿于怀，又恨之入骨的人。这个发现让李大力只觉有一股热血直贯头顶，心跳一下加快，以至于握着拐棍的手都微微发起抖来。

　　当然，此时的王天木根本不知道自己已经成了别人眼里的猎物。他缩着脖子，嘴里哈着白气，肩上横着担木桶，拢着两手站在临水的麻石条上，用鞋底搓了搓石板上滑溜溜的冰碴子，站稳了，拎着水桶在河面上一荡，一股白白的水汽顿时从水底漾了出来。王天木水桶也不下肩，左一弯腰从河里汲上一桶水，右一弯腰再提上一桶水，然后腰一挺，嘴里一较劲，水担就上了肩，就在他转身上石阶时，不经意地抬头朝石拱桥上瞄了一眼，正好看见李大力走上桥来。

从王天木站的这个角度望过去，他首先看到的是那挂满藤蔓的半月形桥洞。藤蔓上的叶子早已枯黄，被寒风一吹，窸窸窣窣往河面上飘，像无数翻飞的蝴蝶。王天木的眼神穿过桥洞看到广袤的田畴尽头那灰蒙蒙的远山上一轮红日正冉冉升起，那红日在茫茫雾气中发出极为柔和的光亮，没有一点杂质，但上升得极快，到了石拱桥的顶端突然就停住不动了。此时此刻，站在石拱桥上的李大力就像站在红彤彤的太阳中间，构成了一幅十分壮丽又摄人心魄的图景。这幅美轮美奂的壮美情景让王天木看呆了，有那么一刻，他能听到自己"扑通扑通"的心跳声。此时万丈阳光已穿过浓浓的雾气，如箭般射在王天木的身上，将他挑的两桶水照耀得一片通红，如冒着热气的鲜血。突然，王天木看到石拱桥上那个开始发出耀眼光芒的红日跳了一下，王天木以为是自己眼花了，揉了揉眼睛，紧盯着太阳看。果然，他又看到太阳跳了两下，是向上一耸一耸那样的莫名其妙地跳了两下，然后就停止不动了。这让王天木觉得今天会有点什么事要发生，但究竟会发生什么事他又说不上来。更让王天木心神不定的是，他发现桥上那个人藏在乱蓬蓬的毛发下一双鹰隼般犀利的眼睛一直在盯着他。虽然桥上那个人拄着拐棍，披头散发，满脸的胡子足有寸把长，十足的一个乞食佬，那眼神在和他的眼神相遇的一刹那就消失得无影无踪，但王天木还是真真切切地感觉到了。自己有多少时间没有这种感觉了，王天木已经想不起来，自从改名叫王木佬，带着水莲到镇上落脚近一年来，他觉得自己的反应越来越迟钝，可是今朝不知是哪根神经被触动了，就像一条冬眠的蛇被春雷震醒，原本已经蛰伏许久的那种敏锐感一下被唤醒过来。虽然他也觉得自己有点疑神疑鬼，但他的确闻到了一丝让他不安的气息。后来，王天木挑着水上了石级，晃晃荡荡洒下一路水滴远去时，他都感到身后有一双眼睛在死死盯着自己，如芒在背。特别是桥上那人一直在用拐棍敲击着麻石板，发出结实的、急促的"笃笃"声，是那么有力，似乎还带着某些兴奋，让王天木更是感到莫名其妙的紧张和费解。

这就是李大力和王天木初次见面时的情景。

其实说他们两个人初次见面好像也不妥，真正说起来，李大力和王天木并不是今天才见过面，他们在红三团时肯定是见过面的，只不过当时李大力是三团侦察连的一个排长，而王天木是团长张云峰的警卫员。当时全团有八百多人，因为王天木的身份特殊，常年跟在团长的身边，因此团里的战士多数都认识他。但王天木能记住的多为三团一些连以上的干部，根本不可能认得全团战士，所以他虽然在看见李大力时有一种莫名其妙的不安，但无论如何也没想到眼下这个一瘸一拐、蓬头垢面的乞食佬竟会是团长张云峰派来追捕他的人。但李大力却不同，他对一天到晚跟在团长屁股后面的王天木有很深的印象，当他站在石拱桥上一眼认出在桥下担水的王天木时，有那么一刻，他竟激动得跳了起来，他在心里叫道："团长，我寻到王天木了，我寻到王天木了！"其实，那时候王天木看到桥顶上那初升的太阳跳动几下并不是眼花，而是李大力激动不已的跳跃。

那天晚上，石拱桥头的伊公庙里亮起了火光，传出"嘣嘣"的拍打声。那响声富有节奏，低沉柔和，听起来似鼓非鼓，又好似弹棉花的敲弦声。破旧的伊公庙里常有栖身的乞食佬，所以也没有人会当一回事。但那"嘣嘣"的拍打声响了大半夜，让许多人听起来显得神秘、好奇又有些窝火。有些好事的汉子就想起来看个究竟，可在被窝里被女人的双腿缠住，汉子搂着女人热烘烘的身子，想想外面冷风刺骨，还不如在女人身上用劲来得有意思，也就作罢。

第二天，还是有不少汉子起了个大早，不约而同到河边来担水，又不约而同站在伊公庙门口朝里面张望。他们发现庙里那火堆烧得只剩下灰烬，冒着一缕青烟，神龛上除了两盏长明灯依旧亮着外，摆设的瓜果供品荡然无存。只见环目黑脸、仪态威严的伊公尊王神像下盘腿坐着一个邋邋遢遢、披头散发的乞食佬，怀里抱着一个竹筒，眯缝着眼睛，一动不动，似睡非睡。

这可惹恼了汉子们，伊公尊王可是小镇的守护神，能让你这个乞食佬在庙里栖身，就算我们不欺生，你竟敢把大家孝敬伊公尊王的供品吃得精光，这可是对神灵的大不敬，怎么能让你在这里如此放肆！开豆腐作坊的侯四气呼呼地闯进庙门，扯住乞食佬就往外拖。可也奇怪，那乞食佬坐在地上就像顿地生根一般，任侯四死拖硬拽却纹丝不动。侯四大惊失色，急忙退出庙门。另外几个汉子不信那个邪，搁下水桶围将上来，揪肩

扯背要将乞食佬扔出庙门，可还没等他们明白怎么回事，就觉得有股巨大的力量将他们震开，几个人四仰八叉跌倒在地，鼻青脸肿，面面相觑，还不明就里。此时那乞食佬倏地睁开眼，一边拍打怀里的竹筒，一边旁若无人高声唱起歌来：

唱歌仔俚莫称乖，晓得京城几条街？唱歌仔俚莫称王，晓得京城几口塘？唱歌仔俚莫好高，晓得京城几把刀？唱歌仔俚要称乖，晓得京城九条街，三条长来三条短，当中三条出秀才。唱歌仔俚要称王，晓得京城九口塘，三口深来三口浅，当中三口出鱼王。唱歌仔俚要好高，晓得京城九把刀，三把长来三把短，当中还有三把杀人刀。

乞食佬唱到最后那句的"杀人刀"时，巴掌在竹筒的牛皮面上重重地猛拍两下，只听"嘣嘣"两声脆响，如重锤击鼓，旋即戛然而止。乞食佬一甩长发，两眼朝汉子们一扫，寒光四射，加上额头上那个红褐色的伤疤，宛如马王爷的三只眼，顿时惊得汉子们个个都倒吸了一口寒气。

到这时候，汉子们才知道这个乞食佬不好惹，但又不得不承认乞食佬的曲唱得极有节奏，高低错落，煞是好听，让人耳目一新。也有人猜测这乞食佬的来头，但毕竟是个疯疯癫癫的瘸子，大伙也没心思将他往深处想。自那日起，小镇的人都晓得伊公庙里住着一个有功夫、会唱曲的乞食佬。

这是镇上人第一回允许外人把家安在伊公庙里。

伊公本是宁化县域北部伊姓的一个祖先，名盆。清康熙年间李世熊编纂的《宁化县志》曾对伊盆作如是记载："伊盆，本邑人，为人豪毅，耿耿有烈士风。宋真宗景德元年，转运史李住起解梅州银绢，汀州委通判胡某赍至本都武曲桥锡源绎疾故，奉官莹葬。伊公慨然诣县自陈曰：'解官本为朝廷重务，客死吾土，某现充保长，亦草莽臣也，愿换牒代解。'县许之。至汴京，适逢皇太子生，上大悦，以覃恩赐敕一道，骏马一骑，剑一口，命其出镇柳州。时南蛮不共，公领军勇夺前驱，血战破贼，所向倒戈。事平凯奏，卒于官，以功被宋天子敕封为银青光禄大夫。"

非常巧的是，李世熊就是檀河镇或者叫泉上镇人，他不仅为防匪患率乡民修建了坚固的土堡，而且当年就在檀河边的"檀河精舍"皓首穷经，著书立说，于八十三岁编纂完成的《宁化县志》被誉为"中国两部半县志"之一，另一部是《武功志》，还有半部是《朝邑志》，在史志界享有崇高的威望。清兵入关后，李世熊屡召不仕，足绝州府，誓不事清，气节如虹。

按照流传下来的说法，伊盆去世后，为纪念他的忠勇，当地乡民特建庙塑像崇祀，尊称为"伊公尊王"。该庙在今宁化北部河龙乡的下伊村，因庙建于水口之南，故称"水南庙"，又叫"伊公庙"。河龙乡旧时称"河龙排"，在宋朝时就是武曲桥锡源绎。当地百姓流传，伊公十分灵验，曾

数次显灵,如显圣阴娶、显灵平服海寇,特别是在宋政和二年伊公因显灵平服海寇骚扰,被朝廷追封为"州湖润德王"。当地百姓最初供奉伊公的目的在于护佑一方平安。随着伊公信仰的地方化,其功能显著增加。我曾在水南庙内保存的碑记看到这样的记载:"自是水旱必叩,疾病必祷,贸易必祈。"从中可知伊公有御灾、除病、护商的功能。有不少乡民还会到伊公庙问吉占卜、祈求好运、求择良辰与贴庚寄娇,明显带有婚姻神与生育神的功能。伊公的灵验使其信徒越来越多,信仰圈也一步步由当地向周边地区扩散,县域不少乡村都建有伊公庙。宋《临汀志》上记载,汀州府城南边有座州湖润德大王庙。在江西石城也有座伊公庙,香火十分鼎盛。檀河镇这座伊公庙始建于宋天禧年间,至今已有上千年历史。

每年农历十月十六,秋收结束,镇上都要举办盛大的庙会,当地百姓将庙会叫"过漾",必以八抬大轿抬着伊公神像至各坊巡游。巡游队伍从伊公庙出发,一路鼓乐齐鸣,炮仗连天。每经过一家门口,大门口都供奉着鸡鸭鱼肉等供品,户主早早在门前点烛焚香燃放鞭炮迎候。据传,旧时镇上坊与坊之间流行争抢伊公神像的习俗,双方都派出身强力壮的青年,在争抢过程中难免发生打斗,甚至流血事件。但也奇怪,伤者只要在"伊公尊王"神龛前的香炉里抓上一把香灰敷在伤口上,立刻止血止痛,从不发炎,宛如神药。待伊公神像真落入一方手中,另一方也心甘情愿，打斗者和好如初，没有积怨。就是现在，当地村民有些刀斧之伤，依旧会到"伊公尊王"神像前讨撮香炉灰涂敷，据说十分管用，堪比云南白药。

20世纪60年代，镇上的古迹文物毁坏殆尽，就连土堡围墙也被拆得一米不剩，但唯有小小的伊公庙完整地保存下来。我在镇上采访时，有些上了年纪的老人言之凿凿告诉我，当时有一群红卫兵要砸伊公神像，领头的爬上神龛，可那举起的铁锤明明是砸向伊公，却砸在了自己头上，惨叫一声从神龛上跌下，顿时头破血流，神志不清，满口胡话。大家都说是冒犯了伊公的下场，从此再没人敢动伊公一个指头。

镇上流传的这些说法，让人愈发会感到伊公的灵验神秘和不可冒犯。

李大力在发现王天木的一刹那，他就明白自己要在檀河镇落脚了。他苦苦追寻王天木一年多时间，终于在这里发现了他，而且是进镇看到的第一个人，冥冥之中似乎真有天意。

接下来的一段时间里，李大力拄着拐杖，瘸着一条腿，以一个疯疯癫癫乞食佬的身份走街串巷，神不知鬼不觉地悄悄跟踪着王天木，这种不被对方察觉的跟踪对于李大力来说是极为容易做到的事。他采取的是循序渐进的方式，边乞食，边跟踪，就在这不显山不露水的情形下，他发现王天木住在土堡内西北角李家大院边的耳房里，而且打听到王天木就在李家大院"金

钩大伯"的纸坊里当长工，这着实让他吃了一惊。

"金钩大伯"真名叫李腾云，是镇上首屈一指的大户，不仅有房有地，还有上千亩的竹山，经营着多处造纸作坊，在长汀的水东街和江西赣州城里都开了纸庄。李腾云虽然家道殷富，但平时乐善好施，常做些接济穷人的善事。民国十三年（1924年），檀河发大水，李腾云在火烧坪施粥半月，救济灾民。他还捐资兴修河堤，为普光岩寺大佛重塑金身，深得镇上乡民厚敬。李腾云常年喜穿长袍马褂，戴着金丝镜，好读《三国志》，年过古稀，但精神矍铄。那副垂胸长须不黑不白，泛着金黄的光泽，吃饭喝茶都要用一副纯金打就的金钩勾住，挂在左右两耳上，便于进食。镇上的人都尊称他为"金钩大伯"。1933年7月，东方军攻下土堡后，对土堡内所有的人进行甄别，区分百姓和俘虏，当时李腾云也被当作土豪劣绅羁押。后来是镇上的众百姓联名担保，列举李腾云的种种善德后，红军放回了李腾云。李大力当时参与了甄别工作，在当时打土豪分田地的形势下，老百姓自发起来保东家是很稀罕的事，李大力是头一回遇到，因此他对李腾云有很深的印象。但李大力一时不明白王天木为什么会到李腾云家做长工，他和李腾云究竟有什么关系？如果他真的要处置王天木，这个在小镇德高望重的"金钩大伯"会不会出面干涉？对于这些疑问，李大力都不得而知。但李大力不得不佩服王天木的精明，他选择了这样一个东家落脚，就等于找到了一把保护伞。俗话说"大树底下好乘凉"，王天木很晓得这样的道理。

让李大力更为吃惊的是，王天木已经成了家，老婆竟然是凤凰山村民妈三的女儿水莲。

李大力在苦苦追寻王天木这一年多的时间里，一直都想不通王天木为什么要当逃兵，他曾为王天木想过无数种理由，但唯独没有把他和水莲联系起来。李大力回想起在凤凰山出入时妈三父女的种种表现，其实是有露出一些端倪和马脚的，但都被他疏忽了。现在想来，当时他们肯定知道王天木藏在什么地方，可李大力太相信他们了，一直把他们当成红军的堡垒户，想不到他们却是王天木的同谋，瞒过了所有的人。李大力对自己的疏忽懊悔不已，如果当时自己稍微在妈三和水莲身上留意一下，很有可能就会发现一些蛛丝马迹，那么这个追捕逃兵的任务早就完成了，自己也早已回到部队，怎会落到如此下场？

李大力看到水莲是他在镇上落脚一个多月后，那时已入年关，镇上人家开始贴对联，蒸年糕，杀年猪，扫家舍，土堡高大的门楼上也挂上了红灯笼。镇北集市上天天都像墟天般热闹，粜米的，卖布匹的，贩土纸的，推销食杂蔬果的，卖烟花爆竹、瓜果糕点的，摊铺一家连着一家。置办年货的乡民和商贩摩肩接踵，将一条窄窄的老街挤得满满当当，叫卖声此起彼伏。冷不防就不知从哪儿蹿起一个"二踢脚"或"钻天猴"，随着"砰啪"一声炸响，浓浓的火药味随着寒风从空中洒下来，过年的气氛浓了起来。

但李大力对过年已经没有什么感觉了，他觉得过年离自己很远，和自己没有什么关系，只要每天有些残羹剩饭填饱肚子

就心满意足，他眼下唯一要做的事就是盯紧王天木。

这天早上，李大力坐在伊公庙门槛内，眼睛朝檀河上打量，因为一般这个时候，王天木都会到河边来担水。李大力觉得只要王天木出现在自己视线内，他就晓得对方的行踪，他觉得只有这样心里才会踏实。

天依旧冷，但太阳出来了，河水像煮沸了似的，腾腾往上冒着白气，临水的石板上，蹲着一些洗衣的妇女，挥着棒槌"噼噼啪啪"捶打着衣裳，撅起的屁股随着挥舞的手臂一上一下地耸动着，让有些担水的汉子看直了眼。河滩上摆着许多大桶篁，一些汉子和他们的女人嘴里哈着热气，用蒲勺把桶篁里黄浑浑的水舀出来，再用锅铲将沉淀在桶篁底部已经被水漂白的洋芋或番薯粉铲起，摊在铺好的谷笪上晾晒。远远望去，河滩上白花花一片，堆了雪一般。

老樟树高大的树冠如一把巨伞，叶子依旧郁郁葱葱，季节的更替似乎对它没有半点影响。一群八哥从对岸的田野上扑啦啦飞过来，落在老樟树上叽叽喳喳叫着，那叫声虽然杂乱无章，但却欢快。八哥们从这个枝丫跳到那个枝丫，从那个枝丫又跳到这个枝丫，李大力不明白有什么能让它们如此乐此不疲。

就在这个时候，一个女人的身影缓缓地从河边的石阶走上来，李大力最先看到的是一个梳着发髻的脑袋露出来，然后是穿着靛青织布衫的身子。当那个女人完全走上石阶时，他觉得有些眼熟，揉了揉眼睛，又揉了揉眼睛，当看清走来的女人是谁时，李大力惊得从木墩上跳了起来。这时的水莲穿着蓝花缎青的掩腹子①，背上还背了一个裹在风衣子里的娃，长长的背带在胸前打了个交叉，再从后腰绕到肚脐处打了个结，两个大奶子被背带勒得鼓鼓囊囊像倒扣的两只大海碗。水莲一手挽着洗衣桶，一手握着一根棒槌，沿着石板路走来。当她经过庙门口时，驻了脚，放下桶，伸手撩了撩额前的一绺头发，朝庙内瞟了一眼。如果算直线距离，两人相隔不到五米，但李大力隐在庙门内的阴暗里，水莲是看不清他的，尽管这样李大力还是不由自主地倒退了两步。但水莲在李大力眼里却是一览无遗，就连嘴角边那粒绿豆大的食禄痣李大力都看得清清楚楚。

此时的李大力十分担心水莲会跨进庙门，镇上人都知道伊公庙里住着一个会唱曲的乞食佬。但水莲没有，她弯腰提起水桶，转身沿着石板路走了。

"水莲怎么会在这里？"强烈的好奇心驱使李大力身不由己跨出庙门跟了上去。

一开始，李大力并没有将水莲的出现和王天木联系起来，他跟着水莲穿过熙熙攘攘的集市，绕过古戏台，当走到区公所外的火烧坪上时，水莲背着的娃"呜哇呜哇"哭了起来。水莲停下来，将桶搁在地上，松开背带，将孩子从背上放下来，搂在怀里，在牌坊下的石条上坐下来，解开怀，将一个白晃晃的大奶子塞进孩子嘴里。李大力远远躲在墙角根观察着，他最先的想法是水莲从凤凰山嫁到镇上来了，有那么一刻，他有些激

---

① 掩腹子：客家妇女的围裙。

动，想喊她，但话到嘴边被他活生生咽了回去，让李大力庆幸的是自己没有喊她。水莲喂了孩子一会儿奶，起身将孩子又背到背上，提起水桶进了土堡大门。当李大力跟着水莲沿着小巷往西北角走时，他猛地意识到了什么，脑袋"嗡"的一声响了起来。果然如他所料，他看到水莲走进了李家大院边上的耳房。就在这一刻，他之前所有的困惑都有了答案，原来王天木是爱上了水莲，为了这个女人不惜当了可耻的逃兵！他们的逃跑是有预谋的，这个王天木真的比狐狸更鬼刁，早就和房东的女儿相好上了，竟然瞒过了精明凌厉的团长。之前自己在凤凰山反反复复查找，都被他们糊弄过去了。水莲和妈三一直在帮王天木打掩护，保护着这个逃兵，而自己却蒙在鼓里，被他们当作一个傻瓜骗来骗去，害得自己四处碰壁。

李大力只感到有一股怒火腾腾往头顶上蹿，那乱蓬蓬的头发都一根根竖了起来。妈三一家因为隐瞒王天木的行踪，害得他死了两个战友，自己也差一点送命，想不到王天木竟然躲在距凤凰山百里之外的檀河镇过着逍遥自在的日子。李大力觉得王天木太可恶了，太无耻了，无论如何，都不能放过他，必须为红军清理门户，为牺牲的战友报仇。李大力的牙齿咬得咯咯响，心里暗暗发誓，绝不能让王天木这么心安理得地生活下去，他必须为他的可耻行径付出血的代价！

一年多了，李大力还清楚地记得那天团长张云峰得知王天木逃走后暴怒的神情。在红三团谁都知道张云峰性情暴烈，他曾经亲手枪毙过一个丢失阵地的连长。但李大力还是头一回见到张云峰那么失控，那么暴跳如雷。那种失控完全是在极度的失望和愤怒中爆发出来的，跟了他几年的警卫员竟然在部队出发前，在他眼皮子底下逃走了。对张云峰来说简直是一种侮辱、一种挑战、一种赤裸裸的藐视。

那个时候，从凤凰山出发的红军正按建制一队队开出隘口，李大力所在的红三团是殿后的队伍。当部队出了村子翻过隘口时，李大力被赶上来的通信员叫住了，让他马上去见团长张云峰。身为侦察排长的李大力当时心里就"咯噔"了一下，这个时候团长找他绝没有什么好事儿。

当李大力见到张云峰的时候，张云峰正站在隘口的一棵苦槠树下，大口大口吸着辣子烟，那浓浓的烟雾和他呼出的热气纠缠成一团，根本分不清哪是烟哪是气。张云峰的眼睛死死瞪着迷蒙细雨笼罩着的村子，李大力看到张云峰头上的青筋一根根鼓出来，像爬满了蚯蚓，龅牙已经将下唇咬出一个洞，渗出来的血在颏上结出一条暗红色的血痂。

李大力立正敬礼，但张云峰头都没回过来，一动不动仿佛就像一根戳在那里的树桩。

站在一边的政委走上前来握了握李大力的手："李大力同志，现在有一项紧急任务需要你去执行。"

"什么任务？"

"就在刚才，张团长的警卫员王天木逃跑了，这在我们红军队伍中是决不允许，也是决不能容忍的！鉴于敌人已经步步逼近，王天木又担任过团长几年的警卫员，了解部队秘密比一般战士要多，如果他叛变投敌，这对我们极为不利。经团党委临时研究决定，由你负责带人追捕逃兵王天木，必要时可以执行战时纪律。"

李大力大吃一惊："王天木当了逃兵？这怎么可能？"

张云峰突然转过身来怒吼："这是红军的耻辱！这是我张云峰的耻辱！对于这种可耻的逃兵，必须生要见人，死要见尸！"这无疑是对王天木下了一道绝杀令！

张云峰在李大力胸前恶狠狠地擂了一拳，咬牙切齿撂下一句话："完不成任务不要回来见我！"张云峰说完，将手在空中狠狠一劈，撇下李大力，头也不回走下隘口。

李大力冲着张云峰的背影"啪"地一个立正："请团长放心，我保证完成任务！"

李大力不止一次领受过张云峰直接给他的任务，但那基本是和敌人打交道，他每次都能出色完成。但要去追捕一个战友，这对他来说还是头一次。张云峰最后那一劈手，在李大力的脑海里不知闪现了多少回，他总觉得团长那手势很像是一个杀头的动作，那个动作充满决绝、果断和血腥的味道。平心而论，这些年，部队南征北战，并不是没有出现过逃兵，张云峰从来都没有这样暴跳如雷过，甚至有时都懒得过问，但今天逃跑的是王天木，是他十分信任的警卫员。李大力知道，一贯自负的张云峰觉得这是他的奇耻大辱，王天木就是逃到天边，张云峰也不会放过他。

政委跨前一步："李大力同志，之所以让你去完成这个艰巨的任务，一是考虑到你是一名共产党员，立场坚定；第二你是侦察排长，又是本县人，熟悉当地的情况；再则你有一身的功夫，对付得了王天木，希望不要辜负团党委的重托。"

鉴于王天木人高马大，身手敏捷，政委特地让李大力在侦察连挑了两名战士和他一起去执行任务。这两名战士一个叫陈水生，一个叫林二毛，两个都是二十未出头的后生。陈水生高些，林二毛矮半个头，都有一定的身手。

"任务完成后，就尽快追上部队。如果错过了时间，你们就赶到于都，我们的部队会在那集结，后会有期。"政委嘱咐完，和李大力握了一下手，大步追上行进的队伍。

李大力站在树下，目送着部队在蜿蜒的山路上渐行渐远，消失在迷蒙细雨中。他怎么也没有想到，自己将用一生的时间去完成这个任务。也是从这时开始，他就再也没有回到他魂牵梦萦的部队，再也没有见到过团长和战友们。

李大力靠着怀里的那个竹筒和唱曲吃着百家饭熬过了1935年那个十分寒冷的冬天。但谁也不知道李大力从哪里来，只知道他姓李。虽然镇上的民团也盘问过李大力几回，但实在没法将这个瘸了一条腿、疯疯癫癫的乞食佬和红军联系起来，就算要把他抓去凑数，也有失民团的脸面，还真没把他当一回事。而对小镇上的人来说，李大力以前是干什么的，做过什么事都不重要，重要的是，这个癫子会唱曲，唱得声情并茂、抑扬顿挫，让听惯长声吆吆客家山歌的镇上人耳目一新，带给他们许多乐趣。他们管李大力叫"唱曲佬"或者"乞食佬"，客家人喜欢在男人名字后面带个"佬"或者"狗",从小名贱好养,就算你是个三岁孩童也一样。因此李大力得以在檀河镇走街串巷,行动自由,没人会把他放在眼里。

但李大力十分清楚,就自己目前这种状况要对付王天木已经不是一件容易的事了,自己现在已成了一个残废,而王天木依旧身强力壮,因此必须对眼前的局势做一个全盘的、周密的打算,不仅要将王天木牢牢掌控在自己的手中,又不能让他对自己产生任何怀疑。要将王天木带回部队交给团长那是不可能的事了,何况部队现在去了哪里他也一无所知,很有可能必须就地处置这个可耻的逃兵。但如何处置王天木,李大力一时也想不出什么办法来,只能从长计议,稍有不慎全盘皆输,在没有十足的把握前绝对不能打草惊蛇。现在王天木还不知道他的底细,可如果一旦被王天木察觉,这个逃兵很有可能会先下手为强。而真正让李大力更担心的还不是王天木,而是王天木的老婆水莲。他和王天木一个在明处一个在暗处,他认识王天木,而王天木不认识他,这对他有利。可水莲就不同,当时搜捕王天木时,他多次到凤凰山寻找王天木的下落,还在水莲家落过脚,可以说彼此都熟悉得很。现在自己不仅要监视王天木的行踪,又要避开水莲的视线,但小镇就这么大,能否瞒过水莲,他心里确实没底。

除夕夜,当家家户户都在吃年夜饭的时候,孤身一人的李大力在石拱桥下的石阶上站了许久,想了许多。河面上寒星点点,冷风如刀,李大力俯下身来,借着迷蒙的月影,他看到水中自己披头散发胡子拉杂的模样，他觉得自己这个邋里邋遢的癫子还要伪装下去，才能掩饰曾经的形象，瞒过水莲的眼睛，否则一切都会前功尽弃。

李大力蹲下身，掬起一把冷水浇在脸上，水面泛起一阵涟漪，影子一下子变得支离破碎起来。到了这个时候，李大力觉得自己有了如履薄冰、如临深渊的感觉。

第二章

　　自从离开队伍以来，王天木有很长一段时间几乎没有睡过一个好觉，多少次他都被噩梦惊醒，他常常梦见自己在茫茫大雾中被人不停地追赶，但他看不见追赶他的人。直到有一天，他被追得筋疲力尽，实在跑不动了，他停下来，死命撕开浓浓的白雾，他发现对他穷追不舍的是团长，是自己跟随了好多年的张云峰团长。团长提着枪，龇着牙，怒发冲冠，一脚踹翻他，毫不犹豫地举枪朝他开了一枪。王天木清楚地看到那颗通红的拖着火光的子弹从枪膛里蹿出来，射进他的额头。在子弹钻进额头那一瞬间，王天木大叫一声惊醒过来，他没有看到团长，却从窗棂透进清冷的月光中看到了惊魂失魄的自己。自从在梦中挨了团长一枪，王天木却再也没有做过被人追赶的梦，他觉得以前的那个王天木已经死了，活着的只有王木佬了，他现在只想过踏踏实实的日子，再也没有别的奢求了。

王天木带着水莲到了檀河镇后，就像换了个人似的，行事低调，少言寡语，像个闷葫芦，也不跟人交往，只知道埋头干活。时间长了，镇上的人都把王天木视为八竿子抽不出个响屁，只晓得整天围着女人转的"薯兜佬"①。到镇上一年了，虽然被民团好几次叫去甄别身份，但都被王天木预先编排好的回答搪塞过去，并没有遇到很大的麻烦。其实，王天木心里十分清楚，自己和水莲之所以能在镇上落脚，和东家"金钩大伯"李腾云的庇护有很大的关系，别的不说，就说"金钩大伯"那个在民团当小队长的远房侄子李三赖，就够让王天木伤脑筋的。李三赖因长了一双对眼，平时看人两个眼珠都往鼻梁上挤，老百姓背地里给他取了个绰号叫"斗鸡眼"，时间长了，大伙把他真名都给忘了。这李三赖心狠手辣，什么倒灶绝烟的事都做得出来，他曾把一个负伤藏在山里的红军搜出来后，绑在火烧坪的石桅杆上用乱棒打死，还把一个县苏维埃干部的手脚用筷子粗的蚂蟥钉像壁虎般钉在土堡外的围墙上流尽鲜血而死。这泼皮经常屁股上吊着一把盒子炮，在街上吃、拿、卡、要，强买强卖，老百姓稍有不从他就破口大骂，拳打脚踢。自从王天木带着水莲到镇上来落脚，李三赖就没少来找碴，动不动就拿怀疑王天木的身份来说事，有时还色眯眯地盯着水莲看。要是过去，王天木弄死他就像捏死只蚂蚁一样简单，但在檀河镇，他得装，

---

① 薯兜佬：客家人对傻、憨的称呼。

装成一个胆小怕事的"薯兜佬"。每次李三赖来找碴，都是"金钩大伯"出面，好吃好喝供着，有时还打发几块银圆。别看李三赖横惯了，但他还是有点怵李腾云，按辈分他得管李腾云叫叔，而且李腾云在镇上财大气粗，连国军营长王鹤群和民团团总李占邦平日里也对他客客气气，据说他门楣上"李家大院"四个大字还是县太爷给写的呢。因此，李三赖也知道打狗还要看主人，不敢过分放肆，但时不时跑来李家大院转悠一番，落得有吃有喝，还有钱花，也正中下怀。

　　王天木知道，东家之所以愿意破财消灾，息事宁人，完全是为了他和水莲好，省得李三赖这个泼皮节外生枝。李三赖不可怕，可怕的是他身后的国军和民团，现在檀河镇是他们的天下，真要追查起来，对自己肯定不利。王天木有时觉得给东家添了麻烦，很是过意不去，但东家总是安慰他说："只要你冇事，我就当打发一条狗，省得他乱咬人。"其实东家是晓得他王天木是何许人的，当时他带着怀有身孕的水莲到镇上投靠李腾云时，他就按照妈三的吩咐向李腾云如实表明了自己的真实身份，果如妈三所料，宅心仁厚的"金钩大伯"收留了他们。在李腾云的庇护和安排下，王天木改名为王木佬，到李腾云的纸坊里做了长工，和水莲在别人眼里俨然就是一对遭灾逃难到此谋生的老实巴交的年轻夫妻。

　　说起来，水莲一家和"金钩大伯"李腾云有很深的交情。妈三的爹当年是李家大院的长工，常年在纸坊做挑纸工，因为人忠厚老实，深得李腾云看重。妈三十岁那年，纸坊焙纸师傅调戏妈三的母亲,被妈三爹撞见,妈三爹一怒之下失手将焙纸师傅打死。在李腾云的多方斡旋下,妈三爹免受牢狱之灾,但在镇上待不下去了,带着一家逃到了百里之外的凤凰山落脚。妈三爹临死前,交代妈三永远都不能忘记李家对他们的恩情。虽然李家大院从没拿妈三当外人,但妈三有自知之明,一般都不会去叨扰,怕给人家添麻烦,但隔个三年五载妈三会挑上一担香菇笋干等山货悄悄去一趟李家,虽然东西不值钱,却是他的一片心意。所以,当王天木在凤凰山走投无路时,妈三就让王天木带着水莲去檀河镇找李腾云。也正因为有此渊源,李腾云对王天木夫妻俩格外关照,他也希望这对年轻人在泉上镇平平安安地生活,生根发芽,开枝长叶。

　　土法造纸是镇上一项重要的副业,生产工艺极其复杂,要经过砍竹、断筒、剥青、削片、沤竹麻、踏料、洗漂、耘槽、压榨、烘焙等十几道工序。王天木之前没接触过造纸,所以在纸坊只能做些砍竹、剥青、挑竹麻的杂活,后来纸坊的大师傅见他人高马大,就让他踩竹麻。踩竹麻是个体力活,近乎蛮荒,那被石灰沤烂的竹麻堆在作坊的木槽里,工人要赤脚站在竹麻上死劲踩踏,重如锤击,必须将竹麻踩踏至稀烂如浆为止。王天木双腿常年泡在石灰水浸过的竹麻里,夏天还好,到了冬天,裂得鲜血淋漓,让水莲看了心疼得直抹眼泪。但王天木却乐意,能在小镇安身立命就谢天谢地了,为了水莲和儿子再苦再累他都心甘情愿。

　　但自从遇到了那个唱曲的乞食佬,王天木总觉得暗地里有一双眼睛在注视着他，这让他感到莫名的心悸。这种心悸在凤凰山也曾有过，那时他躲在山上的木寮里养伤，既要担心被张云峰派出的追捕人员发现，又要提防国军和民团的搜捕，不管落入哪一方的手中都有可能会没命，要不是妈三和水莲，就是有十条命也活不到今天。他也没想到水莲会那么死心塌地地爱着他，爱得那么疯狂，那么执着，那么的不顾一切，在鹧鸪窠那个四面透风的木寮里，水莲用一个少女的柔情温暖着他，把少女的一切都给了他。也就在那个时候，王天木知道他这辈子是放不下水莲了，虽然有时候胸膛里依旧有一只不安分的动物在横冲直撞，甚至咆哮不已，但他不想再让水莲为自己担惊受怕了，水莲为他付出了太多，甚至为了他连命都不要，他要对心爱的人负责。

直到今天，王天木都不承认自己是逃兵。他在部队出发前半小时都没有离开部队的念头，他做出那个决定是在电光火石之间突然迸发出来的，根本容不得他有半点的犹豫。那个晚上，王天木把什么都收拾好了，自己的、团长的，都打进了背包里，甚至他还向房东妈三要了两斤辣子烟，他晓得团长的烟瘾太大，没烟抽比要他命都难受。在没有见到四连长之前，王天木根本就没有想过要离开部队，离开团长张云峰。

那个时候，他听到水莲已经起来了，很快从后面的灶间里弥漫出浓浓的烟火味，传来水莲压抑的咳嗽声。王天木知道，水莲在给他和团长做最后一顿早饭。想到水莲，王天木的心里忍不住跳了一下，但他没有动，静静地站在黑乎乎的屋子当中，竖起耳朵听着楼上的动静。楼上，沉重的脚步踩在楼板上发出"吱吱喳喳"的响声，有一丝丝尘土飘到王天木的脸上，他知道团长一宿未睡，就这么不停地来回踱着步。其实，王天木也几乎一夜没合眼，他此刻和团长的心情同样焦急万分。团长在等他一个尚未归队的连队，而王天木在等他的弟弟王小喜。两天前，张云峰派团部通讯员王小喜给在八十里外青枫寨筹粮筹款的四连送信，让他们火速赶回凤凰山集结。按张云峰的计划，四连应在昨天傍晚归队，可是到现在都没一点音讯。天一亮，三团将作为殿后队伍离开凤凰山。

　　虽然外面天依旧黑，但村里已是一片嘈杂和慌乱，集结的军号声撕破黑沉沉的浓雾，老街上火把摇曳，人喊马嘶，不时有红军和挑担的挑夫匆匆走过，还有"嘚嘚"的马蹄声疾驰而过。

　　楼上的脚步声一下停了下来，王天木的心猛地提到了嗓门口，此时此刻，他最担心的是团长下楼。如果团长下楼，那就意味着全团就要出发，那么他就很有可能和弟弟王小喜永不得见。虽然王天木不知道部队要往哪里去，团长也没告诉他，但他看得出来，这一回部队真的是要出远门了，把什么家什都带上了，完全就是大搬家，很可能此一去就山高路远，不得回来。爹娘都死了，小喜是自己唯一的亲人了，必须把他带在身边，不能让他掉队。白匪和民团已经从四面八方扑了过来，离开部队很有可能就会落入敌人之手，根本就不可能再活命。

　　楼上，张云峰在等；

楼下，王天木也在等。

　　响起一声轻咳，王天木转头一看，只见水莲一手举着油灯盏，一手端着一个冒着热气的碗，出现在门口。屋里被一豆灯光映得恍恍惚惚，让站在黑暗中的王天木觉得一切都不很真实。水莲将灯盏放在桌上，然后双手把碗捧到王天木面前，垂着眼睑说："天木哥，我给你煮了两个荷包蛋，你食了，不管走到哪里都一定会平平安安的。"水莲比王天木整整矮一个头，她说话的时候自始至终都低着头，声音虽然轻得像蚊子叫，但却十分清晰。王天木的眼光落在水莲的头顶上，他看到水莲的头发很光滑地朝后梳着，在后脑勺扎成了一条粗黑的发辫，虽然屋里的灯光不分明，但水莲的头发上泛有一圈十分柔和的亮色。王天木的鼻尖离水莲的头顶就那么几寸，他闻到水莲头发上散发出皂角和乌桕洗过的混杂着的清香。王天木不由得心里动了一下，又动了一下，他接碗时碰到了水莲的手，水莲的手冰冷，王天木似乎被火烫了一下，猛地一缩，全身抖了抖。水莲原本是一直低垂着眼睑的，此时她抬起了头，两只大眼睛一动不动地看着王天木的脸。王天木看见水莲眼里有一豆灯光在闪烁，在燃烧，慢慢地有一层雾水漫起来，那雾水越漫越多，渐渐变成了两滴又大又圆的泪珠在眼眶里滚动，待那泪珠夺眶而出时，水莲的嘴唇开始急剧地颤抖，她想将嘴巴闭住，可她控制不住自己，最后全身都发起抖来了。水莲说了一声："天木哥，我舍不得你走。"王天木的心顿时像着了火般呼地燃烧起来，他伸出一只手将水莲搂住："水莲，我很快就会转来的。"水莲两手死死箍住王天木的腰，将头抵在王天木的胸前"嘤嘤"地细声哭起来。王天木心又用力一抖，手上的碗"咣当"一声掉在地上，清脆的响声把王天木惊得一跳，楼上的脚步声也停了下来。可这时的王天木却没有停下来，他两只强有力的手将水莲弱小的背按住，死死压向自己的怀里，他感觉到水莲紧紧地贴在了他的身上。时间似乎静止了，双方都感觉到了对方急剧的心跳和粗重的喘息，感觉到了对方的坚挺。有一股冷风从窗棂挤进来，桌上的油灯跳了两下，在黑乎乎的板壁上映出两个紧紧楔在一起严丝合缝的身影。

也不知过了多久，大门被拍得山响。王天木全身一震，下意识地推开了怀里的水莲，抬脚就冲出屋。王天木打开门，一眼就看见提着马灯的政委领着手臂挂了彩的四连长急匆匆跨进门来。王天木探头朝门外看了看，外面依旧一片漆黑，他没看到自己的弟弟王小喜，正要问四连长，可他们都火急火燎上楼去了，王天木猛地有了不祥的预感。王天木回到屋里，水莲已经回灶间去了，屋里暗摸摸的，王天木屏声静气竖起耳朵听楼上的动静。楼上楼下咫尺相隔，王天木能感到团长的大脚就踩在距自己头顶不到半米的楼板上，尽管楼上的人都在压低声音说话，但王天木还是能清楚地听到他们的说话内容。让王天木大惊失色的是，四连长向团长报告说，他根本不知道部队要集结，之所以回凤凰山是昨天半夜四连在青枫寨受到不明身份歹徒的袭击，死伤近二十人，他带领剩下的五十多名战士冒死突围，阴差阳错竟让他们赶上了即将出发的部队。

两天前，团长张云峰派王小喜给驻扎在青枫寨的四连送信时王天木也在场。王小喜出发前，王天木还在他口袋里塞了两个烤红薯，交代他一路小心，并让他信送到后随四连一起返回。当时王小喜嘻嘻一笑："哥，你就放心吧，我又不是头一回送信，食夜饭前我肯定能赶到青枫寨。"可现在四连长却说他根本就没有看到送信的通信员，这让王天木的心猛地揪了起来。虽然小喜只有十六岁，但也参军有一年多了，不可能就这么无踪无迹丢了，他以前也送过信，从没出过差错，怎么可能在部队临走时就失踪了呢？难道是迷了路？还是遇到了歹徒？有那么一刻，王天木不知自己该干什么，他只觉得自己的心一阵阵痉挛起来。

就在这时，王天木听到团长他们下楼的脚步声，他知道部队马上就要出发了。此时天边已经泛出蛋青色，三团八百多人已在村头的晒谷坪上集合完毕，等待出发的命令。

王天木不由自主地提着背包站在黑漆漆的厅堂里，看着张云峰他们从楼梯走下来。张云峰走到王天木身边时扫了他一眼，脸上冷静得看不出任何表情。张云峰的这种决绝和冷漠让王天木感到了冷酷和无情。我弟弟不见了，难道就这样一走了事，不管了吗？团长肯定以为我没听到他们说事，他想瞒着我。王天木一想到这，顿时有点恼火，有点失望，他有想骂人的冲动，但更多的却是心痛，难道一个战士的命在你团长眼里就那么不值钱吗？是死是活都没个准信，你连问都不问一声，太过分了吧！可以说就在那短短几秒钟内，王天木做出了一个让他自己都感到十分吃惊又十分大胆的决定。当这个决定在他脑海里一闪而过时,他感到心口像突然揣进了一只兔子,"怦怦"急跳,比刚才和水莲抱在一起时跳得都厉害。有那么一刻,他觉得自己全身都在微微地发抖。

这时,水莲的爹——妈三——已经把大门打开,他一脚在门槛里,一脚在门槛外,一手举着呼呼燃烧的篾秆,一手拉着张云峰的衣摆问:"张团长呃,你啥时再回来呀?"张云峰拉住妈三的手,用力握了握,想说什么却终究没说,松开手一脚就跨出大门,也许此刻的张云峰自己也无法回答妈三的提问。王天木提着背包,跟在张云峰他们后面,脚却像戴了镣铐,重得迈不开步。他回头看了一眼,只见迷蒙的晨雾里,水莲正站在大门口望着他。王天木的心揪了一下,鼻子有点发酸,赶紧回过了头。

王天木突然大步追上团长,第一次在团长面前说了谎话。如果不是天还暗,雾气又湿又重,王天木觉得自己很可能被团长识破,在此之前他从来没有想过要骗团长,也不敢骗团长。王天木当时只说了一句话:"团长,我落东西了,去去就来。"后来,王天木一直在想,如果团长当时不同意他回去取东西,很有可能会将他精心设想好的计划彻底粉碎,他一定会乖乖地跟团长走。可是团长没有,团长只回头看了他一眼,就大踏步朝前走去。张云峰的这种信任从某种意义上来说,毁了王天木。

张云峰非常清楚王天木和王小喜两兄弟手足之情。去

年王小喜找到部队说要参军，张云峰觉得他实在太小，犹豫不决。原本王小喜是在老家和母亲生活的，他母亲在刀团匪抓捕红军家属时被杀害，王小喜逃了出来，几经辗转到江西黎川找到了王天木。当时张云峰带着红三团正在团村和敌人厮杀，见一个孩子竟然不顾一切朝自己的阵地跑来，子弹嗖嗖在他头顶上飞，炮弹接二连三在他身边爆炸，可这孩子就像泥鳅似的左蹿右蹿，转眼间就跳进了红三团的战壕里。张云峰被这不要命的小孩吓了一跳，还没等他明白怎么回事，一颗炮弹就尖叫着落了下来，情急之中张云峰一脚将小孩踹倒，等他将灰头土脸的孩子从地上拎起来，才发现天寒地冻的，这孩子竟然只穿着单衣打着赤脚。孩子抹着鼻涕大喊大叫要寻哥哥王天木，张云峰一听就哈哈大笑起来，这么多部队在打仗，这小子竟然一头就扎进了红三团，好像晓得王天木就在这里似的。在王天木的恳求下，张云峰将王小喜留在团部当通信员。其实，现在张云峰心里也很后悔，怎么就派了王小喜去青枫寨送信呢？八十多里地让一个十六岁的小孩去送信是不是合适？可当时张云峰真没想那么多，何况沿途的村庄都是红区，不会有什么问题。可就是这么一个疏忽，信没送到，人却丢了，如果不是四连被歹徒袭击，很有可能全连也没归队，部队一出发三团就少了四连几十名战士。张云峰甚至连王小喜究竟出了何种意外都无暇多想，时间紧迫，部队马上就要出发，军令如山，他不可能也不能为一个失踪的战士花费更多的时间，这不是他张云峰的性格。对于王天木他是有把握的，找个适当的机会再和他解释这事，相信王天木会理解的，或许哪天王小喜追上部队也有可能。但是，张云峰忽视掉了一点，他和四连长在楼上的对话被王天木听得一清二楚，他根本就没想到王天木在那一刻已经做出了离开部队去寻找他弟弟的决定。

　　王天木是县西南部曹坊乡人，十八岁时参加西南五乡农民暴动，后来加入了县游击大队。1931年初，罗炳辉、谭震林率红十二军进入宁化，王天木参加了红军，被分配到红三团。别看王天木当时年纪不大，但人高马大，在县游击大队时曾向一个有功夫的队友学过一些拳脚，又有一身蛮力，能徒手将一头发疯的水牛牯扳倒，两米多高的山崁身子一缩就蹿得上去，被张云峰看上，调到身边当警卫员。后来，张云峰还将自己的一套"破锋刀法"传授给他。王天木是个十分得力的警卫员，曾救过张云峰的命。那一回，张云峰到师部开会回来，半路被刀团匪袭击，是王天木挥舞着大刀拼死将他从十几个匪徒的围攻中抢了回来。几年来，王天木跟着他出生入死，情同父子，是他非常信任的警卫员。而且两人十分默契，许多时候，根本就不需要张云峰说什么，只要一个眼神、一个手势，甚至一声咳嗽，王天木都能心领神会。就像现在，张云峰只看了王天木一眼，他完全清楚王天木明白他的意思，他根本不可能怀疑王天木要逃跑。可这一次，过分自信的张云峰彻底错

了，王天木在他面前耍了一个花招，就在张云峰在晒谷坪上向战士们下达出发命令时，王天木已经悄无声息和他背道而驰逃走了。直到部队出了村，翻过隘口时，张云峰想抽烟，到了这个时候他才发现王天木不见了，但他怎么也没想到王天木当了逃兵，他还以为王天木收拾东西慢了一步，所以他向政委要了一支烟，边吸边站在隘口的苦楮树下等王天木。可当房东妈三追上来把背包交到他手里时，有那么一刻，他整个人如遭雷击，呆若木鸡。等回过神，他怎么也控制不住自己的愤怒，猛地一掌将妈三送来的背包打落在地，里面的烟丝飞得到处都是。张云峰觉得心中有一座火山要爆发，那种愤怒在他的胸膛如千万个惊雷在滚动，如千万只虎狼在嚎叫。当着房东妈三的面他想克制自己，可他控制不了，那冲天而起的狂怒如炽热的岩浆进出胸膛，他的脸因愤怒扭曲得十分狰狞可怕。他仰头朝灰沉沉的天空发出了一声惊天动地的嘶吼，那吼声撕心裂肺，在山谷间四处翻滚，最后引来了四面八方的回声，震耳欲聋，乌云密布的天空活生生裂开一道口子。对于张云峰来说，他可以直面敌人的枪林弹雨，但无法忍受自己人的背叛！这种让最信任的人欺骗的感觉是一种奇耻大辱，这种耻辱演化成无比的愤怒和厌恨。要是当场抓住了王天木，他会毫不犹豫一枪崩了他。

王天木在细雨迷蒙的老街上呆了几秒钟，看着张云峰愈行愈远的背影，心里竟然有一丝窃喜，他毫不犹豫地掉头就跑。

水莲怎么都没有想到，王天木会转身跑回来。当看着王天木跟在团长他们身后走出大门时，她的心一下就被掏空了。刚才在屋里王天木那狠狠地一抱，抱走了她一颗春情荡漾的心。她多么希望王天木不要走，可是她清楚那是不可能的，团长走了，部队走了，王天木肯定是要走的，她拦不住他，她无能为力，她第一次体会到什么叫心如刀绞，什么叫依依不舍。但让她意想不到的是王天木竟然转身朝她跑了回来，惊喜之余，水莲又有点措手不及。

王天木在跨进大门时，顺势将水莲拖进屋里，急急地说："水莲，快把你爹喊来。"

水莲回过神，转身朝后屋跑去："爹，爹，你快过来。"

妈三从后屋赶出来，有点惊讶地看着王天木。

王天木将手里的一个背包交给妈三："妈三叔，你把这个背包交给张团长，就说我走了，其他什么都不要说。"

"你要去哪里？"

"你莫问，只要这样跟团长说就做得。快，要不你追不上了。"

妈三懵懵懂懂接过王天木塞给他的背包，沿着老街朝村外一溜小跑而去。

王天木将另一个背包塞给水莲："帮我藏好它。"说完转身就往外跑。

水莲一把拉住王天木："天木哥，你要去哪里？"

王天木欲言又止。

水莲似乎已经心领神会，不再问，将一件蓑衣披到王天木身上，又从壁上摘下一顶笠麻递给王天木："天木哥，躲过这一阵，你就转来，我天天都会给你留着门。"

王天木怔怔地看了一眼水莲，他从水莲眼里看出水莲似乎什么都懂。但是王天木心里十分清楚，其实水莲啥也不懂，可此时的王天木没时间解释，也没办法解释。他用力搂了一下水莲，掉头冲出门，顺着老街逃命般往上跑。老街上空荡荡的，乡亲们都追到村口给红军送行去了，偶尔有一两个人打个照面，但谁也没注意这个着蓑衣、戴笠麻的人。王天木一口气跑上村子的后龙山，到了这个时候他才觉得虚脱了一般，一股冷气飕飕往脊梁上冒。

对于王天木突然逃离部队，水莲的想法是王天木舍不得她，想要回来和她在一起，这个想法对于一个十八岁的青年女子来说其实十分正常，这让水莲既感动又幸福。当时红三团是从江西撤下来驻防在凤凰山最长的部队，王天木在水莲家住了近两个月，高大俊朗的王天木让情窦初开的水莲深深喜欢上了他，其实水莲也看出王天木对她有意。虽然两个人嘴里没说，但心有灵犀，都能感觉到对方那种说不出口的情感。纸是今天早上被捅破的，水莲知道，红军这一走，她不知何时还能见到王天木。当时王天木紧紧地抱着她，她能感到自己两个乳房似乎要被王天木火热的胸膛挤爆，甚至还明显地感到王天木的反应，这让她既羞涩不已又有一种强烈的幸福的晕眩。当时她就想，只要王天木想要，她什么都愿意给他。虽然后面王天木什么也没做，但水莲能感到王天木心里是有她的，是喜欢她的。她望着王天木消失在细雨迷蒙中的背影，觉得王天木很快就会回来，回到她的身边。可是她怎么也没想到，王天木此时逃离部队并不是为了她，可以说和她一点关系都没有。

　　直到王天木带着她到檀河镇上安身下来后，有一天晚上告诉她脱离队伍的真正原因时，说实话，水莲听了当时心里有那么一丝的失落感。但她最担心的还是王天木为了给王小喜报仇会再孤身犯险，她怕失去王天木。去年冬天王天木能捡条命回来，就要多谢菩萨保佑。但王天木告诉她这辈子再不会离开她，他可以丢下一切，但绝不会丢下她。水莲一开始还将信将疑，认为王天木是在哄她，夜里睡觉总要抓住王天木的一只手心里才踏实，她总担心哪天早上醒来时王天木就突然不见了。有时水莲也会扪心自问，自己是不是太自私了？自己这么做是不是对得起王天木？但在小镇生活了一年，王天木只是一天到晚埋头干活，用他的话说他就是想和水莲过踏踏实实的日子，走的走了，死的死了，该放下的就该放下，除了水莲和儿子来福，其他什么都不重要了。这让水莲很感动，不管王天木当时是因为什么原因留下来的，现在和自己日同三餐夜同一宿，把她当心肝宝贝似的疼着，她就心满意足了。她在心里发誓，这辈子要和她的天木哥相亲相爱，永不分开。

多年以后，王天木对那天早上发生的事依旧记忆犹新，每当想起他的心就像被针扎了一下，猛地就会抽搐一下。他当时的想法很简单，找到弟弟王小喜后，再追上部队，回到红三团。可是事情的变化让他措手不及，王小喜死了，他自己差点丢了命，部队也不知去了哪里。在凤凰山上的木寮里养伤时，他听妈三说团长派来追捕他的红军和乡里的苏维埃干部一直在找他。他当时就想去找他们，他要回部队去，就算团长会怎么处置他，他都认了。可妈三不让，说他这种逃兵被红军抓回去是会被枪毙的，再说你走了，水莲怎么办？你不能扔下水莲不管。说什么也不答应。王天木当时伤重，走不动，又被妈三阻扰，一耽搁，白匪和民团就杀了回来，四处搜捕失散红军和革命群众，凤凰山乡苏维埃干部和赤卫队队员死的死逃的逃，听说那三个追捕他的红军也被刀团匪杀害了。王天木东躲西藏，根本就不知道要到哪里去找部队了。

在那个天寒地冻的木寮里，是水莲一直在照顾他，陪伴他，用一个少女的柔情温暖着他。也就是在那个时候，王天木体会到了人间最美妙又动人心魄的爱情。到了檀河镇后，王天木越来越觉得水莲就是他的命，特别是儿子来福出生后，他更感到了为人夫、为人父那种沉甸甸的责任，他不敢再让水莲为他担惊受怕了。但李大力的出现，将王天木原本平静的生活打破了，他猜测李大力很有可能和自己一样是一个受伤后失散的红军。对李大力身份的猜测让王天木内心深处突然产生了一种类似亲情的疼痛感，这种疼痛感让他感觉到自从离开部队以来自己内心的孤独是多么漫长。这个感觉让他恐惧，让他悲伤，这种恐惧和悲伤原先一直隐藏在心底，李大力的出现不经意地触碰到了他，让他一下找到了自己的痛。他在李大力身上看到了自己的影子，他体会到李大力的孤独以及为了活命的无助与无奈，他觉得自己该为这个可怜的乞食佬做点什么，他觉得只有这样心里才会安宁些。

除夕夜，王天木躺在床上，辗转反侧不能入睡，那"嘣嘣"的拍打声一阵一阵从土堡外传来，似乎拍打在他的心坎上，终于他忍不住了，翻身坐起。

水莲睁开眼，翻过身点着床头的油灯盏，看到王天木心神不定的神情，吃惊地问："你怎么啦？"

王天木帮水莲披了披被子："我总觉得伊公庙里那个疯疯癫癫的乞食佬有来头。"

"什么来头？"

"我觉得他是受了伤掉队的红军，流落到镇上来了。"

水莲吓了一跳："你可不能乱猜，这要传出去，肯定会被民团捉去杀头的。"

王天木叹了口气："我看他真的很可怜，我们得帮帮他。"

水莲看着王天木理解地点点头。

当王天木提着一坛隔冬老酒和一只烧鸡推开伊公庙的大门时，李大力正坐在火堆旁边烤火，边拍着竹筒，那"嘣嘣"的拍打声在小小的庙内回响。让王天木有点诧异的是，对他的到来，这个蓬头垢面的乞食佬并不感到惊奇，他连身子都没动一

下，只抬头看了王天木一眼，就低下头顾自唱他的曲：

一劝郎，要小心，莫把娇莲挂在心，莫要时刻想着妹，想来想去更伤心。二劝郎，燕子飞，飞来飞去有高低，为人莫做风流子，今日东来明日西。三劝郎，要坚心，为人处世要认真，劝郎亲哥行正事，敷敷衍衍害死人。四劝郎，劝得高，南山眸见北山高，南山这边雉鸡好，北山那边鹧鸪娇。五劝郎，莫贪花，贪花郎子害自家，房中捉到房中死，半路撞着半路抓……

李大力唱的是一曲《劝郎歌》，这在当地很流传，但王天木听来不知怎么就觉得有些刺耳，不自在。他不明白这个疯疯癫癫的乞食佬怎么突然在他面前唱这首歌，难道是有所指？但王天木没往深处想，从地上捡了块木柴，垫在屁股下，隔着火堆在李大力对面坐了下来。

李大力住了口，一手抱着竹筒，另一只手捡了根树枝撩了一下火堆，飞起一些烟尘，火苗蹿了起来，小小的伊公庙顿时亮堂了许多。李大力撩了一下耷拉在面前乱蓬蓬长发，眯缝着眼看着王天木，问了声："你有事？"

王天木起身从神龛上取了两个祭祀用的酒碗，倒了两碗酒，又扯下一只鸡腿，隔着火堆递过去。王天木端起碗朝李大力让了让，一饮而尽。李大力无声地笑了声，也端起酒干了，拿起鸡腿就啃。

王天木又给两个碗倒上酒,再递一碗过去:"过年了,食点酒驱寒。"

李大力伸手接了,嗯了一声。

王天木看着李大力问:"从哪里来?"

李大力想也没想就说:"从没吃的地方来。"

"要到哪里去?"

"乞食佬没家没屋,走到哪算哪。"

"怎样称呼?"

"喊我乞食佬、唱曲佬都做得。"

接下来,两个人没说话,只是喝酒。此时已过子夜,正是交春时刻,不知谁家第一个放起了迎春接福的鞭炮,紧随着,鞭炮声就接二连三炸响起来,惊天动地,震耳欲聋,夜空中弥漫着浓浓的硝烟味。此起彼伏的鞭炮声足足响了个把时辰,才渐渐平息下来。

王天木和李大力再干了一碗酒,起身,拍了拍李大力的肩膀,摇摇晃晃出门,走到门口,回头对李大力说:"老伯哥,缺啥吱个声,这年头,好死不如赖活,活下去就是天大的事。"

李大力咧嘴笑了笑,没有接话。

王天木刚出庙门,身后骤然响起"嘣嘣"的拍打竹筒声,那声音如突如其来的雨点,又如急促的马蹄,根本不似之前柔和,让王天木走进土堡时都依旧感到心神不定。

随后的日子里,王天木陆陆续续给李大力送去了被褥、寒衣和一口锅头及一袋大米,甚至还挑去好几担柴火。当然,王

天木给李大力送这些东西时找了个堂而皇之的理由，他告诉李大力，他儿子身子弱，出生都有半年了，那腿儿都还没他拇指粗，不是今天生这病，就是明日得那病，没得消停。他给儿子算了命，说是前世欠了人家的孽债，这世得多行善积德修阴功才能改命，所以看到李大力一人可怜就送点吃的和穿的过来，像是帮了李大力其实是帮自己。

王天木之所以要在李大力面前编出这样一个理由，目的就是不想让李大力知道他曾当过红军，也好让李大力放心。但王天木拿儿子出来说事，倒是实话。当时躲在山上养伤，在水莲的悉心照料下，王天木身体渐渐好了起来，两个相亲相爱的年轻人在鹧鸪窠那个四面透风的木寮里朝夕相处肌肤相亲，自然而然就会演绎出人间最美妙最动人的爱情。但是不久水莲发现自己怀孕了，为了不在凤凰山村民和那些四处搜捕红军的民团眼里露馅，妈三让王天木带着水莲悄悄离开凤凰山，隐姓埋名来到檀河镇讨生活。

对于王天木的帮助和自圆其说，李大力不置可否，他不拒绝也不感谢，似乎王天木对他所做的一切都是天经地义。他也很少主动和王天木说什么，王天木想来就来想走就走，基本是王天木问一句他答一句，各自心照不宣，互相试探又互相提防。可李大力的口风极严，从没有让王天木问出什么。李大力的处处设防，更让王天木感到李大力就是他猜测的那种人，他的谨小慎微目的是为了保命，毕竟檀河镇现在是白军和民团的天下，稍有不慎，就会招来杀身之祸。红军出发前，一些伤病员被安置在当地老百姓家里养伤，白军和民团回来后，多数都被捉住杀害了。对李大力这么做王天木很能理解，他在这镇上这么久，除了"金钩大伯"又有谁知道他原来当过红军？他不也是守口如瓶吗？何况这个乞食佬还瘸了一条腿，是个半条命，能活下来就不容易了，要真有什么不测，他根本就没有本事对付。王天木觉得自己身上突然就有了一份责任，如果乞食佬真是失散的红军，自己就必须保护他，不能让他再受伤害了。但自作多情的王天木怎么都没想到，这个瘸子竟会是团长张云峰派来追捕他的，无时无刻都在考虑要如何处置他的人。

但李大力和王天木想的不一样。除夕半夜，当王天木突然出现在庙门口时，坐在火堆边的李大力着实大吃一惊，当时他的脸都青了，只是被蓬头垢面、乱发长须掩盖过去了，王天木不易察觉而已。当时的李大力第一个反应就是自己的身份被王天木识破了，王天木要对他下手。虽然李大力表面上不动声色，但他已经悄悄做好了拼命的准备，如果王天木向他下手，那他就拼个鱼死网破。虽然一只腿残废了，但他会用另一只脚直踹王天木的面门，手里的竹筒也会砸向王天木的脑袋，就算会死在王天木的手里，也不能坐以待毙。但后来他发现王天木只是试探，这让他松了口气。他反思自己来到镇上这段日子，处处谨慎小心，并没露出过什么马脚。凭着当侦察员的敏锐，李大力察觉王天木只是猜测他是一个受伤失散的红军，这让李大力放下心来。对于王天木的旁敲侧击，李大力不置可否，不承认也不否认。他觉得自己要充分利用和把握住王天木目前这种患

得患失的心理，来掩饰自己，一步步实现自己的目的。

　　有时候，李大力会整宿整宿睡不着觉，在没有找到王天木之前，自己是历尽艰辛、九死一生寻找他，待找到他时又苦于一时没有办法来对付他，这就像一个猎人面对苦苦追寻的猎物突然出现在面前时又无法捕获它一样让他纠结。因此，他常常整宿整宿地拍打他的竹筒，他找不到更好的发泄途径。

　　李大力的苦衷镇上的人是不会懂的，每到夜深人静之时，听着伊公庙内传出"嘣嘣"的拍打声，小镇的人既好奇又新鲜，那极富韵律和节奏的声音柔和而且低沉，成了许多人家的催眠曲。有一些汉子在女人身上用劲时竟然跟上了这节奏感，忽快忽慢，忽强忽弱，添了许多乐趣。时间长了，要是晚上没有听到"嘣嘣"的拍打声，好些人竟然会翻来覆去睡不着。豆腐侯四站在檀河边一脸坏笑对人说："这个乞食佬会催情呢。"惹得担水的汉子心照不宣，哈哈大笑。

第三章

谷雨过后，雨水就多了起来，檀河水明显涨了。那些垂在石拱桥上的藤条，已有鲜嫩的绿，燕子剪着尾巴在雨中来回穿梭，田里也长起了细嫩得像绒毛似的青草。河对岸的田塅上，三三两两的农户在犁田耙田。檀河镇因地势中间高四周低，状如倒扣的锅底，留不住水，因此经常发生旱灾，民间流传着"檀河好大丘，十种九不收，一朝雨水足，有米下福州"的民谣。自古以来，镇上的人都盼年成雨水足，雨水足就会是个丰收年。

镇上逢古历一、六是墟日。今天是三月二十一，下了好多天的雨，难得出了日头，前来赶集的乡民格外多，满街都是卖瓜秧菜苗和犁耙镰担的摊子。这时节人的肚里已经没啥油水了，口袋里有几块钱的多数都会到猪肉庄上斫上两斤猪肉归家，打

打牙祭。

　　猪肉庄在老街中段，原是一座五通庙，后来庙失火烧了，留下一块临街空地。有屠倌就在此用谷笪搭上棚，将肉摊摆在了这里，慢慢地镇上的卖肉摊都集中在了这块空地上，时间长了乡民都将这地方叫"猪肉庄"。

　　今日屠倌杀的猪特别多，有二三十个肉摊，前来买肉的乡民熙熙攘攘，屠庄上乒乒乓乓的剁肉声此起彼伏，一些狗在屠案下乱窜，争抢着屠倌们丢弃的猪杂碎什么的。半上午时，突然传了骂骂咧咧的吆喝声，几个团丁风风火火闯了进来，为首的就是"斗鸡眼"李三赖。李三赖经常在集市上白吃白喝惯了，隔三岔五跑到猪肉庄向这个摊上要条猪腿，那个摊上提副猪下水，从来就没给过钱，大伙一看到他就晓得没什么好事。果不然，李三赖将肩上那担箩筐一搁，要每个屠庄交五斤肉，说是作犒劳民团剿匪之用。屠倌们一听都晓得李三赖是扯着大旗当虎皮，又来敲竹杠，个个都憋了一肚子火，人高马大的胡老七将屠刀"咚"地剁在屠案上，气呼呼道："不给，不给，年年说剿匪，连土匪的胺毛都没剿到一根，莫拿剿匪来糊弄人！"

　　"对，不给，不给，太欺负人了！"众屠倌纷纷叫嚷起来。

　　李三赖一看，恼羞成怒，拍着胯下的盒子炮叫道："反了，反了，要没老子保护，你们卖我胺的肉，早让土匪抢去了！"李三赖把搁在地上的那担箩筐拎起来"嗙"地顿在胡老七的屠庄上，皮笑肉不笑地看着胡老七说："胡老七啊胡老七，每次都是你和我唱反调，今朝我不白要你的肉，我拿件东西跟你换。"

李三赖边说边从箩筐里拎出一物来，摆在了屠庄上说："胡老七，我用这个红军的人脑壳换你的猪肉总可以吧？"

干了半辈子白刀子进、红刀子出买卖的胡老七做梦都没想到李三赖拎出的竟是个血淋淋的人头，只见那人头圆睁双目死死瞪着他。胡老七腿一软，当时就吓傻了，顿时两眼发直，脸由红转青，由青转黑，全身像打摆子般抖起来，一股热乎乎的液体顺着大腿根很不争气流到了地上。胡老七手里的剔骨刀"咣当"就掉在地上，他"嗷"地叫了声，一把推开李三赖夺路而逃。

不知谁喊了声"杀人啦，民团杀红军啦——"，整个猪肉庄上的人就像看到了鬼一般，轰地一下四散奔逃，一转眼猪肉庄上就不见人影。李三赖得意地哈哈大笑，让手下装了一担猪肉扬长而去。

李三赖在猪肉庄上用人头换猪肉的时候，李大力正坐在火烧坪的牌坊下唱曲。虽然围观的人挤得水泄不通，但他连眼皮都不抬一下，顾自"嘣嘣"边拍竹筒边唱：

想起唱歌不成声，一身着得烂乒乓①，衣裳好比豆壳样，如何唱得山歌成？

李大力好像在唱他自己，四句才唱完，就有人高声叫好，

---

① 烂乒乓：衣裳破烂。

还有人打趣:"乞食佬,山歌唱不成咋办咧?"

李大力又"嘣嘣"拍了几下竹筒,接下去唱:

想起唱歌唱不成,门前搭起苦瓜棚,别人老婆养来子,我介老婆没讨成。

围观的人嘻嘻哈哈都笑起来,都觉得这个乞食佬好搞笑,有人还叮叮当当在李大力面前的饭碗里丢下几个铜板。

高山做屋瓦盖墙,不讨老婆命更长,日里省得半升米,夜里省得半边床。

李大力正唱得起劲,老街上突然一下骚乱起来,只听有人喊:"猪肉庄上杀人啦,杀红军啦。"

原本听曲的人群呼地闪开,又呼啦啦朝老街的猪肉庄上涌去。

李大力一听说杀红军,心里一揪,连装铜钿的破碗也不要了,抱起竹筒也一瘸一拐跟着那些想看热闹的人朝猪肉庄上跑,但李大力跑不快,很快就孤零零落在了后头。李大力走出没多远,又见街上的人群像涨大水般往回涌,个个惊慌失措,大呼小叫,把个李大力挤得东倒西歪。等李大力好不容易捡起掉在地上的竹筒,熙熙攘攘的老街上就像一条倒光黄豆的布袋,转眼间就变得空荡荡地瘪了,只剩下街两旁一些店铺的伙计在手忙脚乱收货物,"砰砰啪啪"上铺板。豆腐侯四慌慌张张将豆腐摊子往店里搬,见了李大力,叫了起来:"乞食佬,你还磨蹭啥?等那冤死鬼来索命啊?"

李大力好像没听到似的,拄着拐棍,照直往猪肉庄上走。

"癫子。"侯四骂了句,"咣当"就把店门给关了。

李大力走到猪肉庄上,原本想看热闹的人早做鸟兽散,一个人也不见。一些屠庄上还摆着猪肉,日头白花花地照着,绿头苍蝇"嗡嗡"乱飞。

几只瘦骨嶙峋的狗正竖着身子将前爪搭在一张屠桌上争抢着什么,李大力叱了声,狗一下跳开,一个血淋淋的人头从屠庄上骨碌碌滚到了李大力的脚下。

虽然有心理准备,但李大力还是吓了一跳,他朝那人头只看了一眼,顿时胃里一阵翻江倒海,腿一软,蹲在身,"哇哇"干呕,直呕得鼻涕眼泪哗哗流了出来。

一只狗龇着牙,虎视眈眈盯着李大力脚下的人头,亦步亦趋要上前。

李大力突然一跃而起,发出一声撕心裂肺的吼叫,挥起手中的木棍朝狗头挝去。

那狗"汪"的一声惨叫,在地上滚了两滚,"汪汪"叫着,夹着尾巴跑了。

李大力"扑通"跪下来,捧起地上的人头,只见那人头双目圆睁,死死瞪着他,嘴巴微微张着,好像要对他说什么。人头的颈下被齐刷刷砍断,白森森的喉管里还在"咕噜咕噜"冒出血泡。李大力全身发抖,他不能确定这个后生到底是不是红军,也不知道究竟是如何被"斗鸡眼"砍了头,但他的脑海里一直在回旋着"红军,红军"的声音,那声音从小到大,最后大得如雷贯耳,让他头痛欲裂。李大力捧着血淋淋的人头,突然不晓得自己该做什么了,他站在那,脑袋一片空白。

一片黑云从头顶飘过,遮住了亮晃晃的日头,眼前一下就暗了下来。

"轰隆隆",一阵雷声滚过,紧接着雨点就啪啦啦打了下来。雨水浇在屠庄的那些猪肉上,和着红红的血水哗哗流下地,地上不一会儿就一片血红。

李大力直愣愣地站着,一动不动地和手里的人头对视着。雷声一阵紧似一阵从他头上滚过,雨点像鞭子般抽打在他身上,一头乱蓬蓬的长发滴滴答答往下淌着水。李大力突然想哭,想号啕大哭一场。

突然他的手臂被一只手拽住,李大力回头一看,是挑着一担箩筐的王天木。王天木一把从李大力手上抢过人头丢在屠庄上,拖起李大力就走。在倾盆大雨中,李大力被王天木连拖带拽跌跌撞撞走过老街,走过火烧坪,直到进了伊公庙,王天木将李大力一推,肩上的箩筐一扔,吼道:"你去寻死,要'斗鸡眼'斫了你的脑壳才甘愿吗?!"

王天木的力道很大,李大力竟然被推得趔趄几步,一屁股跌坐在地上的稻草铺上,他看着王天木,一副懵头懵脑的神情。

"你也不要跟我装,我是看你可怜。"王天木把一个箩筐翻过来底朝上，坐下，"你晓得那被斫脑壳的是什么人？那可是个红军。"

"红军？红军不是前年就走了嘛。"

"那个红军，"王天木白了李大力一眼，似乎对李大力这问话十分不满意，"听说还不到二十岁，受伤后留在山里一个猎户家养伤，都一年多了，也认了猎户做爹。你说人家日子过得好好的，碍着'斗鸡眼'什么事，前两天这畜生得人告密，带人去捉。后生就和团丁打，可团丁人多，把后生砍成重伤。'斗鸡眼'要抬回来领赏，抬到半路后生就死了。到嘴的肉丢了，气得'斗鸡眼'将后生的尸首剁成几段，尸身扔到檀河里喂鱼了。大家躲都来不及，你倒好，偏要往那个是非地里钻，还去捧那死人脑壳，你不嫌瘆得慌啊？难道你和那个红军后生有瓜葛？"

"我有什么瓜葛？老天都瞎了眼，咋就不会收了'斗鸡眼'这个恶人。"李大力撩了一下额头上的乱发，朝王天木看了一眼，然后扭头看着神龛上的伊公尊王。

王天木在接触到李大力眼神的那一瞬间，他又感到对方的犀利，在昏暗的环境中闪着不可捉摸的亮光。王天木搞不明白，这个乞食佬为什么要如此防备他？几个月来自己对他没半点恶意，总是变着法儿来帮助他，担心他出意外，为了啥？不就是因为他是个落难红军吗？和自己同病相怜吗？可这个乞食佬根本就不领他的情，总是防贼一样防着他，从来没有对他说过一句掏心窝子的话，让人觉得总是那么神秘莫测，根本看不清他内心到底在想什么。王天木看着李大力那副装模作样的神情，心里不免有些着火。

今天吃了早饭，东家李腾云让王天木跟马管家去街上买肉，每年农活开始，东家都要好酒好肉请佃户和长工们吃顿开工饭。李三赖拎着人头要跟胡老七换猪肉时，王天木和马管家正好在另一个肉摊前买肉，见到了那惊心动魄的一幕。当时王天木也惊了心，丢了肩上的箩筐，扶着吓得直打哆嗦的马管家随着四散奔逃的人群撒腿就跑。当跑出猪肉庄时，却见李大力拄着拐棍一瘸一拐朝猪肉庄上赶，这让王天木吃了一惊，这乞食佬这时候跑来寻死差不多！王天木不放心，折转来，果然看到乞食佬抱着那个血淋淋的人头站在大雨中发呆。这个癫子，真怕冇人晓得你是红军啊？不要命了吗？！情急之下，王天木也不管三七二十一，挑起担，拽起李大力就走。

"老伯哥，这镇上坏人多着呢，要想活长点，就把脑壳藏在腋脑下，闲事莫管。"王天木摸出一包辣子烟，卷了个喇叭筒，递给李大力，然后再卷了一根，点了兀自"吧嗒吧嗒"吸起来。

李大力不接他的话，怔怔地坐在木墩上。有那么一刻，李大力心里对王天木充满了感激，他知道王天木一直将他当作是流落到镇上的失散红军，王天木责怪的语气里流露出了对他的关心。的确，刚才在猪肉庄上自己是失了态，幸好没别的人，要不会让人如何想？

烟冒着火星子，烧得很快，不一会儿就烧到了嘴唇上，烫得李大力抖了一下。好像到这个时候，他才回过神来，他看了一眼王天木，很快又恢复一副呆若木鸡的神情。

王天木摇了摇头，叹了口气，挑起箩筐出了庙门。

王天木走后，李大力一头倒在地铺上，似乎虚脱了一般。他的眼前一直晃动着猪肉庄上那个血淋淋的人头，人头晃啊晃啊，变成了林二毛的人头，林二毛那骨碌碌滚在地上的头颅。他好像听到林二毛一直在对他喊"报仇，报仇"！半夜时分，李大力从昏沉沉的状态下清醒过来，伊公庙内黑乎乎的，神龛上还亮着一豆灯光，伊公尊王环眼怒目在黑暗中炯炯发亮。

李大力在接受团长张云峰给他的追捕任务后，觉得任务很快就会完成，他甚至还做了打算，如果王天木能乖乖束手就擒，跟他回部队，那他就将王天木交给团长去处置；如果王天木敢拒捕，那他就处决王天木。但他怎么都没想到自己的命运从那天起和王天木一样，彻底脱离了部队。

当时，李大力估计王天木不可能跑多远，所以他带领陈水生和林二毛返回凤凰山的时候，第一件事就是去找房东妈三了解情况。刚走到老街口，就看见李初一大呼小叫，连滚带爬从后龙山跑回老街上来。一打听，李大力觉得事有蹊跷，领着陈水生和林二毛朝后龙山上奔去，但这时的王天木已经翻过山脊遁去，别说王天木的踪迹，就是崖婆精的毛都没看到一根。

随后他们返回村里，找到乡苏维埃主席老王，老王一听是追捕红军的逃兵，迅速组织起几个乡干部和十来个游击队队员，把村子里里外外搜查了一遍，自然也是没结果。

王天木没找到，但李初一瘆人的怪叫声却惊动了村里的人。大伙都被李初一怪异的神情给吓坏了，有几个胆大的想去拉他，

可李初一像只疯狗似的又踢又挠，嘴里发出公鸡打鸣的怪叫。李初一跑回家，一头栽在床上蒙起被子，全身抖得像筛糠般，嘴里直叫"崖婆精，崖婆精"。赶来的众乡亲没见过这样式，束手无措，不知谁喊了声："快去请胡半仙。"李初一的老婆才如梦初醒，跌跌撞撞跑去把胡半仙喊来。胡半仙平时帮人算命排八字，还会替死人做道场超度，可又常年穿着佛衣，道不像道，僧不是僧，但却什么都能弄上一手。只见他一手摇着铜铃铛，一手舞着桃木剑在李初一身上比比画画，左劈右砍，端来一碗清水手捏指诀口中念念有词，然后含了一口水"噗"地喷在李初一脸上。也真怪，李初一打了个激灵就不叫了，只是说冷。胡半仙让李初一的老婆在床底烧了两个炭盆，将李初一的衣物全脱了，然后叫李初一的老婆脱光身子在被窝里抱住李初一帮他取暖。到了下半夜，李初一才清醒过来，就一直说见了崖婆精，比牛还大的崖婆精。再后来，李初一不冷了，全身烫得像火炭般，昏昏沉沉睡了一个多月就疯了。

后来，李大力还回到凤凰山几次，甚至在妈三家还住过两个晚上。他多次向李初一打听那天在后龙山看到崖婆精的事，冥冥之中他总觉得和王天木有关。李初一别的都说不清楚，但对崖婆精却说得神乎其神，绘声绘色。李大力对于李初一所说的崖婆精，自然不会相信，村里许多人也半信半疑。但妈三却认为一定有，他说成了精的崖婆要多大就有多大。

那一段日子里，李大力他们在凤凰山周边方圆上百里的村寨寻找，他们把王天木有可能落脚的地方都搜寻了一遍，可都没有发现王天木的踪影。李大力分析，王小喜的失踪和王天木的逃跑是早有预谋的，先是王小喜借送信的机会逃离部队，随后王天木在部队出发时悄然出走，这两兄弟真是做得滴水不漏。既然当了逃兵，就要有落脚的地方，在这短短的时间内这两个大活人难道钻天入地了不成？抓不到王天木，就完不成任务，完不成任务就回不了部队，这不禁让李大力焦虑不安。

农历十月二十五，李大力对这个日子刻骨铭心，每当想起这一天他的心就会痉挛般地抽搐起来。但当时的李大力并不知道，也就是在这一天，离开中央苏区的中共中央机关和红一方面军主力突破了国民党军第四道封锁线，渡过湘江，凤凰涅槃浴火重生。他也不知道，他所在的红三团八百多人剩下不到一百人，团长张云峰也打残了一条胳膊。

那一天，李大力带着陈水生和林二毛冒着迷濛细雨和飕飕寒风再次赶往王天木的老家曹坊。李大力总觉得这当了逃兵的兄弟俩应该会回老家落脚。晌午时分，三个人赶到离村子还有十多里地的一座廊桥上。此桥叫"神仙桥"，建于明景泰年间，是当地通往汀州府的"盐米"古道，全长八十余米，翘角飞檐，雕梁画栋，桥面为廊式木质结构，两侧架有供行人休息的坐板，具有显著的客家风情。

一心追寻王天木的李大力根本就没有想到，此时国民党五十二师已从江西石城一路浩浩荡荡向宁化开进，而曾作鸟兽散的反动民团和刀团匪更是迫不及待卷土重来。虽然李大力知道局势紧张，但他当时依旧认为就算主力红军走了，各级苏维

埃政府和地方部队仍然控制着苏区，敌人不可能那么快就反扑回来，所以他们三人在四处寻找王天木的过程中依旧穿着红军军装，根本没想过要乔装打扮。因此在廊桥上与一伙刀团匪迎面相遇时，不仅李大力他们吃了一惊，那些穷凶极恶的匪徒也吓了一跳。当匪徒看到只是区区三个红军时，竟感到受了侮辱，这三个大摇大摆的红军真是胆大包天。一声呐喊，挥舞着大刀梭镖就将李大力他们围堵在了廊桥上，一场血战瞬间展开。

　　李大力举枪打倒一个扑上来的匪徒，一回身，另一个匪徒的大刀兜头劈来，李大力一侧身，大刀从他的耳边掠过，"咚"的一声剁在了桥栏上。那匪徒跳将上来，去拔嵌在桥栏上的大刀。李大力哪还有机会给他，一脚将他踹翻，拔起大刀，一扬手，那匪徒的脑袋就飞了出去，脖子上的血"噗"地喷起几尺高。李大力挥刀格开一杆梭镖，冲和匪徒打斗成一块的陈水生和林二毛喊："杀开条路冲出去。"

　　可是，陈水生和林二毛被匪徒团团围住根本脱不了身，由于两人使用的是长枪，近距离根本没法开枪，只能将枪当棒使，在匪徒的大刀梭镖面前明显就落在下风。人高马大的陈水生一枪托挝在一个匪徒头上，那匪徒顿时脑浆迸裂，惨叫着倒地。可是匪徒人多，几个人抢将上来，数把梭镖齐刷刷捅进了陈水生的胸膛，将陈水生直挺挺钉在桥柱上。陈水生口喷鲜血，一下勾下了头。林二毛见了大叫一声，将一个匪徒撞了个四仰八叉，飞身扑上去，挥起铁拳只打得那匪徒七窍流血，一命呜呼。可扑上来的匪徒并没有放过林二毛，一个匪徒抢上前，一刀劈在了林二毛的后背，林二毛宽厚的背一下塌了下去，匪徒再一刀剁在林二毛的后颈上，林二毛的脑袋就骨碌碌滚到了地上，颈上的血"噗"地如箭般直射出来。

这一切，近在咫尺的李大力看得一清二楚，可是他根本就没有办法去解救他们。林二毛的脑袋滚到了他的脚下，他清楚地看到林二毛的嘴巴还在一张一合。此时李大力的额头被扎了一梭镖，血像泉水似的往外冒，糊住了一双眼睛，他一手不停地抹着脸上黏糊糊的鲜血，一手提着大刀左劈右砍。那些匪徒也觉得李大力是个硬茬，一时拿他不下，只好团团将他围住。当看到两个战友惨死，李大力也料定自己今日必死无疑，所以他根本不顾死活，以命相拼，这倒让那些匪徒不敢贸然上前。

后来不知有多少次，李大力都想过，当时要是拼死在"神仙桥"，那就一了百了，也不要吃那么多的苦受那么多的罪。可是当时在那么激烈的拼杀关头，自己怎么会突然想到了团长，想到了张云峰给他下达的那个追捕命令呢？正是有了这个想法，李大力才想到了不能死，想到了逃命。他挥刀格开一把迎面刺来的梭镖，一跃而起，一脚蹬在桥栏上，翻身而出。匪徒发现李大力想跳河，呼叫着扑上来。就在他腾身而起时，一把梭镖从他胯下穿过扎进大腿，李大力带着那把梭镖一头栽进波涛汹涌的河里。

李大力从廊桥上翻身落水后，被冰冷的河水冲出很远。匪徒的梭镖穿透了他的大腿，一开始，他还能感到无法形容的剧痛，但人在冰冷的河水里翻滚沉浮，身上剩下的最后一丝热气

飞快地消失，渐渐地疼痛似乎被冻住，他想拔掉那杆穿透他大腿的梭镖，可他根本就拔不动，他只挣扎了几下，就失去了知觉，被湍急的溪流冲向下游。

李大力后来被一个采药老人所救，应该是几个时辰后的事了。那天午后，采药老人在溪岸边的水竹丛里发现了昏死的他。

采药老人的儿子也是红军，在广昌保卫战中牺牲。白匪回来后，到处抓人杀人，他逃了出来，躲在鹰嘴崖的深山里搭草寮住。

李大力在老人的草寮里安顿下来，虽然心急如焚，但他也清楚，伤没好什么也干不了。多亏采药老人，不仅救了他，还收留了他，帮他治伤。李大力默默祈求上天，让他的伤赶快好，王天木就是逃到天边也要将他抓住，此仇不报，死不瞑目。但是让李大力万万没有想到的是，老人为了采药给他治伤跌下悬崖，气绝身亡。

那天一早，老人说要去鹰嘴崖给李大力采驳骨草，据说那峭壁上有治刀伤的神药。尽管那天天空黑沉沉的，冷风呼啸，但李大力想着能让自己的伤快些好，因此并没有阻止老人。也就是这一私心作祟，让老人把命都送了。

按往常的习惯，老人采药一般都会在午时回来，可那天有些奇怪，一直到半下午都还不见人影，躺在床上的李大力突然就有十分不好的预感，他挣扎着起来，拄着一根木棍出了草寮门，空山一片，小路静寂。李大力等到暮霭重重升起，还是不见老人的踪影，心急如焚的李大力狠狠一咬牙，拄着木棍一瘸一拐沿着山路向鹰嘴崖方向走去。

大约走了两个多时辰，天彻底暗下来了，乌黑的天空出现了几粒寒星，一弯冷月从黑黝黝的山顶升起，高耸入云的鹰嘴崖笼罩在一层朦胧的月影中，在黑夜中就像一只黑色的巨鹰。李大力来到悬崖下，边喊边找，终于在一堆乱石丛中，看到老人血肉模糊的尸体。那个晚上，李大力抱着老人在鹰嘴崖下整整坐了一个晚上。

第二天，李大力在鹰嘴崖下用乱石为采药老人垒起一座新坟，然后跪在坟前，给老人磕了三个响头。

就在李大力埋葬采药老人的第三天，下起了鹅毛大雪，山上白了，树上白了，天空也白了，就连鹰嘴崖也一片雪白，在李大力眼里，老天似乎是在给死去的老人戴孝。

大雪封山，由于没有药，李大力的伤口久久不能愈合，先是额头上的伤口不断地溃烂，然后是大腿上的伤口化了脓，那又腥又臭的浓汁流得满腿都是。匪徒的梭镖不仅穿透了李大力的大腿，还将李大力的男根刺断了一截，当时只剩下指甲大一块外皮连着。采药老人无力回天，见保不住，只好将那截断了的男根切下，敷上草药。为了保证李大力伤口愈合后不会堵了尿道，采药老人在李大力残缺的男根尿道口插了一根冬茅秆，这使李大力得以在伤口愈合后没有影响到他的尿道畅通。但自从那时起，李大力就丧失了男人的功能，这个难以启齿的隐秘后来在水莲面前差点就露了馅。每天，李大力就坐在四面透风的木寮里挤着伤口的脓汁，用一把小刀清理着伤口上的腐肉，

大腿上溃烂的伤口可以看到白森森的骨头。曾几何时，从枪林弹雨中闯出来的李大力从来没有觉得有什么可以难倒自己，但是那个时候他第一次体会到了什么叫无能为力，什么叫日暮途穷。

幸亏老人准备了粮食越冬，才使李大力没有在大雪封山时被饿死在山上。直到第二年开春，李大力苦熬赖熬，腿上的伤口才渐渐愈合，但是他大腿股骨坏死，落下了一个瘸脚的毛病。在山上待了几个月，李大力恍如隔世。他觉得自己不能再在这山上待下去了，他必须去完成团长交给的任务，为自己，也为牺牲的战友。在一个春雨潇潇的清晨，李大力收拾好行囊，拄着拐棍，掩上柴扉，抬头朝雾气迷蒙的鹰嘴崖看了一眼，掉头朝山下走去。

李大力下山后，才知道全县已经笼罩在白色恐怖之下，白军和民团四处搜捕杀害失散红军和革命群众。为了掩饰自己的身份，李大力只好将自己打扮成乞丐，饥一顿饱一顿，吃着残羹剩饭，晚上露宿在人家的屋檐下、破庙里，到了最后，连他都觉得自己就是一个十足的疯疯癫癫、邋里邋遢的乞食佬了。他曾想过去寻找部队，可他怕，怕任务没完成团长饶不了他，何况当时的他也不知道部队去了哪里。直到过了大半年以后，他到长汀寻找王天木时，在济川桥上偶然听人说中央红军渡过湘江后八万多人只剩下了三万多人，后来又听说红军在遵义打了翻身仗，一路向北去了。

李大力得知这个消息又喜又悲，喜的是红军还在，悲的是红军离自己越来越远了，自己何时能回到部队？但是李大力想，只要红军还在，他就还有盼头，他的任务就必须去完成。

李大力从1935年冬天来到檀河镇，直到1960年死去，在这二十五年里，他基本没有离开过。但在1949年眼睛被土匪拍瞎前的十四年里，每年清明节前后那个墟他都会悄无声息地消失在人们的视野中。前面几年，没人会去注意这个疯疯癫癫的乞食佬究竟去干啥了，但时间长了，就会有人关注。最先问李大力的是王天木，那大概是李大力到镇上四五年后的事，可李大力没有给王天木一个合理的解释，他甚至对王天木的疑问不屑一顾，这让王天木更加好奇。后来，王天木在清明时就刻意观察李大力，他发现李大力总是提前几天就会备好香烛，然后悄悄出门。王天木断定李大力是去给人扫墓的，至于给谁扫墓，虽然李大力缄口不言，但王天木猜测李大力很有可能是去给牺牲的战友，如果是亲人，李大力根本没必要这么偷偷摸摸，守口如瓶。为了证实自己的判断，王天木曾想过要跟踪李大力一回，看一下他究竟去了哪里。可来回好几天的时间，王天木不敢保证会不会被李大力发现，所以也不敢贸然行事。再后来李大力的眼睛被土匪拍瞎了，之后就再也没走出过檀河镇，瞎眼的人是走不出檀河镇的。

王天木的猜测没有错，那些年的清明李大力的确是去给人扫墓的，但不是给牺牲的战友，而是给那个救过他命的采药老人。我后来在当地党史部门的烈士英名录上找到采药老人儿子的名字,叫曹根生,是红一军团的一位班长,牺牲时年仅二十三岁。从而得知那个已经去世大半个世纪的采药老人的名字叫作曹福旺。虽然李大力得救和许多老套的电影和小说情节一样,难逃窠白,但这是事实,我考虑再三还是在小说里不厌其烦地认真叙述了一遍。

我对照了一下,在1934年秋冬这个时间段里,李大力和王天木除了一个是追捕者一个是逃跑者二者身份不同外,他们所经历的人生轨迹基本一样。同样是受了伤,同样是躲在山中养伤。几十年后,我在檀河镇了解到这个故事时,突然就有了一种类似于迷信的宿命论的想法,我觉得一个人一辈子吃多少饭,走多少路,做多少事,遇到多少人似乎都有定数。就比如李大力,不管他经历了多少劫难,只要他气数未尽,就一定会有人帮助他将该走的路走完。

这个晚上,雨越下越大,暴雨打在瓦片上,发出啪啪巨响,破旧的伊公庙似乎成了汪洋中的一条船,风雨飘摇。飕飕的冷风夹着雨丝从门缝里挤进来,将神龛上的烛火吹得忽明忽灭。李大力盘腿坐在神龛下,把离开部队这一年多来的经历从头到尾想了一遍。他其实非常怕去想,甚至一直强迫自己不要去想,可今晚事与愿违,那些事总是不断在他脑海里闪现。他明白,这都是因为今天猪肉庄上那个血淋淋的人头勾起了他的回忆。李大力一直以为自己这些年来在枪林弹雨中出生入死早已心硬如铁，但是，一想到惨死在刀团匪刀下的陈水生和林二毛，想到林二毛滚在地上的头颅和那一张一合的嘴巴，他的心就一阵阵发痛，眼眶渐渐潮湿起来。他死命抬起头来，看着屋顶乌黑的藻井，不让眼泪从眼眶中流出来。

直到天亮，李大力都没再躺下，他一直在拍打他怀里的竹筒，那"嘣嘣"的拍打声由轻到重，由小到大，发展到如狂风骤雨，大河决堤。也就在这风卷残云的拍打声中，李大力心中渐渐酝酿出了一个处置王天木的计划。

同样是这个晚上，躺在床上的王天木被惊心动魄的拍打声扰得辗转反侧，无法入睡，他从那"嘣嘣"的拍打声中听出了悲伤，听出了愤怒，他突然担心这个疯疯癫癫的乞食佬是否会做出什么不自量力、以卵击石的蠢事来。

第四章

"笋开枝，蚊子飞；笋开叶，没得歇。"

端午一过，山上的嫩竹就散叶了，这时节是纸坊伙计最繁忙的一段。伙计们都上了山，成片成片砍下嫩竹后，剖成拇指宽一米多长的竹片，用篾扎成捆，再一捆捆驮下山，码在山坳里的湖塘里用石灰浸泡，沤烂成为竹麻。随后再通过人工剥青，将篾白留下，这就是造纸的原料了。

沤竹麻用的生石灰要从镇外的十多里的石灰窑下挑进山，王天木在纸厂做的本来就是粗活，一段时间来他都要去挑石灰到纸坊，几十里山路，日日早出晚归，回来经过伊公庙有时也会进去看看李大力在做啥。自从那天把李大力从猪肉庄上拖回来后，他就一直担心他会做出什么不理智的事，这癫子要是想给那红军后生报仇，凭他目前的状况真是鸡蛋碰石头，不自量力。但多数时候，李大力都在闭目养神，和之前没什么两样。尽管对他王天木爱理不理，倒是让王天木放下心来。

这日王天木下山回到镇上已是黄昏，刚下石拱桥，就见李大力坐在老樟树下的麻石条上，专心致志地拍着竹筒唱着曲：

节拍一打难起头，木匠难做八角楼，石匠难打石狮子，铁匠难打两连钩。上到高山不见天，何时得到太平年，黄鳅生鳞马生角，铁树开花水倒流。

此时夕阳从伊公庙的屋顶的翘檐上斜斜地打下来，在李大力乱蓬蓬的头顶上镀上了一层金色。树丫上的一群八哥唶唶嘈嘈叫着，拍打着翅膀，似乎在响应李大力那抑扬顿挫的歌喉。

当王天木走到他身边时，"嘣嘣"的拍打声戛然停止，李大力竟然抬起头打了声招呼："木佬，走厂转来了？"

李大力这声招呼让王天木吓了一跳，在他的记忆里，这个乞食佬来镇上都有半年多了，这是第一次主动跟他打招呼，以至于让他一时都没反应过来。他思忖着这个唱曲佬是不是体会到了他的良苦用心，态度来了个一百八十度的转变？果然，李大力提起茶壶给王天木倒了一碗水，开口问："木佬，你老家在哪里？"

"曹坊。"

"哎呦，离这有一百多里呢，咋就到这里来讨生活？"

"屋被火烧了，逃荒啊。"王天木对这一套的回答早已滚瓜烂熟，所以他想也没想。

"我听说曹坊当年闹红得厉害，你莫不是逃红军吧？"

王天木一下警觉起来，这乞食佬防我像防贼般，从来不露半点口风，今个倒探听起我来了，原来这乞食佬今日的客套是有目的的。王天木这么想着就不再说话，很想看看李大力葫芦里到底要卖什么药。

"木佬，你就不怕'斗鸡眼'哪日也寻到你头上来？"

王天木嘿嘿一笑："我一个走厂佬，他寻我做啥？"

"你莫想得那么简单，'斗鸡眼'可不是省油的灯，那个后生躲在山旮旯里都要寻出来，说不定哪日就寻到你头上，再说……"

"再说什么？"

"你真以为那么清白啊，我都看得出来……"李大力话说到一半住了嘴。

"你看出啥来了？"王天木一下紧张起来，自己瞒天瞒地却没瞒过这个乞食佬。

"当我没说，当我没说。"李大力摆了摆手，不说话了，低下头摆弄着他那个片刻不离身的竹筒。

王天木回家后，还一直在想李大力说的话，虽然这个乞食佬没有把话说透，但他听得出话里有话。王天木思来想去，觉得乞食佬今朝要这样提醒他，就是从被砍头红军后生身上看到了自己的危险，要想在小镇保住性命，必须除掉那个无事生非作恶多端的"斗鸡眼"李三赖，可凭他根本就没有那个本事，所以就想借王天木的手达到目的，想不到这乞食佬还这么鬼刁，这么有心计。虽然王天木对乞食佬要借刀杀人的诡计有点窝火，但他又不得不承认乞食佬今朝对他的提醒有一定的道理，其实王天木早就有弄掉李三赖的念头。从长远来说，只有除掉李三赖，他和水莲才能在这镇上踏实生活下去。从这一点上，他和乞食佬的想法是相同的，但他苦于没机会下手，又担心给东家惹麻烦。

自从去年年初一，他带着水莲到镇上投奔"金钩大伯"李腾云以来，他就处处谨慎小心。之前，李三赖时不时跑来找碴，王天木都忍了，有时还要装出一副低三下四、胆小怕事的样。想不到李三赖竟然得寸进尺，打起了水莲的歪主意。纸厂开工第二天，色迷心窍的李三赖就趁王天木挑石灰进山，悄悄窜到家中欲对水莲行不轨。当时水莲正在屋里纳鞋底，李三赖蹑手蹑脚溜进来从后面一把抱住水莲，一只手就在水莲胸脯上乱摸。水莲回头一看是李三赖，吓得尖叫一声，情急之中扬起手中的钻子，狠狠地在李三赖的掌上戳了一钻。李三赖惨叫一声，见水莲一副拼命的样，又担心事情闹大，被"金钩大伯"晓得下不了台，口里叫着"烂女人，你等着，你等着！"悻悻然溜了。王天木晚上回家看到水莲哭得泪人儿似的，一问，顿时气得全身发抖，提着一把菜刀就要找李三赖拼命。王天木什么都可以忍，但绝不能容忍水莲被欺负，水莲可是他的命，幸好那天还是被水莲死死拖住才出不了门，要不真要惹下大乱子来。所以王天木不管走厂再迟，他都要赶回家来，就是担心水莲会害怕。

虽然王天木嘴里答应水莲不去惹事，但从那一天起他对李三赖就耿耿于怀，总想寻到机会收拾李三赖。今朝被李大力这么一提醒，他想做掉李三赖的想法又噌噌上了头，恨恨地想：留着这畜生日子就冇得消停，管他乞食佬是不是借刀杀人，除了李三赖对谁都好。

但王天木把李大力想得太简单了，李大力想除掉李三赖不假，但这只是他整个计划的前提，他最终的想法是要通过李三赖的死解决掉王天木，达到他一石二鸟的目的。只有解决了王天木，他才完成了团长交给的任务，他才可以离开这里去寻找部队。李大力暗下决心，不管部队去了哪里，只要红军还在，部队还在，他就要归队，那才是他最后的归属。当这个一石二鸟的计划在李大力心中形成后，说实话，他犹豫过，用这种阴招来对付王天木是不是不厚道？从王天木的情况来看，他没投靠白匪、民团，没有叛变革命，只能算一个革命意志薄弱、贪生怕死的逃兵而已，是不是一定要让他付出生命的代价？李大力在心里问过自己多次，可是他找不到更好的解决办法，他根本没有能力将王天木带回部队交给团长处置，他也不知道部队现在在什么地方，李大力在这个问题上纠结了好久。

可是一想到牺牲的陈水生和林二毛，一想到自己险些丧命，李大力心里又对王天木充满了极度的怨怒，这一切都是这个逃兵造成的，不能让这个可恶的逃兵逍遥法外，必须为红军清理门户！他想到团长给他下达的生要见人、死要见尸的命令，军人以服从命令为天职，不管怎么样，这个任务必须要完成，要不对不起牺牲的战友，也没脸去见团长。可要解决王天木谈何容易，在小镇他孤苦伶仃，没有援手，根本不是王天木的对手。他思来想去，终于想到了这个"借刀杀人"的计划，只要王天木除掉了"斗鸡眼"，镇上的民团肯定会追查凶手，到时找机会悄悄卖个关子，王天木就在劫难逃。他甚至想象到了王天木被民团绑在火烧坪石桅杆上砍头的情景。对于李大力来说，到了这个地步，只要能完成任务，用什么手段并不重要了。

就在李大力设好圈套让王天木钻的时候，蒙在鼓里的王天木真的逮到一个除掉"斗鸡眼"李三赖的机会。

这日掌灯时分，走厂回来的王天木在老街上给儿子来福买了一包他喜欢吃的油酥糍，喜滋滋托在手上回家，当走到李家大院后墙那条小弄里时，远远看见一个黑影踉踉跄跄迎面走来，定神一看，竟然是喝得酩酊大醉的李三赖！王天木一看到李三赖，一股无名火就噌噌往头上冒，眼睛都要喷出火来。李三赖两脚打岔，扶着墙都走不稳，走两步就趴着墙稀里哗啦吐出一堆酒气熏天的污物。王天木两眼一扫，巷子里黑乎乎的，前后没一个人影，顿时脑袋一热，恶从胆边生，将油酥糍揣进怀里，把头上的笠麻往下拉了拉，紧走几步就到了李三赖身后，伸臂就箍住了李三赖的颈，一使劲，正呕得死去活来的李三赖的舌头就吐了出来，两眼翻起了白。就在这时，突然巷子里传来脚步声，王天木心一惊，松开了李三赖。

来人是水莲，她是出门来迎王天木的，每日要是王天木晚点回家，水莲就心神不定，就得出门来看一看。

王天木一看是水莲，松了口气，还想对瘫在地上的李三赖下手，却被水莲一把拽住，三步并着两步跑出了巷子。

"今朝是好机会，我只要再加一灶火，就能弄死他。"王天木想挣脱水莲，可水莲说什么都不松手。

等进了屋，水莲"咣当"就关上门，一头扎在王天木怀里，一边哭一边捶打着王天木的胸口："你这样笨啊？你弄死他容易，可那些民团有那么好骗吗？镇子就这么大，要是查到你头上咋办？你要是有个三长两短，让我和来福咋活啊？"

被水莲这么一哭，再看看床上睡得正香甜的儿子，王天木一下清醒过来。水莲说得没错，今朝要弄死李三赖再容易不过，可怎样处理这畜生倒是很棘手，将这死鬼藏到哪里也没想清楚。要就丢在巷子里，很快就会被人发现的，很容易查到自己的头上，自己死了算出了口恶气，可水莲咋办？才一岁多的儿子咋办？这样一想，王天木不免打了个倒惊，觉得确实是冒失了些。

"你不是答应过我不惹事吗？我们平时里多防着那个畜生就是，再说还有'金钩大伯'替我们做主。你答应我，千万别再去做蠢事，好不好？"

王天木最见不得水莲哭，水莲一哭他的心都碎了，他紧紧搂住水莲说："莫哭，莫哭，我答应你，我什么都答应你。"

这天晚上，王天木竟然把自己喝得酩酊大醉。下半夜的时候，他清醒过来，清清的月光从窗台上打进来，他看着身边搂着儿子睡着的水莲眼角上还挂着泪渍，心里升起浓浓的内疚与悲哀，鼻子一酸，眼睛一下湿了，他把头蒙在被子里，顿时泪如泉涌。什么时候自己变得这样的前怕狼后怕虎了，原先那个血气方刚的王天木去哪里了？这一切都是为了身边这个女人啊。这个女人是他的命，是他的一切，为了他不知受了多少苦，遭了多少罪。他不敢再让她担惊受怕了，他得给她一个安稳的家，和她相厮相守，白头到老。

有多久没这么痛痛快快哭过了，王天木不清楚了，他只知道此时此刻的这种心情，和当时藏在凤凰山后龙山那颗枫树上看到红军离开村子时的心情一模一样。

王天木清楚地记得，当时他从水莲家跑出来后，一口气跑到后龙山，爬上了那棵大枫树，透过密匝匝的红叶目送着红军的队伍在蜿蜒的山道上渐行渐远，当那些如蚁的队伍彻底从他的眼中消失的时候，他才感到危险渐渐离他远去，原先的恐惧慢慢消失，但随之而来的失落和孤独感却像从后龙山上呼啸滚过的山风劈头盖脸向他袭来。有那么一刻，他趴在树上脑袋里一片空白，心里仿佛一下子被掏空，突然很想大哭一场。

那天早上，王天木自己都不清楚在树上趴了多久，当一切都平静下来的时候，他才想起自己要做什么，正要爬下树来时，突然看到树下拱起一个水牛背，那正是李初一赶的牛。李初一找他这头大水牛已经两天了。村里人农闲季节，就解开牛的缰绳和鼻扣，随它们满山遍野去吃草，有时秋冬放出去，到了开春要耕田了才会去把牛寻回来。这些牛也习惯了，在野外放养一秋冬，活动范围就方圆几十里。李初一原本也没想要找牛，只是老婆要在收割完的稻田里种萝卜，让李初一犁几塝地回来。

没想到这牛放出去久了，寻食寻到了几十里外的乌石顶，让李初一找了两天才找到。所以红军离开村子李初一不知道，他头日夜里还宿在飞仙台的道观里。一早，李初一赶着牛往回走，天又下着毛毛雨，走了两个多时辰才到了后龙山。

李初一脑瓜子有点木，胆子又小，他走到枫树下，一泡尿急，看看没人，便扯起裤管，从大腿根掏出家伙，背对社公，将一泡淅淅沥沥的尿撒在了树根上。正撒着，头上的枫叶哗啦啦往下掉，雨点噼里啪啦打在他头上，李初一伸出舌头将嘴皮上的雨滴舔到嘴里，眯缝着眼抬起头朝树上看了一眼，顿时吓得魂飞魄散，好一阵张大嘴巴发不出声，那滴在舌尖上打了个滚的雨珠又掉了出来。高高的枫树上，密匝匝的枫叶中，裹着蓑衣的王天木正死死地盯着他。在这个时候，王天木是最怕见到人的，他的心里也紧张得不行。没想到胆小如鼠的李初一比他更紧张，只那么看了一眼，正好撞到王天木犀利的眼光，在李初一眼里，王天木那裹着蓑衣蹲在树叉上的身影就是一只硕大无朋的崖婆精。李初一被这只崖婆精吓坏了，连滚带爬尖叫着往山下跑。

王天木根本不晓得李初一把他当成了崖婆精，他担心李初一要回村里报信，情急之中，他从树上一跃而下。在下落的过程中，他张开身上的蓑衣，在猎猎山风中发出呼啦啦的声响，这让惊慌失措的李初一更以为是一只要吃人的崖婆精。

王天木从树上下来后，没有做半点停留，他翻过山脊，往南急奔而去。他清楚自己脱离部队肯定会让团长震惊和愤怒，但他没想到团长会派人来追捕他。虽然之前部队也有人逃跑，有的抓回来还被枪毙了，但王天木想，时间紧迫，只要部队一出发，团长是无暇顾及他的。王天木当时的想法很简单，也可以说很幼稚，他就是想找到弟弟王小喜后再一起追上部队。可是他根本没想到自己在部队出发前脱离了部队，完全可以按逃兵论处，这是要掉脑壳的事。

从凤凰山到青枫寨有八十多里路，王天木计算过，对于常年在乡间行走的王小喜来说也就是五六个小时，大概在掌灯时分可以赶到。别看王小喜人小但鬼机灵，送信的事也不是头一回，从未出过差错，但这一次却有去无回，毫无音讯。难道是在路上出了意外，遇到了豺狼虎豹，还是遇到了劫匪？一想到这些，王天木就冒出一身冷汗。如果出事，那就是在凤凰山到青枫寨这八十多里地的山路上。王天木一路上停停走走，边打听边搜寻，在进入马镇时已是掌灯时分。

马镇是凤凰山到青枫寨半途的一个村子，距凤凰山五十多里，古时称会同里，往南可到县城，往西可达长汀及江西广昌、南丰，又是闽西连城经江西横江至瑞金的中途站。因地势高，东西南北来的客商都是来时上岭，去时下岭，当地百姓流传一句俗话叫"上岭气紧，下岭摇腚"，来至村中必要歇脚休息。由于往来的人多，为商家提供了良好的贸易机会，在清嘉庆末年这里便形成墟市，明清时期就已成为闽西与赣东南地区边境贸易的一个中转站，名噪一时。一条老街上店铺一家连接一家，有客栈、酒家、鸦片烟馆、金银、布店等店铺。每逢墟期，数

百肩挑小商贩蜂拥而来，整个墟场摆满货担货摊，四邻八乡村民都在这交易，空前热闹。

老街上的雾气很重，空气湿得仿佛抓上一把就可以拧出水来，店铺大多已打烊，偶尔一两家酒肆饭铺也冷冷清清。客栈的大门也都关了，门口吊着的灯笼露出一片昏黄，将街面上湿漉漉的鹅卵石映出闪闪烁烁的光亮来。王天木一进村，就感到马镇似乎笼罩在一股诡异、阴森的气氛之中。他曾跟团长来过几回马镇筹粮，印象中这个小村十分纷杂、热闹，可今天如此阴冷、凄静，倒是让他感到有点意外。

老街中段有一家饭铺，掩着半扇门，几张八仙桌空荡荡的，一盏马灯点在柜台上，一个伙计笼着袖子无精打采在打盹，鸡啄米般。火炉子上倒是有一锅豆腐坨子咕嘟嘟冒着热气，给这个冷冷清清的店铺增添了些许生气。

当王天木推门进去时，那个打盹的伙计吓得"啊"的一声跳了起来。伙计十五六岁的样子，尖嘴猴腮，拍着胸口："呸呸呸，你吓死我了。"

王天木摘下笠麻甩了甩雨水说："开店怕客人，你开什么店？"

伙计将王天木上下打量一番，顿时松了口气。在这清冷的夜里，有一个客人倒是给他做了伴，而且还是一个带了枪的红军，这让他有了些底气。他从锅里捞了几块热气腾腾的豆腐坨子，浇上一勺辣子油，端上来，又从柜台上打出一碗酒来。

王天木看了伙计一眼："我不食酒，要食饭。"

伙计嘻嘻一笑说："我这是坨子店，不食酒，食什么？"话虽这么说，但伙计还是到饭甑里装了一钵剩饭出来。王天木也不管那么多了，稀里哗啦把一钵饭和豆腐坨子一扫而光，吃得脑门上冒出了汗。

王天木问："今朝街上做啥这么冷清？"

"你还不晓得吧，前日夜里悦来客栈闹鬼吓死个人，这两日一到天黑，大家都关门闭户不出门，总觉得阴森森的瘆得慌。"怪不得王天木刚才进店时把他吓了一大跳。

王天木心跳了一下："鬼吓死人？哪有的事？"

"谁说没有，我都去看了，千真万确，就是被鬼吓死的。那个红军好瘦小，也就十六七岁的样子，被抬出来放在客栈门口，硬邦邦地躺在门板上。"

"你说什么，是个红军？"王天木心里"咯噔"一下，失声叫了起来。

伙计不知王天木为什么如此失态，接着说："对啊，那个小红军两眼瞪得像田螺般大，眼珠翻白，嘴巴张得能塞个拳头进去，合不拢，头发都竖得直直的，两只手像发过鸡爪疯一般勾成一团，有好些人围着看。后来就有红军和乡干部来了，问了客栈老板好多话，客栈的马老板吓得胲都差点缩到肚里去，就说是被鬼吓死的。半上午时几个干部带人把小红军抬山上埋啦。人死在客栈里，马老板还掏钱买了付白棺材，打短命的人是不能睡红棺材的。"

"埋了？"

"不埋还留着吓人啊？"伙计白了王天木一眼。

"埋哪里了？"

"我看到那些人抬着棺材往嶂背山去了。"伙计朝黑乎乎的店门外一指，"就是前面那座山。"

王天木往外看了一眼，黑乎乎的什么也看不见。

"埋在嶂背山那棵红皮老松下，客栈伙计转来在街上说的。"伙计看了看王天木，"你打哪里来，要到哪里去？"

王天木不再答话，付了钱，转身走出饭铺。

伙计追出来，好心提醒："同志哥喂，你要想住店随便寻哪家都成，可就是莫去悦来客栈，那个地方闹鬼。"

王天木从酒家出来后，沿着老街自东向西走，在老街的最东头，他看到了悦来客栈挂在门楣上的大招牌。紧闭的大门两侧挂着两个灯笼，在风雨中飘来荡去，大门上的阴影一会长一会短，显得神秘莫测。

听到伙计说客栈死了一个小红军时，王天木当时的脑袋就"嗡"的一声响了，他只觉得心里被人用刀狠狠捅了一下。虽然他不敢百分百肯定，但他有十分不好的预感——那个被鬼吓死的小红军很有可能就是他的弟弟王小喜。

秋风飒飒，凉意阵阵，王天木裹着蓑衣，藏身在悦来客栈对街的屋檐下，一直盯着客栈的动静，除了两个挑担的商贩，这天晚上，客栈再没进出什么人。

也就是在这天晚上，追捕他的李大力带着两名战士在马镇和他擦身而过。但他们从老街上经过时，根本就没有发现躲在屋檐下的王天木。

当时王天木听到有脚步声,他潜伏在了一棵廊柱后面,看到三个穿着蓑衣戴着斗笠的身影穿过老街,一闪就不见了,他根本就没意识到那是来追捕他的人。那个时候,赶夜路的商贩很多,见怪不怪。直到后来妈三说团长张云峰派了人来追捕他,王天木才想起那天晚上在马镇街上看到的那三个身手敏捷的黑影,应该就是追捕他的人。在静下心来的时候,王天木也想过,如果当时被追捕他的人发现,情形会是什么样子?他会不会拒捕?要是拒捕后果会如何?对于这些问题,王天木到现在都没办法回答自己。

那个夜里,马镇的老街灯光昏暗,寒风四起,偶尔有几只野狗夹着尾巴在老街上游荡,眼睛闪烁着如鬼火般蓝幽幽的光。下半夜的时候,雾气升起来了,白霜降下来了,在瓦片上、鹅卵石铺就的老街上铺上一层粉末状的冷霜,气温降得很低。但王天木根本就没感到寒冷,他只感到全身如着火般,他明白那是从心里发出来的。心急如焚的他在等待天亮,这种等待对王天木来说是一种折磨,而这种折磨就像尖刀般在一下一下剜着他的心。

终于,天边跳出了一颗启明星,接着又跳出一颗,渐渐东方露出了鱼肚白,老街上谁家的鸡开始啼叫起来。

王天木跳起来,虽然四周依然很暗,但他的目光越过老街乌黑的上空,判断了一下方向,身形一晃就消失在老街的尽头。

当王天木爬上嶂背山的时候,天才麻麻亮,马镇湮没在浓

浓的白雾之中，渐渐苏醒的马镇开始有鸡鸣狗吠之声。王天木站在山坡上环顾一周，他看到一棵水桶粗的红皮老松顶天立地兀立在山腰上。他以最直线的距离朝红皮老松奔去，远远地就看见松树下有一座新坟。王天木走到坟前，树下铺着厚厚的松针，发出特有的松香味。离地不高的树干上不知怎么有一个伤疤，汩汩流出松脂，滴落的松脂已凝固成团，晶莹剔透，状如琥珀，里面竟卧着一只细腰暴眼的黄蜂，那偾张的触须和扭曲的四肢，不难想象这只黄蜂在被黏住那一瞬间拼死挣扎的情形。坟前立着一块木牌，上面用墨汁写着"红军小战士之墓"几个歪歪斜斜的字。王天木猛地拔起木牌，发疯似的挖起坟来。

　　坟土湿湿，黏稠，不一会王天木全身就像是从黄泥浆里滚过的一般，但王天木根本就不管这些，他几乎是趴在地上疯了似的挖土，很快，泥土被扒开了，露出了棺木板。王天木扔了木牌，两手扒开泥浆，一副白棺材露了出来。大概埋的人也是草草了事，那薄薄的白棺材连盖也没钉拢，王天木抓住棺盖死命一掀，只见棺材里一个瘦小的身子裹在一张草席里。王天木掀开草席，怔了几秒钟，然后大叫一声："小喜啊——"一把抱起王小喜，坐在泥地上，号啕大哭。

　　　　对于无名小红军坟墓被挖一事，在当时的马镇有很长一段时间让人提起都心有余悸，头皮发麻。最多的说法是小红军也不知怎样得罪了厉鬼，被吓死还不算，连坟都被鬼刨了，尸首都被拖走了。嶂背山有好长的时间人迹罕至，而马镇一到夜幕降临，人们就早早关门闭户，总觉得阴风四起。

至于王天木为什么要去挖王小喜的坟墓，这一点很容易理解，王天木的目的就是要证实那个传说被鬼吓死的小红军到底是不是自己的弟弟王小喜，而他后来把王小喜的尸体埋在了什么地方，王天木到死都没有向别人透露过，这成了一个死无对证的谜。

大半个世纪后，当我接触到这个故事时，我也觉得十分奇怪，王天木在证实了死者是他弟弟后，为什么还要将王小喜的尸体隐匿起来？他究竟把王小喜的尸体藏在了哪里？为什么这么多年来都没有人知道？

"其实当时王小喜的坟被刨后，乡苏维埃还派人找过，但都没有结果。"马墩告诉我，关于当年那个被鬼吓死的小红军坟墓被刨尸体失踪的事在当地流传甚广，他就是听他爷爷妈三说的。据说当时马镇乡苏维埃几名干部在嶂背山方圆几十里的地方找了两天，但都没发现小红军的尸体，有人就说是被山上的豺狗拖去吃了。后来没过多久，白匪和民团就回来了，马镇乡苏维埃游击队和县苏维埃合在一起上山打游击，是年冬，在离马镇三十多里地的田螺髻山寨被国民党五十二师特务营和还乡团包围，奋战三昼夜，除少部分突围外，大部分壮烈牺牲。

我后来就王小喜尸体失踪的问题和马墩做过探讨，马墩的一个推测让我觉得有一定的道理。马墩说，当年，王天木之所以要把他弟弟王小喜的尸体隐匿起来，应该是不想让别人知道王小喜的身份，第二个是将王小喜安葬在了一个只有他自己才知道的地方，他不想弟弟再被别人打扰。因为王天木在当时已经意识到局势的严峻，一个死去的红军战士一旦被还乡团知道，坟墓肯定会被刨掉，尸体也会被拖出来暴尸山野喂狗。这是王天木不想看到的。

至于王小喜被埋在了哪里，这么多年来没有被人发现，王天木也死去这么多年了，早已死无对证，这或许会是一个永远也无法解开的谜。

那天早上，王天木抱着王小喜不知哭了多久。山林里雾瘴弥漫，不知何时又开始下起了小雨，密匝匝的树叶间漏下淅淅沥沥的雨滴。王小喜瘦小的身子扭曲如虾，两眼圆睁，白花花的，大张着嘴，头发根根直竖，两只手勾成一团，可以看出死前受到巨大惊吓的症状。虽然在闽西北当时迷信十分严重，但王天木还是不相信自己的弟弟是被鬼吓死的，他第一个反应就是王小喜是被人害死的！在此之前，王天木的目的是寻找王小喜，在确认王小喜已死，王天木唯一想做的就是查找王小喜的死因，找到害死弟弟的凶手，报仇雪恨。

王天木在确认了他老弟已死的第二天夜晚，叩响了悦来客栈的大门，一进客栈，他就感到自己的判断没错。庭堂上的好几张八仙桌前都坐着一些喝酒的汉子，乍一看都是来马镇赶墟的行商走客，但王天木察觉出那些人看他的眼神都透着一股杀气。

又瘦又高的马掌柜迎上来："红军哥吔,要住店啊?"

王天木点了点头："老板,我路过这里,天暗了要在你店里歇一夜。"

"哎呀,真不凑巧,今朝小店住满了,红军同志,要不你到别的店看下?"马掌柜搓着手望着王天木。

"我走了几个客栈,都住满了,才上你店里来,随便有个地方打发一夜就行。"

马掌柜扶着鼻梁上的金丝镜打量着王天木,沉吟半晌说:"后院倒是还有间房,就怕你不敢住。"

王天木冷笑一声："有啥不敢住的?"

马掌柜指了指后院："那个小阁楼上有间房,会闹鬼,一般人没胆住。"

王天木朝后院看了看,迷蒙月色中,如烟的树影里有一栋黑灯瞎火的小阁楼。

王天木拍拍腰上的盒子炮："世上哪有什么鬼,我偏不信那个邪,这房我住定了。"

马掌柜看王天木这么坚决,显得一脸无奈："你真要住,我也没法,你可别说我没提醒你。"

马掌柜提着一个灯笼在前面引路,带着王天木往后院走。

月色迷蒙的后院,树影斑驳,黑影幢幢,偶尔有几声夜鸟的怪叫传来,更显阴森恐怖。

"这个客栈原是村里一曹姓大户人家的,他二姨太当年就吊死在那个小阁楼上，后来一家就败了。"马掌柜边走边对王天木说。

"听说前几日你店里死了一个小红军？"

马掌柜的手抖了一下，偏头看了王天木一眼："可不是，那日落大雨，天暗得快，掌灯时分来了一个小红军说要借宿，不巧那日和今朝一样，客栈住满了走墟客，我只好把他安排在这个小阁楼睡。可没想到，第二日吃早饭时都还不见他起来，叫伙计去喊，才发现他吓死在了床上。"

"你怎么就晓得他是吓死的？"

"那个样子一看就是被吓死的，大伙都这么说。"

马掌柜领着王天木上了楼，"吱呀"一声推开门，提着灯笼照了照。

王天木站在屋子中央环顾四周，房间里有一张挂着蚊帐的雕花木床，床上铺着鸳鸯戏水被。靠窗有一个镶着小圆镜的梳妆台，台上有半截蜡烛，梳妆台前有一张圆木凳。屋中央有个火盆，盆里有烧过的灰烬。

马掌柜走到梳妆台前点起那截蜡烛，卧室一下亮堂起来。

"该说的我都说了，你不听劝我也没办法，歇觉时千万留神点。"马掌柜说完，提着灯笼匆匆下楼去了。

王天木隐身门侧，警觉地盯着马掌柜下楼，走远，转身迅速闩上门，沿着屋子细细观察，不时用手去推推板壁，敲敲楼板，但没有发现什么异常。

王天木吹灭蜡烛，持枪和衣靠在床头，在黑暗中圆睁双眼，捕捉着任何一点可疑的蛛丝马迹。空气中似乎弥漫着王小喜的气息,突然黑暗中有一阵凉丝丝的风吹来,地上的火盆冒起火来,火盆边蹲着一个赤裸着上身的瘦小后生,正就着火盆在烘烤着湿透的军衣,军衣冒起缕缕热气。梳妆台上点着蜡烛,火苗毕毕剥剥不停地跳动。后生把衣服烤干了,穿在身上,吹灭灯,朝床铺走过来。

"小喜。"王天木惊喜地从床上跳起来,朝王小喜伸出双手。可一切就在转眼之间,王小喜不见了,屋里一片黑暗。王天木使劲晃了晃脑袋,才明白出现在他眼见的这一切只是个幻觉。有那么一刻,王天木眼泪夺眶而出。

窗棂外,淡淡的月影投进屋来,万籁俱寂,屋后间或有一两声夜鸟的怪叫响起。

王天木悄然起身,轻轻打开门,正要转身欲出,突然他又缩回身,悄悄掩上门,反身上床,手握盒子炮,目不转睛盯着虚掩的房门。

房门"吱呀"一声打开,一股阴风卷了进来,清冷的月光将一个长长的黑影投进屋里,随即一个披头散发一袭白衣的鬼影悄然无声地飘进屋来。

虽然王天木早有心理准备,但还是倒吸了一口气。

那鬼影无声地飘到梳妆台前坐下,手指轻轻一捻,蜡烛就亮了,鬼影背对着王天木从梳妆台上拿起一把梳子,一下一下梳着齐腰长发。

突然,鬼影起身回头,披散的头发遮盖着脸,一步一步朝

床前走来。王天木只觉得心口怦怦急跳，握枪的手禁不住微微发起抖来。

鬼影走到床前，猛地扬起一直低垂的头，只见两个眼睛黑洞洞的，长满獠牙的嘴中一下吐出一尺多长的舌头，一把撩起蚊帐朝王天木扑来。王天木大吼一声，腾身而起，可人还没落地，一把明晃晃的尖刀已朝胸口刺来，王天木抬手一格，一脚踢翻鬼影，顺势夺过尖刀，猛地捅进鬼影胸膛，一股热乎乎的血喷了出来。可也不知是从哪里冒出来的，转眼间房间里就多了几条蒙面的黑影。王天木一脚扫掉梳妆台上的蜡烛，屋里顿时一片漆黑，但王天木明显感觉到几把阴森森的钢刀正兜头劈下来！

情急之中的王天木顺手捞起凳子一挡，凳子顿时四分五裂。黑暗中那几个黑影也不打话，招招凶狠，步步紧逼。此时此刻，王天木十分后悔刚才自己没有先下手为强向鬼影开枪，他当时是想制服鬼影抓个活口，想不到就那么一犹豫，自己就身处下风。突然，一把钢刀带着凌厉的寒风从他腹部扫过，王天木感到有一股冷风灌进肚里，随即有热乎乎的液体涌了出来。王天木明白自己受伤了，他闪身避开迎面劈来的钢刀，以背撞碎窗棂，翻身而出。王天木跌下窗台，一头栽在后花园的墙头，然后滚下围墙。

王天木一骨碌爬起来，他捂着黏糊糊的腹部，一路狂奔，也不知跑了多久，最后精疲力竭一头栽倒在了草丛里。

天蒙蒙亮的时候，王天木从昏死中苏醒。歹徒的那一刀在王天木肚皮上豁开了一道半尺多长的口子，血似乎流尽了，伤口像婴儿张开的嘴巴，红瘆瘆地向两边张开，似乎能看到血淋淋的肠子。

王天木仰面躺着，大口大口地喘着气。乌云压得很低，他看到灰蒙蒙的天空有斜斜的黑色的细雨飘落下来。他想起来，可是只动了一下，剧痛就从腹部传到身上的每一个神经，全身的冷汗顿时汹涌而出。王天木非常清楚，悦来客栈那些歹徒随时都有可能找到他，为了掩盖秘密，他们一定会赶尽杀绝，要想活命，就必须尽快离开。那要到哪里去呢？王天木想到了马镇的乡苏维埃，但马上就被他否认了，他清楚自己现在是一个脱离红军队伍的人，本来就要隐姓埋名，再说马镇那些歹徒肯定在四处寻找他，可能还没进马镇就会落进他们的手里，那必死无疑。王天木在否定自己这个想法时，脑海里一下浮现出水莲那双含情脉脉的大眼睛，他明白此时此刻，只有水莲能救他，而且水莲也一定会救他。王天木挣扎着坐起，脱下破烂的军衣，裹住伤口，扶着树干站起来，捂着腹部趔趔趄趄翻过山梁朝凤凰山方向走去。王天木的这个想法是正确的，当时如果他没有去找水莲，不管去了哪里，都不可能活到今日。在王天木心目中，水莲是他的救命菩萨，是他心中最圣洁的观音。

为什么悦来客栈那些歹徒要害死小喜？为什么又要对他痛下杀手？王天木直到藏在鹧鸪窠的木寮里养伤时，才有时间把这些疑问在脑海里认认真真捋了一遍。悦来客栈肯定是一个黑店，可如果是一个杀人越货的黑店应该是图财害命，小喜身上不可能有钱，这些歹徒为何要杀害他？一定是有别的原因。从悦来客栈专对红军下手这点来看，极有可能是白匪设在红区的秘密联络站，驻守青枫寨的四连被不明身份的歹徒袭击应该和悦来客栈有关。当时的情况有可能是这样：小喜给四连送信，被暴雨所阻借宿悦来客栈，没经验的小喜一定是被这些敌特套出了送信的事，而这些敌特已经准备袭击青枫寨的四连，为阻止小喜给青枫寨的四连送信，歹徒设计谋害了小喜。至于这些歹徒要装神弄鬼吓死小喜，应该是为了掩人耳目。毕竟马镇是红区，这些歹徒还要在马镇潜伏下去，杀害王小喜后，就利用客栈阁楼闹鬼的事编造出王小喜被鬼吓死的谎言。当把这些疑问都梳理明白后，王天木不禁倒吸一口气，这些敌特潜伏在红区这么多年了，究竟打探了多少情报，给苏区造成多少损失不得而知。他在心里暗暗发誓，决不能放过这些穷凶极恶的歹徒，一定要亲手宰了他们！

对于王天木来说，他离开部队就是寻找自己的老弟王小喜，现在王小喜死了，他唯一想做的就是找出害死弟弟的凶手，为小喜报仇雪恨。但后来种种迹象表明，王天木并没有再去向悦来客栈寻仇，因为马镇所有的人都知道，悦来客栈一直到关门停业都风平浪静。如果王天木当年真的还有去寻仇，肯定会拼个鱼死网破，双方都不是等闲之辈，一定会闹出很大动静，在马镇这么一个小山村里是不可能瞒不过众人的眼睛的。

对于王天木为什么没有再去悦来客栈寻仇，我分析这里存在一个时间差的问题：1934年10月红军长征出发后，国民党和民团很快就回来了，前后相距不到一个月的时间。悦来客栈不久也关了门，马掌柜和客栈伙计一夜之间就从马镇消失了，不知所踪，根本没有人知道他们去了哪里。等到王天木伤好后再去马镇，悦来客栈早已是人去楼空，根本无从找起，何况这时全县都在国民党反动派白色恐怖统治之下，王天木又要处处隐瞒自己的身份，虽然心存不甘，但受时局所迫，只能守口如瓶，因此这件事最后也只能变成了一个悬案。而悦来客栈在马镇人的记忆里一直口碑不错，客栈老板马掌柜和颜悦色，是个乐善好施的大善人。

当马镇人明白当年的悦来客栈是国民党特务安插在苏区的一个秘密联络站时，王天木都已经死去三十多年了。20世纪90年代初，马镇在悦来客栈原址上盖村部，不料挖掘机作业时竟然在悦来客栈后花园阁楼的地下挖出一个十几平方米的地窖，里面堆放着几十把锈迹斑斑、长长短短的枪支和好几箱的子弹和炸弹，工程队知道事情重大，马上就报了警，很快就开来了几辆警车将现场团团包围起来。

这些枪支弹药经过县武装部军械专家的鉴定，基本是汉阳造步枪和毛瑟C96军用手枪，炸弹全部为手榴弹，枪身上的出厂日期从1925年至1930年不等。这些枪支弹药是什么时候藏在这里的？又是什么人藏在这里的？这些都

引起县有关部门的高度重视，当时还特别成立了一个调查小组。调查小组从那些枪支上的出厂日期推断它们被藏在那的时间应该是在1930年之后。调查小组经过查阅各类历史资料和现场调查，了解到悦来客栈最早的主人是马镇远近闻名的恶霸地主曹万财。曹万财拥有十几个土纸厂，不仅有千亩竹山，还有几百亩上好水田，家里雇着几十个佃户和长工。1930年西南半县农民武装暴动后，马镇成立了乡苏维埃政府，领导穷苦百姓打土豪分田地，广大贫雇农分田分地分浮财，一夜之间就把曹万财的财产分光了。曹万财被镇压，其二姨太在后花园的阁楼上自缢身亡。曹万财死后，本来乡苏维埃把他的房子分给好几家佃户，可大家都不要，都怕，觉得吊死了人，煞气重。直到第二年，也就是1931年夏天，一个外乡来的商贩马掌柜向乡苏维埃政府提出租下曹万财的家做客栈，大家看那商贩一副老实模样就同意了。马掌柜把房子租下来后，将前院的左右二层楼厢房改作客房，厅堂当饭铺，他为人和气大方，所以来来往往住店的客人多了起来。但后花园那吊死人的阁楼一直空着，只是楼下堆放些杂物而已。马掌柜经营的客栈开到了1935年初，就在一天夜里突然关了门，马掌柜和那帮伙计全部从马镇消失，谁也不知道他们去了哪里，时间长了，人们也就渐渐把他们忘了。直到1951年剿匪反霸，县商会在马镇开了物资供应站，地点就设在悦来客栈，当时为防止匪徒袭扰，客栈还住了一个班的解放军战士负责物资供应站的安全。1953年剿匪反霸结束后，供应站撤销，随后客栈也关了。当地百姓忌讳那屋子死过人，又传说闹鬼，都将它视为凶宅，再没人住过。

虽然剿匪反霸时悦来客栈设了物资供应站，但调查组分析，当时人民政府和解放军完全没有必要在那里藏匿枪支弹药，那么藏枪于地窖的只有两个人值得怀疑：一个是原先房屋的主人曹万财，另一个就是后来开客栈的马掌柜。但随后调查组排除了曹万财的嫌疑。马镇上了年纪的人都证实，曹万财虽然是个恶霸，但也只是个土财主，家里豢养了十几个打手，平时也就是持刀驮棍，除了他曹万财有一把盒子炮外，也没见别的家丁有枪。假如曹万财真的藏有这么多枪支弹药，被分田地分家产时，他肯定要狗急跳墙拼个鱼死网破。最后调查组不约而同锁定了悦来客栈的老板马掌柜，得出一致的结论，悦来客栈当时就是国民党特务设在苏区的一个秘密联络站。

我在写到这个章节时，特地到县档案馆查阅了相关的调查资料。当时有两份调查材料很能说明问题。1934年10月红军长征出发前夕，张云峰的红三团四连在青枫寨遭不明身份的匪徒袭击，死伤二十多人才突出重围返回凤凰山。1934年11月17日，也就是红军长征出发后一个多月，县苏维埃机关和游击大队从县城北部的牙梳山悄悄撤至田螺髻山寨，可是上山的次日晚就被国民党五十二师和民团包围，奋战一昼夜，除少数突围外，大部分壮烈牺牲，县苏维埃自此消失。从这两次发生的战斗来看，都是红军损失惨重，敌人有备而来，而且似乎都长了眼睛，对红军的行踪了如指掌。这只能说明一个问题，有人通风报信！从地理位置看，青枫寨在马镇南部，距马镇二十多里；田螺寨在马镇北部，距马镇也只有二十里。马镇是前往青枫寨和田螺寨的必经之路。敌人正是利用马镇商贸活动频繁、人流量多的优势以开客栈为掩护，不断刺探苏区及红军的情报。当时县苏维埃机关和游击大队是半夜经过马镇撤往田螺髻山寨的，虽然为防走漏风声做得很隐秘，但并没有逃过这些密探的眼睛。所以红军头天晚上上山，敌人第二天夜里就包围了山寨。这一切都是这个秘密联络站作祟。虽然调查组在整个调查过程中忽略了小红军王小喜的死，但通过这些证据表明，王小喜确实是被潜伏在悦来客栈的敌特害死的，这一点王天木的判断没有错。

我曾和马墩探讨过匪特害死王小喜这个问题，马墩说他有些不明白，匪特害死王小喜似乎意义不大，而且容易暴露秘密，毕竟他们的公开身份是生意人，而且当时马镇还是苏区，是不是有点得不偿失？

我给马墩分析说："这有两种可能，一是王小喜可能发现了他们的秘密，他们要杀人灭口。第二是王小喜要去给青枫寨送信的事被密探们获得，而这个时候，匪徒们已经制定了袭击青枫寨红四连的计划，于是他们要阻止王小喜去送信，所以必须杀了他。"

"既然要杀人灭口,就要悄悄处置,那为什么又要弄出那么大的动静,让全镇人都知道?"

我认为这就是敌特高明的地方,首先,那天夜里客栈里一定还住了不少商贩,敌人要掩人耳目。我们不妨按时间来推算一下,王小喜是吃完午饭从凤凰山出发往青枫寨送信的,到马镇是五十多里,王小喜大约要走四个小时,那就是下午五六点的时候可以到达马镇,途中遇雨就算他耽搁了一两个小时,王小喜进悦来客栈借宿时应该在晚上七八点,而这个时间应该是商贩们在客栈吃饭喝茶聊天的时候。那个客栈进了门就是厅堂,当时就是客栈的饭铺。因此王小喜进入客栈时一定会有不少商贩见过他。因此如果敌人要将王小喜杀害灭迹,会担心走漏风声被追查,在苏区地盘上他们处处谨慎小心,所以他们想到用装神弄鬼的方法把王小喜吓死,这让他们有很好的托词,因为之前这里吊死了人,坊间都传说那阁楼闹鬼,可以用这个当借口。

"他们就敢保证能把王小喜吓死?"马墩提出疑问。

"我认为王小喜不是被吓死的,而是被杀害的。敌人之所以说王小喜是被吓死的,其实就是为潜伏找借口。毕竟当时乡村迷信思想重,王小喜又还是个孩子,加上悦来客栈又有闹鬼的传说,几个条件结合在一起,容易让人相信。"我说。

"王小喜带了枪,为什么关键时候没自卫?"马墩拿出

打破砂锅问到底的劲，不放过任何一个疑点。

"但那晚王小喜的枪肯定没响，否则一定会有人听到枪声。这有两种可能，一是王小喜已经吓坏了，第二是他的枪之前已被客栈的匪徒动了手脚，这不难做到。"

对于这个问题，除了王小喜和装神弄鬼的人，谁也说不清了，但这个情景是永远也不可能再现的，那就只能由读者自己去想象了。

王天木那年冬天在妈三和水莲的掩护下藏在了鹧鸪寨的木寮养伤，一直到了春节，伤才基本痊愈，在妈三的安排下，为了躲避民团，王天木和水莲悄悄来到一百多里外的檀河镇落脚，一晃就过了两个年头了，在小镇人的眼里王天木是出了名的"薯兜佬"，除了有一身用不完的力气，人就老实得像田螺一样。

这天夜里，土堡外传来经久不息的"嘣嘣"拍打声，在寂静的夜空是那么清晰。王天木不知道这个乞食佬过去究竟经历了什么，心里到底藏了多少秘密。对王天木来说，这个乞食佬神秘莫测，他实在看不透。

水莲不知什么时候醒来了，她看到黑暗中王天木那双闪闪发亮的眼睛，诧异地问："你没睡？怎么啦？"

王天木回过神来，搂过水莲："你听，那乞食佬拍了一宿的竹筒了。"

水莲竖起耳朵听了听，突然将一只手伸到王天木的下面，一把握住，嘻嘻一笑说："我听说，有人夜里做事还跟上那节拍呢，要不我们也试试？"

　　王天木被水莲这么一挑逗，早已膨胀发热，直昂昂竖了起来，他一翻身将水莲压到身下。今夜的水莲一改以往坐享其成的习惯，早已在被窝中褪了衣裤，将一个热烘烘的身子紧紧贴了上来。也不知怎么回事，王天木汹涌澎湃的动作竟然真的跟上了那"嘣嘣"的拍打声，水莲在王天木忽快忽慢、忽强忽弱的冲击中娇喘连连，竟然不顾一切地叫了起来。

　　当王天木大汗淋漓从水莲身上下来后，他突然有了十分放松的感觉。每当王天木内心纠结又无法言说的时候，他只能在水莲身上得到慰藉、放松，杂乱的心情会慢慢平复下来。

　　王天木突然庆幸今朝没弄死"斗鸡眼"，要不还真不知道该怎样收场。他觉得做这事不能冲动，必须做到神不知鬼不觉，绝对不能让人怀疑到自己头上。

第五章

日子过得飞快，一转眼夏天就到了，石拱桥下的檀河里一到傍晚又挤满洗澡泅水的人影，河边的浅滩生长着密密麻麻的水姜花，那淡蓝色的花瓣在夕阳的余晖里泛着扑鼻的香气。有胆大的汉子故意从桥下往水里扎猛子，溅起的水花常惹来在岸边洗衣裳的女人们的笑骂。那些顽童不敢到深水里去，只能在浅滩中嬉闹，他们将头埋进水里，露出光溜溜的屁股，像群在水中觅食的小鸭。

李大力有时也会到河里去洗个澡，但他都远远避开人群在下游，或者是在夜深人静河里没人时才敢下水。他有自知之明，像他这么蓬头垢面、邋里邋遢的乞食佬要是挤在白花花的人堆里洗澡，是会被人嫌弃的，弄不好还会被人驱赶。再说，那些洗澡的汉子喜欢恶作剧，冷不防就会扯下某人的短裤子，惹来满河人的哄笑。李大力怕那些人会故意拿他这个癫子来搞笑，要是被人看到自己那残缺的男根，岂不更被人当笑料？这是他最忌讳也是最怕触及的痛。

每次将身体浸泡在清凉的河水里，搓着身上的污垢和汗渍时，李大力就会想起几年前打土堡时在这河里洗澡泅水的情景。他记得团长张云峰有时也会来洗澡，团长啥都厉害，就是不会水，战士们在河里泅水嬉闹的时候，他就拿着一块两指宽的香胰子坐在岸边的石板上搓澡，搓得满身都是白花花的泡泡。团长这块香胰子听说是他从司令员那儿厚着脸皮要来的，战士们大多没有用过这种东西，就喜欢挤到团长身边嗅那香喷喷的味儿。有一些老战士还涎着脸笑说那香味像女儿香，嗅到一身就麻酥酥的，舒服死了。有时候，当李大力的手搓到胯下，触及自己的半截男根时，他会像被火烫了一般缩回手，心里顿时就涌起一阵又一阵的悲凉。他会将自己整个蹲下去，让水没过头顶，在水里死命憋着气，直到觉得自己窒息到忍无可忍的时候，他才会从水里钻出来，大口大口地喘气。很多时候，他会不断地重复这种动作，把自己弄得筋疲力尽才爬上岸回到伊公庙，一头扎在铺上，昏昏沉沉睡去。

檀河里泅水洗澡的人那么多，但李大力从来没见过王天木到河里洗过澡，按理说走厂归来满身臭汗的汉子到河里洗个凉水澡是很舒坦的事。问起，王天木就说自己是个旱鸭子，一下水里就脑壳晕，站不住脚，人好像要翻兜一样。

让李大力在意的并不是王天木会不会泅水，而是几个月过

去了，他拟定的计划却一点都没有进展，王天木依旧早出晚归走厂，好几回李大力旁敲侧击，但王天木都傻憨憨地说："没你说得那么吓人，这么久了，'斗鸡眼'也没寻我的麻烦，再说我就一个走厂佬，有啥好怕的？"甚至还有好几回随马帮运送土纸去长汀，好像对泼皮李三赖一点都不担心。

每次驮纸的马帮出发时，"金钩大伯"李腾云都会在土堡大门口给马帮饯行，那场面甚是壮观。几十匹骡马一溜排在墙门口，须髯飘飘的"金钩大伯"捧着米酒逐一给远行马夫们敬酒。喝过酒，领头的纸厂大师傅一甩马鞭，在空中爆出"啪"的一声脆响，扯开嗓门高叫一声"走咧——"，那叫声高亢嘹亮，响彻天际。叫声一落，马帮铃声叮当，蹄声得得，鱼贯出了土堡，走过老街，走过火烧坪，走过石拱桥，在迷蒙的晨雾中渐行渐远。这时的王天木背着个褡裢，牵着一头驮纸的骡子，走在马帮行列里，一副心满意足的神情。

王天木的这种表现让李大力很失望，一个曾当过红军的人竟然沦落成这样一个胆小鬼，是李大力没想到的。要利用王天木实现自己的目的是行不通了，李大力一时没了主意。

日子一天一天过得飞快，李大力心里越发焦躁不安。这种焦躁让他整宿整宿不能入眠，有时他会趁夜深人静时跳到檀河里，将整个人泡进清凉的水里，这样才能平复自己心中的焦急和烦躁。也就在这个时候，李大力发现了王天木一个天大的秘密，让他重新找到了一个捏到王天木命门的机会。

这天半夜，李大力翻来覆去睡不着，便出了庙门，准备下河里泡个澡,刚走到河边,突然听到有"哗哗"的划水声,定睛一看,只见迷蒙的月影下,一个身影正在石拱桥下泅水,溅起白白的水花。谁这么晚了还会在河里?这让李大力感到很惊奇,他没惊动河里的人,静静地在河边的麻石条上坐下来,他想看看那个在河里泅水的是什么人。

水里那人一会泅水一会潜水,在迷茫的月色中像条鱼般在水里穿梭,李大力觉得这人水中的技艺不会比自己差。过了一会儿,水里那人尽兴了,赤裸裸爬上岸来。李大力一看那高大的身影,不禁大吃一惊,竟然是王天木!他不是说看见水就头晕吗?原来说的都是哄人的鬼话!

"嗯哼。"李大力故意咳了一声。

这一声对王天木来说,犹如晴天霹雳,惊得他一哆嗦,抬头一看,石级上坐着一个披头散发的黑影。

"木佬,是我。"李大力"嘿嘿"一笑。

王木佬这才看清是李大力,"呸呸"吐了两口水:"你个斫脑壳的,吓死我了。"

"没生胺啊?吓成这样。"李大力立起身,一眼看到王天木的肚皮上有一道半尺来长的伤疤,像条蜈蚣般趴在那。

王天木似乎意识到什么,手忙脚乱穿起裤子,反问:"大半夜的,你不歇觉,坐在这里装鬼吓人啊?"

李大力嘿嘿一笑:"你问我,我还要问你呢,半夜三更不在屋里伴老婆,跑到河里洗啥子澡?"

王天木说:"天热,睡不着。"

李大力跨前一步："你不是说不会泅水吗？我看你在水里像泥鳅般滑溜呢。"

王天木怔了怔，掩饰说："我怎么会泅水，瞎折腾，瞎折腾。"王天木拾起地上的衣物，"天不早了，转屋去歇了。"边说边撇下李大力快步走了。

王天木没想到自己偷偷到河里泅水竟然被李大力看见了，真是百密一疏，瞒上瞒下竟然没有瞒过这个疯疯癫癫的乞食佬。王天木其实是会泅水的，大热天到檀河里洗个冷水澡那是多么惬意的事，可是王天木不敢，他担心让人看到他肚皮上那道伤疤，担心被人问起不能自圆其说。来小镇快两年了，谨小慎微的王天木几乎将自己包裹在一个套子里，掩藏得严严实实。每当走厂归来看到石拱桥下那些在水中扑腾的人影，王天木心里就猫抓似的难受，恨不得一头就扎入水中，在水中痛痛快快游上几个来回。可王天木怕露馅，怕让人看出端倪，水莲也不让他去。所以王天木实在憋不住时只好在三更半夜没人时偷偷溜到河里痛痛快快泅泅水，好好洗个冷水澡，但都像做贼一样，生怕被人发现。

王天木的担心是有道理的，当时被妈三和水莲藏在鹧鸪窠木寮里养伤，由于缺医少药，伤口一直感染化脓不能愈合。后来是妈三从一个走村串户的阉鸡匠手上搞来一套阉鸡的工具，在没有麻醉药的情况下，死马当作活马医，硬生生将他的伤口缝合起来。那种剧痛王天木到现在回想起来都会打战，他的头被水莲死死抱在怀里，牙齿活生生将水莲的掩腹子上串着的那个银毫子咬成了两半。伤口愈合后，那道半尺来长的伤疤就像一条巨大的蜈蚣趴在肚皮上，十分显眼。有伤疤的人多得是，但像王天木这样布满针眼线脚的伤疤在乡村很罕见，明眼人一眼就能看出名堂，所以王天木是从来不在外人面前袒胸露脯，想不到今夜竟然在李大力面前露了馅。当时王天木匆匆离开，就是担心李大力还会再问什么，他真没想好要用什么话来应对。

王天木回到家，水莲正坐在床沿上给来福把尿。

"洗完了？"

王天木点点头，看儿子蹬着腿不老实，就蹲下身，一边嘴里"嘘嘘"着，一边用手指划拉儿子的小鸡鸡。猛地儿子一泡尿射了出来，猝不及防的王天木被射了一头一脸，惹得水莲嘻嘻笑了起来。

王天木告诉水莲乞食佬看到他洗澡了，水莲一听脸都吓青了，王天木虽然心里没底，但安慰水莲说："今夜幸好还是乞食佬看到，他总不会乱讲，不会有事，以后我小心点就是。"

但是，这一回，王天木错了，李大力不仅出卖了他，而且还是出卖给了王天木欲除之而后快的"斗鸡眼"李三赖！

当李大力一眼看到王天木肚皮上那道伤疤后，马上就明白了王天木不敢在人前下河洗澡的原因，王天木是在掩饰、隐藏他身上这个不可告人的秘密。说实话，当地乡民常年干粗活，身上有点疤痕不足为怪。但是，王天木这个伤疤和别人不一样，它是经过缝合的，那密密麻麻的针眼和线脚明眼人一看便知，在当时乡下不可能有西医，缝合这种伤口只能是队伍上的军医

所为。李大力不清楚王天木究竟什么时候负过伤,但想象得到这道伤很有可能差点要了他的命。现在要实施自己的计划,只有拿王天木身上这道伤疤来做文章了。

几天后一大早,李大力在老街上侯四的豆腐店"邂逅"了李三赖。李三赖每天早上雷打不动都要到侯四的豆腐店喝一碗浇了香葱辣油的豆腐脑。侯四哪敢怠慢,为了讨好他,每天还掏钱去给他买两个灯盏糕,低三下四伺候着。

李大力算好李三赖正喝豆腐脑当儿,适时出现在豆腐店门口,看李三赖正满嘴冒油吃灯盏糕,便嘴一张,说道:"灯盏糕,和和烧,食了冇钱刁。"

侯四一看李大力就没好气,铲了半块烂豆腐在李大力碗里喝道:"去去去,莫在这碍手碍脚。"

李大力今天却一反常态,要侯四分他一碗豆腐脑喝喝。

侯四生气了,骂道:"你个乞食佬,还挑三拣四,死远点!"

李大力站着不肯走,侯四正在桶篁里给豆腐游浆,舀起一勺豆腐水要泼他,却被李三赖喝住,这泼皮也不知怎么来了兴致:"乞食佬,你唱个曲来听听,爷高兴了,让侯四舀碗豆腐脑分你吃。"

"你说话要作数。"李大力一脸受宠若惊的样,将拐棍支在腋下,从背上横过竹筒,抱在胸前,"嘣嘣"打了几声节拍,摇头晃脑唱起来:

别人穷来冇我穷,三升糯米搭人耷,半升糯米蒸缸酒,相待几多好亲朋;别人穷来冇我穷,褂子一件裤一条,日里洗来冇衫换,夜里洗来熏到燥。

李大力正唱得来劲,李三赖却不高兴了,一拍桌子:"去去去,唱个什么卵,本来这几日手气就背得死,一大早你又唱衰,今朝老子要是再输,非把你两只脚打得一般长!"气恨恨把碗一推,抹嘴起身就走。

李大力一瘸一拐撵在李三赖屁股后:"你说话不作数,你说话不作数,说了分我豆腐脑食的。"

李三赖住了脚,转身凶巴巴吼:"我分你去食屎啊,再跟我,我拗断你的脚!"

李大力一把拉住"斗鸡眼",神秘兮兮地说:"诶,你莫凶,我说你听一个发财的秘密,你能分我几多?"

"你有卵的秘密。"李三赖一脚朝李大力踹来,想不到眼前这个瘸子一扭身,李三赖踢了个空,跟跟跄跄朝前栽了几步,差点摔倒。李三赖大怒,骂道:"肏你老母,你寻死啊!"

可乞食佬却挂着拐棍一瘸一拐走远了,边走边拍着竹筒顾自唱:

好尖的日头好尖天,好大牛牯冇作田,好大谷坪冇晒谷,好多的铜钿冇人捡。

李三赖朝李大力的背影啐了一口，骂道："死癫子，老子不和你一般见识。"转身朝古戏台后面的赌坊一溜烟跑去了。

李大力回到伊公庙，这一天他哪里也不去，他断定死嫖滥赌的"斗鸡眼"今日一定会来找他。果不然，掌灯时分，李大力正在蹲灶煮米，李三赖溜了进来。

李三赖这一段赌博手气特别背，今日在赌坊泡了一天，又欠了赌坊五块大洋的高利贷，还想借，但老债未还又添新债，赌坊自然不肯。别看他是个无赖，但在镇上有本事开赌坊的后台都很硬，根本不给他什么脸面。李三赖只好灰溜溜出来，思忖要到哪里去弄点赌资再去盘本，可思来想去，该借的都借了，不该借的也借了，欠了一屁股的南钱北债，一时还真想不到还能去哪再弄钱，没有思量的李三赖只好出镇去下岩寻他的老相好谢大脚睡觉。经过伊公庙时，听到里面传出"嘣嘣"的拍打声，顿时火冒三丈，妈的，这个癫子，唱得你倒灶绝烟，今天彩头都给你唱衰掉，害老子输得脱卵精光，老子和你没完！

正有气没处出的李三赖准备捶乞食佬一顿老拳消消气，刚蹿到庙门口，猛然想起乞食佬早上提起有发财的秘密，此时的李三赖恨不得屎坑里的钱都捡，心里就想：管他乞食佬是真是假，问问再说，说不定这个癫子真有发财的机会。

"哎，癫子，把你的发财秘密说来听听。"李三赖进了庙门，一屁股坐在李大力对面的木墩上，急燎燎地说。

"啥？"李大力停下拍打，眯缝着眼睛瞄了一眼李三赖。

"你少给老子装聋作哑！一早给老子唱衰，害老子背时死了，你要不把发财的秘密跟我说，别怪老子寻你的晦气！"李三赖将腰上的盒子炮用力拍了拍。

乞食佬果然被唬住了，嘀嘀咕咕道："你莫要胺细怨腔大，自己手背反怨我。"停了一会又说，"我说你听，拿了赏钱你分我几多？"

"一半一半，我俩一人一半。"李三赖觉得有戏，嘴里这么说，心里却在想，只要套出你的话，我分个卵给你。

乞食佬果然上当："哎，你过来，我说你听。"李三赖将耳朵凑上去，乞食佬咬着他的耳朵说，"我发现那个走纸厂的王木佬有问题。"

李三赖一下跳了起来："啥问题？"

李大力将手里的烧火棍举到眼前做了个瞄准的样子："我觉得他以前干过这个。"

李三赖按住李大力的手："你是说，他以前是红军？赤匪？"

李大力看着李三赖不说话了。

李三赖搓着两只手，心里激动得像揣了只兔子般乱跳。他妈的啊，打王木佬来镇上我就觉得他有问题，看他人木兜脑壳般，讨个老婆倒长得那么水灵，那红红的小嘴，那鼓鼓囊囊的胸脯，还有那个圆滚滚的屁股，真让人看一眼魂都会丢掉啊。可这个"薯兜佬"傻人有傻福，那么一个水灵灵的女人会死心塌地跟着他，我好歹也是民团的小队长，可那个女人却连正眼都没看过我，还戳过我一铁钻子，想起就来气。这对狗男女也

117

不晓得和"金钩大伯"那个老死尸结了什么缘，处处护着他们，老子除了连哄带骗从老死尸手里弄几个钱花外，也真寻不到他俩人的把柄。要是乞食佬说的是真的，嘿嘿，王木佬啊王木佬，我就要你的好看，到时候，你老婆会送上门来求我。

一想到这，李三赖得意得"嘿嘿"笑了，破天荒掏出一根"老刀"牌纸烟递给李大力，催促道："快说说，你怎么晓得'薯兜佬'干过红军？"

"干过没干过我不清楚，我就看到过他肚皮上有一条这么长的伤疤，"李大力伸出两个手指比了比，"密密麻麻都是针眼。"

"针眼？"李三赖愣了一下，一拍大腿，"有道理啊，乡下人怎么可能用针线缝伤口，这一定是行伍上才能做的事。"李三赖眯着眼睛狐疑地问李大力，"你怎么从一条伤疤就看出问题来？"

李大力早成竹在胸，嘻嘻一笑说："我前些年讨饭时看过红军就是那样缝伤口的，纳鞋底般，怕死人了。"

李三赖舒了口气，放下心来："这么说，这个'薯兜佬'还真是逃到镇上的红军？"

"我就随便一说，是不是我不晓得。"

哈哈，真是老天有眼，想睡觉就有人送来了枕头，老子手头紧，这不正好抓个漏网的红军去领赏，团总高兴了，说不定还能给我弄个中队长干干。一想到这，李三赖笑得嘴巴都裂到耳朵上了，他在李大力肩上拍了一巴掌："你个癫子，看来还不癫嘛，哈哈。"

李大力一把拉住李三赖："我也是看到觉得奇怪，就随便一说，是真是假鬼才晓得。你可千万别和人说是我说的，要不王木佬会拆了我的骨头。"

李三赖安慰说："你就放一百个心，我保证不会和人说。我要捉他也要等我叔八十大寿完后再动手，要不我叔跟我撕破脸，我也讨不了啥好。"

"金钩大伯要做寿啊？哪日？"

"明天啊，到时你可以去讨食，我叔大方得很，好酒好肉管饱。"

李大力咕噜咕噜吞了几口口水，一副馋鬼相。

"你得把好口风来，千万莫走漏了风声。坏了我的大事，莫要说分钱，我还要你的狗命！"李三赖连哄带吓拍了拍李大力的肩膀，溜了。

李三赖走后，李大力长长地舒了口气，这泼皮已经上钩了，接下来就看他如何按自己设计好的路线走了。

可就在这节骨眼上，李大力遇到了他到小镇以来前所未有的危机——水莲认出了他！这对李大力来说是致命的一击。他到现在都后悔，自己为什么要去李家大院唱曲，这明明就是往火坑里跳啊。

李大力之所以想要去李家大院，是因为有几天没有见到王天木了，他心里总觉得有点不踏实。其实这几天王天木因为"金钩大伯"李腾云的八十大寿正在李家大院忙乎着呢。

第二天中午，李家大院高朋满座，大摆筵席，镇上有头有

脸的都来了，就连国军营长王鹤亭和民团团总李占邦也送来了寿礼。李家大院门口围满了从四邻八乡赶来的乞食佬，这里成了他们才艺大比拼的场所，有打竹板的，有拉二胡的，再不济的也会高呼几声"祝金钩大伯福如东海寿比南山"的吉利话。李家大院特别安排了几个妇女给这些乞食佬分发食物，打发了一拨又来一拨。

李大力站在李家大院大门外，拍着竹筒才唱了几句，就有人给他分了食物。李大力与一帮乞食佬蹲在墙角吃着分发来的食物，两眼却骨碌碌地朝李家大院内瞄，院内宾客如云，喝酒行令之声不绝于耳。过了一会，马管家出来了，叫住李大力，说东家请他进去唱曲。这正中李大力下怀，他用袖口抹了抹嘴，抱着竹筒跟着马管家进了大门，到了正厅，一眼就看到了正在给酒桌上端菜的王天木。王天木撸着袖子，端着托盘穿梭在酒席之间，大声吆喝着，一副兴高采烈的样子。正厅上坐着的都是贵客，主桌上坐着东家李腾云一家和国军营长王鹤亭及民团团总李占邦两大头。见了李大力，二姨太梅姨起身对李大力说："听说你的曲唱得不错，请你给我们助助兴啊。"

李大力显得受宠若惊，缩着脖子，有点惊慌失措的样子。

李腾云安慰道："莫怕莫怕，你尽管唱，唱些好听的就是。"

这时喝得满脸通红的李三赖也不知从哪里钻了出来："唱曲佬，今朝好好唱，我叔高兴了重重有赏。"

李大力站在天井下，朝厅堂上鞠了一躬，"嘣，嘣嘣，嘣嘣嘣"打响节奏，张嘴唱起了《贺寿歌》：

今朝来到贵府堂，寿府堂内喜洋洋；八方亲朋来祝寿，满堂生辉好风光；人山人海好热闹，乡亲邻居来帮忙；不得好曲寿堂唱，也来寿府捧个场；长寿筵开歌寿岁，百年琼浆宴宾朋；祖宗多多来保佑，保佑家业代代旺。

李大力唱的《贺寿歌》很喜庆，听得宾主喜笑颜开。李腾云更是捋着长须哈哈大笑，封了一个红包给李大力，又叫马管家包了些食物交给李大力。李大力千恩万谢出了李家大院，打开红包一看，吓了一跳，竟然是一块银圆！这是很重的红包呢。

李大力前脚刚进伊公庙，突觉身后一暗，转身一看，见一个人影走了进来。当李大力看清来人竟是抱着儿子的水莲时，顿时惊得一屁股坐在了地铺上。

水莲在李大力面前蹲下来："老伯哥，你以前不是唱曲的吧？"

"你怎么想问这个？"李大力披散着一头乱蓬蓬的长发，刻意掩饰自己。

"你好像我见过的一个人。"在李家大院看见李大力那一刻起，水莲就有似曾相识的感觉，她站在一侧悄悄盯着唱曲的李大力很久，虽然李大力蓬头垢面，胡子拉杂，但那形体，那声调，很像是在凤凰山到家中来寻找王天木的红军排长。这个发现让水莲大吃一惊，那三个红军不是都被刀团匪杀了吗？怎么会出现在这里？要真是那个红军排长，怎么又会落到这种地

步？难道是故意装扮成这样来寻我老公的？虽然水莲还不敢确定，但越想心里越怕，悄悄跟着李大力到了伊公庙要弄个明白。

"像谁？"

水莲突然叫了声："李排长。"

李大力失口应道："啊，你，你喊谁李排长？"

"李排长，你可以瞒过我老公，可你瞒不过我，就算眼下你留了长发和胡须，但你在我家进出多次，我还给你做过饭，我认得出。"

李大力无言以对，半晌才开口："水莲，今朝你认出了我，我也就不瞒你了，没错，我就是带人追捕王天木的李大力。我真没想到，王天木当逃兵是为了你。我太相信你们了，在凤凰山被你一家人骗得团团转。"

水莲回答说："李排长，你错了，我和天木哥相好不假，一开始，我也以为他是为了我离开部队的，可惜不是，他是为了寻他老弟才跑的。"

李大力有点惊讶："寻他老弟？"

"没错，红军离开凤凰山前两天，我老公的老弟小喜去清风寨送信，但清风寨的红军回来了，小喜却无踪无迹不见了，当时红军已经出发离开凤凰山，我老公才决定去寻小喜的。"

"寻到了吗？"李大力之前一直认为王天木和王小喜两兄弟是串通好有预谋地逃跑，怎么就没想到这个问题呢？李大力觉得自己考虑问题太简单了。

"小喜死了。"

李大力很惊讶："死了？怎么死了？"

"小喜在马镇一个客栈被人害死了，我老公去寻杀人凶手，也被砍伤，差点连命都丢了，是我跟我爹把他藏在山上养伤的。"

"然后你们就躲在这里过起了逍遥自在的日子。"

水莲申辩道："我老公伤好后，也想去寻红军，是我把他留下来的。凤凰山的民团到处搜查失散的红军，我爹就让我俩隐姓埋名到镇上来投靠金钩大伯。"

李大力冷笑道："怪不得大家都喊王天木叫王木佬。"

"李排长，我听说你几个都被刀团匪杀了，你怎么会在这里？"

"你和王天木是巴不得我们被杀了是不是？"李大力又冷笑一声。

"我冇那个意思，李排长你莫要误会。"水莲急得直摆手，"我不晓得你后来出了什么事，我就是想，这下红军走了，到处都是国军民团，你和我老公都当过红军，冇时冇刻都得提防着，不如大家把这个秘密藏在心里，都在这里好好过日子。"

李大力没回答。

水莲担心地问："李排长，你不会还要捉我老公吧？"

李大力脑海里飞快地转着，对于水莲的建议和试探他一时竟不知该怎么回答，稍有不慎，自己的底盘就会暴露，要是让王天木知道自己的底细，那一切努力都前功尽弃，眼下最关键的是要先镇住眼前的这个女人。

李大力故作轻松地说:"水莲,你以为来捉王天木的就我几个人啊?不错,当时是死了两个人,我也受了伤,后来团长又派了人来帮我,都在四处寻王天木。说给你听也不怕,你老公一举一动都在我们的眼皮子下盯着呢。"

水莲一听脸都白了,抱着儿子"扑通"一声就跪在李大力脚下,边哭边说:"李排长,你就放过我老公吧,他真没做坏事,你来镇上他就猜你是红军,就和我说要帮你。你不看僧面看佛面,你要真把我老公捉走了,我母子俩可怎么活啊?孩子不能没爹,李排长,求求你放过我们一家吧。"

来福像是受了惊吓,也"哇哇"哭了起来。

李大力没想到自己几句话就镇住了水莲,顿时悄悄舒了口气。看着跪在自己脚下哀求的水莲,他马上明白眼下最要紧的是要做什么,他必须利用水莲的胆小怕事先稳住她。李大力扶起水莲安慰道:"你也莫急,要怎么处置你老公,由组织上决定,我现下的任务就是先看住他。"李大力顿了顿,又说,"你要我放过你老公,那得答应我一个条件,要不莫谈。"

"只要你们不捉我老公,啥条件我都答应。"

"你不能把我的身份跟任何人说,连你老公也不能说,你要漏了口风,到头来吃亏的不是我,是你老公,你晓得我的意思吗?"

水莲听了李大力这么一说,觉得不无道理,要是天木哥晓得了这个乞食佬是红军派来捉他的人,脑壳一热动起手来谁也拦不住。天木哥壮得像头牛,要奈何眼前这个瘸子是好轻松的事，可这瘸子身后还有人，还有红军，那可不是天木哥奈何得了的。水莲想来想去，觉得这事还是瞒住她老公为好，只要这瘸子不难为她老公，大家相安无事比什么都好。

李大力看水莲点头，就顺水推舟说："我都是为你俩公婆好，你要能守住这个秘密，你提的要求我可以考虑，反正我也是个瘸子了，也不想折腾了，寻冇寻到王天木，和上面怎么说也是我一句话的事。"

"李排长，你能这么做我就实在多谢了，我保证不会在天木哥面前提到你，我也不认识你。"

李大力点了点头："这样最好。"

水莲起身朝李大力鞠了一躬，匆匆出门离去。

李大力站在门口看着水莲抱着儿子走远的背影，心情突然变得十分复杂起来。刚才水莲那一跪，让他体会到一个女人的善良和伟大，也看到了胆小与担心，为了王天木水莲竟然和他达成了交易。没见过世面的水莲暂时被唬住了，这让李大力一颗悬着的心放了下来。但是如果王天木现在真的被民团捉住砍了头，他的任务是完成了，可是水莲和她那个牙牙学语的孩子就成了孤儿寡母，在这镇上就不知怎么才能生活下去。不知怎么的，李大力突然觉得水莲很可怜，那孩子很可怜，莫名其妙就升起一丝恻隐之心。他突然觉得自己这个时候对王天木下手好像不太合适，王天木是为了寻他弟弟而逃跑的，和贪生怕死的逃兵有区别，是不是一定要弄死他呢？李大力有点踌躇起来。他很清楚，今日"金钩大伯"的寿诞一过，"斗鸡眼"立马就会对王天木动手。一旦王天木身上那道伤疤被"斗鸡眼"坐实"罪证",到时王天木就是有十张嘴都说不清,"斗鸡眼"再顺藤摸瓜,王天木就真的在劫难逃。患得患失的李大力越想越坐立不安,他觉得眼下必须先放王天木一马,不管以后要如何处置他,现在最关键的是得马上阻止"斗鸡眼"对王天木下手。一个下午,李大力在伊公庙里如热锅上的蚂蚁坐立不安。

这天晚上,喝得醉醺醺"斗鸡眼"李三赖要去找他相好谢大脚,刚走到石拱桥上,猛然见桥上坐着一个披头散发的黑影。醉眼惺忪的李三赖骂骂咧咧走过去想看个究竟,那黑影一下转过头来,面目狰狞,头上竟然有三只眼。"斗鸡眼"吓得一声尖叫,转身欲逃,背上却被人猛击一掌,一头就从石拱桥上栽了下去。

第二天黄昏,有人从石拱桥上往水里扎猛子,钻进水里时才发现水底有人,吓得大呼小叫爬上岸来。有几个胆大的汉子潜入水中将人拖起来一看,才发现是"斗鸡眼",肚子胀得像口倒扣的锅,嘴巴鼻孔里都是沙子。镇上的人都说,"斗鸡眼"作恶太多了,被冤死鬼缠上拖走了。一段时间来,都没人到石拱桥下洗澡泅水,镇上一到夜晚多数人家就早早关了门,老街上冷冷清清的,阴森森的怕人。

第六章

李三赖做了水浸鬼,让王天木松了口气,至于李三赖如何落的水,王天木没去想那么多,善有善报,恶有恶报,古往今来莫过如此,看苍天饶过谁?"斗鸡眼"是作恶到头了,老天自然要收了他。

九九重阳,王天木悄悄去了一趟凤凰山。这一日是小舅子秋生十岁生日,孩子做十对客家人来说是很大的事,水莲早早就给弟弟准备了许多礼物。自从前年除夕夜他们匆匆离开凤凰山,就再也没回去过,不是不想回,是不敢回,是妈三不让他们回。

王天木在半下午已到了凤凰山的地界,天还没黑,不敢进村,他想了想,干脆就拐到曾经养伤的鹧鸪窠等天黑。两年了,木寮没人住,杂草丛生,那用毛竹搭起的床也塌了,当时就是在这个四面透风的木寮里，在水莲的悉心照料下他养好了伤。也就是在这张吱吱作响的竹床上，水莲第一次将自己完整地交给了他。

当时为了照顾王天木生活，又要应付民团时不时在村里清点人头，原本看见一只老鼠都会吓得惊叫的水莲，竟然常常独自半夜三更奔走在凤凰山到鹧鸪窠这十多里的山道上，毫不惧怕。

王天木清楚地记得，那年腊月，一连三天水莲没来鹧鸪窠，这可是之前从来没出现的事，望眼欲穿的王天木担心水莲出了什么意外，不顾一切在半夜冒着鹅毛大雪一路寻到了凤凰山。当他看到躺在床上奄奄一息的水莲时，才知道水莲有了身孕，为了不被民团看出端倪，保护他王天木，竟然冒着生命危险喝下打胎的草药想把肚子里的孩子流下来。王天木之前并不知道水莲怀了孕，水莲也没对他说。一见水莲现在只剩下半条命，顿时就懵了，他紧紧抱着水莲，禁不住热泪盈眶。面对怀里这个为了他连命都不要的女人，他觉得自己可以对不起团长，对不起战友，但决不能对不起深爱他的水莲，他要用一生去呵护她，去保护她，他发誓这辈子都不敢再让她受苦了。虽然后来孩子没打下来，但儿子出生后体质十分羸弱，经常生病，这让夫妻俩觉得很对不起儿子。

半夜时分，王天木出了大林子，爬上后龙山，凤凰山就出现在他的眼前了，两年了，一切都恍如隔世，村子似乎睡着了，又静又黑。王天木蹑手蹑脚走进村子，老街静悄悄的，一条野狗不知从哪钻出来朝王天木吠了两声就夹着尾巴溜了。

王天木走到妈三大门口，轻轻敲了两下门，里面传来妈三的声音："谁啊？这半夜三更的。"

"爹，是我，天木。"王天木压低声音。

门"吱呀"开了，妈三一把将王天木拖进屋："你怎么来了？不要命了。"

"爹，今天是秋生十岁生日呢，水莲要我一定转来一趟。"王天木一边说一边将褡裢里的东西往外掏。

"难得你们有心，我外孙会走路了吧？"外孙出生时，妈三悄悄去檀河镇看过一次，一晃就一年多了。

"会走了，会走了。"王天木嘿嘿笑着。

妈三也搓着手，高兴之余，又担心起来："我是高兴，可你不该转来啊，这村里几多人认得你，要是露了馅，被民团晓得，得丢命啊。"

"爹，我就是选在半夜进村的，冇人看到。"

"不怕一万，只怕万一，只要你们过好，爹就开心，不要你们挂心。"妈三起身从睡屋拿出一对银镯子，交给王天木，"这个是我走墟时买下的，带回去给我外孙子。我也不留你，你趁天还暗快转去，我寻机会去看你们。"

王天木明白老丈人是为了他好，凤凰山现在有民团，当时他随部队在村里驻扎了近两个月，村里百十户人家基本都认得他，在这种形势下，妈三的担心是对的。在妈三一再催促下，王天木进屋看了看已经睡着的小舅子秋生，悄悄出了村，急急忙忙又往回赶。

妈三看着王天木的身影消失在老街尽头，心里又喜又悲，喜的是一晃外孙都会走路了，悲的是女婿走了百多里回来，自己竟然不敢留他在家里住上一宿。虽然这两年里，妈三偷偷去看过女儿两回，但都是做贼似的不敢被人知道。

前年腊月，王天木因为担心水莲悄悄下山后，就藏在妈三的屋里没再上山。其间，民团有来过几次清点人头，但都被妈三应付过去，村里也没人知道王天木藏在妈三家，而那些民团更是做梦都没想到在他们的眼皮子底下还藏着一个漏网的红军！

按照妈三的想法，等过完年，他就让王天木悄悄带着水莲远走高飞，寻一处没人认得他们的地方隐姓埋名过日子。但是，就在除夕夜，一家人准备过大年时，李初一的出现，彻底打乱了妈三计划。

按客家人的风俗，年夜饭上桌前，妈三在厅堂列祖列宗牌位前摆上三牲、瓜果，点上一对红烛，捏了三根香，朝祖宗牌位拜了三拜，然后提了一挂鞭炮到大门口放。爆竹在湿漉漉的雪地上噼里啪啦炸得雪花飞溅，一股浓浓的硝烟弥漫起来。放完爆竹，妈三正待进屋，就见几个团丁斜挎着枪走来，李初一疯疯癫癫跟在那些团丁后面拍着手嚷："过年了，过年了。"

妈三看着那些团丁，心里有点发怵。其实那是巡逻的团丁，他们根本就没理睬站在屋檐下的妈三，骂骂咧咧朝下街走了。

妈三舒了口气，转身将在地上捡炮仗的秋生拖进屋，正要关门，李初一突然挤了进来，眼睛贼溜溜往屋里扫。

妈三急了，将李初一往外推："去去去，你个癫子，过年走我屋里做啥？"

李初一涎着脸"嘿嘿"笑着，咬着妈三耳朵："嘿嘿嘿，你屋里藏了人，我都看到啦。"

妈三大吃一惊："癫子，你莫乱说！"

李初一手舞足蹈："嘿嘿，前几日我在你屋后的茅厕看到来，半夜三更从你屋里钻出个人来，我认得，就是以前住在你屋里那个红军后生。"

"你再放屁，我撕烂你的嘴。"

"你屋里藏了红军，我要去告发领赏钱。"

妈三急了搡了李初一一把："你个癫鬼莫放屁！"

李初一大叫起来："来人啊，来人啊，有人……"

妈三一把捂住李初一的嘴，把他拖进屋里，掩上门，顿时两个人在厅堂里扭打起来。

李初一挣脱妈三，从地上爬起，欲夺门而逃。

妈三情急之中，捞起一根棕索，顺手一甩，套住了李初一的脖子，用力一拉，李初一就被拖倒在地，两手乱抓，双脚乱蹬，嘴里呜里哇啦含混不清叫着。妈三回头对站在一边的儿子秋生叫道："你看啥，转屋里去！"

秋生听话跑后屋去了。妈三担心李初一还会起来叫喊，死命扯紧棕索，不一会李初一两腿蹬了蹬，眼珠翻白，渐渐就不动了。

这时在灶房听到动静的王天木和水莲赶出来，一看这情形，两人都吓了一跳。

水莲从地上拉起妈三："爹，怎么啦？"

妈三气喘吁吁地说："这个癫子要去告发天木。"

王天木蹲下翻过李初一，伸手试了试鼻息："冇气了。"

水莲惊得捂住了嘴："死了？那怎么办？"

妈三一屁股坐在地上，喘着粗气说："你们赶紧走，这里留给我收拾。"

水莲说："走，往哪里走？爹，我们不能丢下你和老弟不管。"

妈三想了想："你去檀河镇寻金钩大伯，他是镇上有头有脸的人物，一定会帮忙的。"

水莲问："爹，眼下到处都是民团的天下，去那里成吗？"

妈三说："檀河镇离这里有百多里远，你两人去了除了跟金钩大伯说实话，其他千万莫露出马脚，有人问起就说是逃荒讨生活的，这年头兵荒马乱的，只要小心，没人会晓得你们真实身份的。"

妈三看着王天木，叹了口气："天木，我把女儿交给你了，你带她走吧。"

水莲一把抱住妈三，嘤嘤哭起来。

王天木说："爹，你放心，不论我走到哪里，都不会丢下水莲的。"

水莲抱住秋生："秋生，在家要听爹的话，姐过段时间就会回来看你。"

秋生不懂事，拉着水莲不让走："姐，你要去哪里？我要跟你去。"

妈三拖住秋生对水莲说："你们快走，莫磨蹭。"

水莲泪水涟涟："爹，你要多保重。"

王天木领着水莲悄悄出门，两人身影消失在黑夜的风雪中。

除夕后半夜，妈三在漫天风雪中偷偷将李初一的尸体背上了后龙山，用一根棕索吊在了那棵高大的枫树上。

为了掩饰突然失踪的女儿，妈三这两年在村里没少骂过水莲。全村人个个都知道，水莲被一个香菇客搞大了肚子，狠心地丢下妈三和秋生跟那香菇客私奔了。妈三的这个说法，经村里王婆的证实更是让人深信不疑。当时水莲不小心怀孕时反应很强烈，隔三岔五就吐得死去活来。妈三以为水莲得了什么病，把王婆请来给水莲诊病。王婆不仅会帮人接生，还会帮人看吓，给水莲把了把脉，又看了看水莲的气色，吞吞吐吐地说："莫不是，莫不是来喜了？"

妈三一听，脸就变得铁青，朝王婆呸了一口："我家水莲是个大闺女，婆家都还没找，你莫要放屁！"

王婆被妈三这么一抢白，就有点下不了台，找个借口溜了。但王婆在村里是有名的长舌妇，肚里哪藏得住话，经她一传，个个都说妈三不值得，老婆死得早，辛辛苦苦把水莲拉扯大，连招呼都不打一个就跟人跑了，老话说人惜名来虎惜皮，人不惜名死膣皮，这水莲真是没良心不要脸。别人说水莲时妈三心

里实在不好受，但他又不能不这么说，只要女儿他们没事，过好日子，也不管别人如何说了。有了这个掩饰，倒是让妈三把水莲突然从村里消失这事做得天衣无缝，让大家都信以为真。至于水莲跟人私奔去了哪里，用妈三的话说："那个短命女，管她死去哪里，我就当没养过她。"

由于恻隐之心和患得患失，李大力失去了一次处置逃兵王天木的机会，他十分明白这种机会再也不会有了，这意味着他在檀河镇待的日子不知何时是尽头，回归部队也将遥遥无期。好些个晚上，李大力坐在黑乎乎的伊公庙里，突然对自己的心慈手软感到很窝火，他搞不明白自己为什么被水莲那么一跪就放弃了机会，终止了行动，假如自己没有除掉"斗鸡眼"，那么王天木现在很有可能都去向阎王爷报到了。可是解决了王天木，任务是完成了，水莲没了老公，孩子没了爹，这镇上又多了对孤儿寡母，这又不是他李大力想要的结果。一段时间来，李大力的心情都十分纠结。

值得庆幸的是，水莲遵守了他们之间的约定，没有把李大力的身份透露给王天木，这也许是水莲这辈子唯独一件隐瞒她老公的事。

入了冬，纸坊的活计也煞尾了，伙计们得闲都上山挖冬笋，逮野味，用捕鼠筒子逮老鼠。王天木逮老鼠有绝活，伙计们都说他手很煞，哪像个傻大个。只有王天木自己知道，曾经过着刀尖舔血日子的人手岂会没有煞气？他每天背着上百个捕鼠筒子出去安放，第二天一早去收筒，总是满满当当背回来好几十只大大小小的老鼠。捕鼠筒子是用茶盅大的竹筒做成的，竹筒一般锯成两三寸长，筒上方有用竹片做成韧性很强的弓，弓上安有坚实的细绳，在离筒口寸把处锯出细槽，将弓弯下，把细绳压入槽，做成一触即发的机关。在筒内放些谷粒，田鼠见了食物便会钻进筒内，触动机关，"啪"的一声，竹弓弹起绷直，槽内的细绳就牢牢套在田鼠的颈上，任它怎么挣扎也无济于事，不多时便气绝而死。安放捕鼠筒子一般在下午，手脚麻利的捕鼠者一次可安放百来个。在收割完的稻田边，田埂上，山野灌木丛中，随处可见老鼠洞和新鲜的鼠路，这时只要将捕鼠筒子安放好，即可等田鼠夜间出来觅食入筒了。老鼠干的制作也很有讲究，先将老鼠开膛破肚，去内脏，然后排在竹架上放入锅中蒸。蒸熟后取出剥皮，再去头去尾剁去四爪，放入锅中用烟熏。熏料一般是细米糠，在锅底烧一把文火，一般半袋烟工夫就成。揭开锅盖，此时的老鼠干金黄喷香，让人垂涎欲滴。宁化老鼠干不仅香味扑鼻，营养丰富，滋阴补肾，还对小儿遗尿有很好的疗效，它和上杭萝卜干、永定菜干、明溪肉脯干、长汀豆腐干、武平猪胆干、连城地瓜干、永安笋干合称"闽西八大干"，而且居"闽西八大干"之首。有时到了墟天，王天木也会将老鼠干提到集市上卖。他想，在这镇上除了卖苦力，平时也要为儿子积攒些铜钿，总不能一辈子都做长工。

　　有时老鼠逮得多了，王天木也会送一吊老鼠干给李大力。这一天晚上，他让水莲燴了两个菜，提了一壶酒到伊公庙来寻李大力，两个人盘腿坐着喝酒。李大力这一段心事很重，对他

爱搭不搭,反正王天木也习惯了,不去计较,但他怎么也不会知道李大力看到他时的心情有多么纠结和复杂。那天夜里,李大力第一次把自己喝醉了,趴在地铺上嗷嗷地哭。这可把王天木吓了一跳,去劝李大力,想不到李大力从地铺上跳将起来,声嘶力竭冲王天木吼:"滚,你给我滚,我不想看到你!"

王天木被吼得莫名其妙,猜想喜怒无常的乞食佬可能又受到什么刺激,也就不和他计较,撇下坐在地铺上一把眼泪一把鼻涕的李大力,醉醺醺地回家去了。

转眼就到了农历十月十六,镇上庙会那天,来福可能是被伊公巡游时放的土铳声吓到,接连好些天到了晚上就哭闹不止,这可把王天木两夫妻急坏了,到处求医问药,请人看吓,都不管用,无奈只好抱着冬生来伊公庙求伊公尊王。

也奇怪,一进了伊公庙,原本哭闹不止的来福听到李大力拍打竹筒的"嘣嘣"声,竟然不哭了,对蓬头垢面的李大力一点也不认生,瞪着一双滴溜溜的大眼睛盯着李大力瞧。

李大力也觉得奇怪,看着戴着虎头帽的来福,心里油然升起一股爱怜之情,他轻轻拍着竹筒,对着来福唱了一曲《月光光》:

月光光,秀才郎,骑白马,入学堂;书堂光,好栽葱,葱发芽,好泡茶;茶花开,李花红,七姐妹,七条龙,龙转弯,好去汀州做判官。

想不到来福听着听着就咧嘴嘻嘻笑起来，竟然挣脱王天木要爬到李大力的身上去。

水莲对李大力说："李大哥，我这个孩子和你挺有缘呢。"

李大力摇了摇头："我一个乞食佬，莫吓着孩子就成。"

接下来一段时间，来福到了夜里就会不停地闹腾，但只要抱去听李大力唱了一首曲儿，就一觉呼呼睡到天亮。

自从发现来福和李大力挺投缘，王天木一家就和这个疯疯癫癫的唱曲佬走得更近了，家里有个蚂蚱落锅，水莲也会让王天木给李大力送条腿来。王天木告诉李大力他得拼命赚钱，要给来福盖个属于自己的房子，还要送来福去读书，不能像他和水莲一样，斗大的字都不识两升。

王天木现在彻底把他的过去忘了，完全变成了一个只会为自己打算的长工了。李大力有时会替王天木感到悲哀，感到可怜，甚至感到羞耻，他真不明白一个曾经当过红军的男人竟然堕落到了这么苟且偷生的地步。可是在王天木眼里他才是这镇上最可怜的人，由于常年披头散发，留着络腮胡子，王天木竟然把他看成了一个上了年纪的老人。其实从年龄上来说，李大力只比王天木大七八岁，也就三十多岁而已。

曾经有好几次水莲私下里和他说过，让他把头发胡子剪一剪，毕竟"斗鸡眼"死了，他在镇上也落稳了脚，王天木也从没怀疑过他什么，没有必要再装得这么疯疯癫癫，把日子过得清爽些。甚至水莲还说要帮李大力留心留心，要是有合适的女人就帮他牵牵线，成个家，比一个人这么过日子总更好些。

李大力听水莲这么一说，脑袋摇得像拨浪鼓："我这个鬼样子，瞎了眼的才会看上我，水莲，你就莫操心啦。"

李大力虽然嘴里说得轻松，但水莲的话却戳到了他心底最隐秘的痛，他很清楚自己现在就是个废人了，找个人家过日子他是连想都不敢想的事。就算自己那个地方没受伤，一个残废靠乞讨为生，连自己都养不活，哪会有女人看得上？但是这时的李大力也正值壮年，一个男人正常的生理和心理反应都会有，可他一触及自己那只剩下半截的男根时，猛然就像被人兜头泼了一盆冰水，顿时就自惭形秽。这种不可言说的痛苦只能在心里埋藏着，压抑着，有时让他感到生不如死。

李大力也清楚，水莲关心他不假，但最多的还是怕他这一副不人不鬼的模样会吓到来福。可很奇怪，来福从不认生，一看到李大力就十分开心。虽然李大力对王天木不理不睬，有时还会莫名其妙地发火，但他对来福却十分疼爱。尽管如此，李大力有自知之明，他从不上王天木家，也从不去抱来福，但他会唱曲给来福听。

答答且，带老弟，老弟哭，摘豆角，豆角没开花，老弟跌倒田崁下。

红鸟子，红辉辉，十八岁，要去归；冇红鞋，不上轿，冇唢呐，不拜堂；冇鸡腿，不食饭，冇花被，不上床。

羊嫲羊崽，走上走下，食掉人的油菜，割掉你的尾巴，食掉人家的谷，挖掉你的屎窟肚①。

　　李大力肚子里有唱不完的曲，也很奇怪，只有给来福唱曲时，他的心情才会安定下来，变得柔情似水，望着来福熠熠发亮纯洁无瑕的眼睛，心绪如入禅寺，止息空明。李大力有时会想，人要是能忘记过去那该有多好啊。可是每到夜深人静时，这几年经历的事情又会不停地在脑海中闪现，时时都在提醒他，在刺激着他，让他痛苦，让他悲伤，让他愤怒，让他纠结，挥之不去。

　　有一日，王天木随马帮送纸去长汀了，水莲带来福来听曲，李大力不知怎么就告诉她，"斗鸡眼"的死是他让手下的人干的，目的就是为了给被"斗鸡眼"砍下脑壳换猪肉的那个红军后生报仇。

　　水莲被李大力这么一说，倒吸了一口气，之前她和王天木都以为"斗鸡眼"真的是掉进河里淹死的，想不到竟然是李大力神不知鬼不觉做掉的。像"斗鸡眼"那么横的角色李大力都能轻松解决掉，可以想象他身后的力量有多大，可见他之前说的话还真不是唬人的。水莲不禁又为王天木担心起来，她觉得眼前这个乞食佬就像无常鬼般一直在纠缠着她的老公，但为了老公，她又不敢得罪他，而且在今后的日子里还得好好相待他。水莲想，只要自己真心相待，就是一块石头也能焐热，何况是人？时间长了，或许哪一日这乞食佬也就不会再奈何她的天木

---

① 屎窟肚：屁股。

哥了。

　　水莲的这个担心正是李大力想要的效果，他就是要让水莲知道，别看他像个疯疯癫癫的乞食佬，但有组织的人身后的力量有多强大，你王天木就算是孙猴子，也莫想跳出如来佛的手掌心。只要水莲心中有恐惧会害怕，她就不敢将他的底细告诉王天木。只要王天木还蒙在鼓里，那他就还可以从长计议。

第七章

这年冬天,李家大院发生了一场变故——"金钩大伯"李腾云在一天早上驾鹤西去,这对李家大院无异于塌了天,对檀河镇来说也是一件大事。

"金钩大伯"的死毫无征兆。那天早上起床后,李腾云和往常一样,坐在李家大院楼廊那张金丝楠木太师椅上,一边品着香茗,一边让二姨太梅姨用茶水清洗他那一副垂胸长须。李腾云一辈子嗜茶如命,而且喝茶极为挑剔和讲究。什么碧螺春、毛尖、龙井、大红袍他都不屑一顾,不是茶不好,是各人的口味不同,几十年来他就认定距镇上三十里外的延祥西园的孔坑贡茶。此茶生长在海拔七百多米的山坳,每年只在谷雨后立夏前采摘一回,香气馥郁,滋味甘醇,具有提神醒脑,健胃消食,清凉解毒等功效。明正德年间延祥拔贡杨德安任浙江金华府经

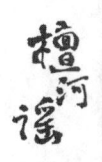

略时常赴京，每次赴京，就带上家乡孔坑茶送给朝廷大臣品尝。有一回一大臣推荐给皇帝，皇帝饮后大为赞赏，遂将延祥西园孔坑茶列为贡品，令每年进贡。据说当时孔坑茶被列为贡茶后，皇上要杨德安汇报孔坑茶的棵数，以确定每年上贡茶叶的数量。杨德安为了让家乡人能留些茶叶自己品尝，有意在皇帝面前少报了一半，只说有八百棵。没想到杨德安回乡后，发现西园孔坑野生茶树当真只剩八百棵，其余的全部枯死了。因此当地百姓都说西园孔坑贡茶受封于皇帝的金口玉言，更是奇货可居。每年谷雨过后，李腾云就要亲自到延祥选购上等的孔坑贡茶。

  李腾云不仅嗜茶如命，而且他还有一个非常奇特的癖好——用孔坑贡茶煮出的茶水清洗那一副长须。负责给他洗须的原来是大太太，大太太去世后就全由二姨太梅姨一手操持。二姨太比李腾云小近三十岁，她原先不叫梅姨叫梅玉。梅玉幼年丧母，父亲是赣南祁剧班的台柱，梅玉从小就跟着父亲走南闯北，学得一身好戏艺，唱念做打样样皆通。十八岁那年春上，梅玉随父乘船途经小镇时，不料遇风浪在檀河上翻了船，父亲葬身鱼腹，梅玉幸遇放排的艄公，被救了起来。身无分文、举目无亲的梅玉无计可施之际只好跪在檀河边插草卖身葬父。李腾云出钱雇人在檀河里寻了三天将梅玉的爹打捞上来并安葬，又打发梅玉一笔路费，让她另谋生路。想不到梅玉是个烈性女子，说到做到，愿委身做妾侍候李腾云。李腾云怕坏了自己名声不答应，不料身患痼疾的大太太倒十分明理，总觉得自己时日无多，又见梅玉长得标致，便做主择个吉日，将梅玉迎进家门做了李腾云的二姨太。

　　梅玉自过门后尊老惜少,知书达理,深得李家大院上上下下的喜欢,大伙都改口叫她做梅姨。几年后,大太太过世,梅姨聪敏贤惠,成了李腾云的贤内助,将李家产业打理得顺顺当当,但美中不足的是,梅姨进李家都快二十年了,却怎么都怀不上孩子。李腾云总觉得是自己年纪大的缘故,对她很愧疚,千方百计对她好。梅姨却不在乎,懂得做大,对一家老小关爱有加。李家大少爷李少卿尽管年龄与她相差无几,但对她尊敬有加。自从大太太过世后,每天早上,在李腾云喝茶的时候,梅姨就会端上一只铜盆,里面盛着沥清的茶水,然后在"金钩大伯"胸前垫上一沓自家纸坊生产的吸水性极强的玉扣纸,掬起茶水一丝不苟地替他清洗长须,那几乎是一根根捋着洗的。洗完,还要用绸帕将一根根长须拭干,再用一把玉梳自上而下慢慢梳理,直到将一副长须梳得如瀑布般光溜顺滑。经过悉心的打理,"金钩大伯"那一副垂胸长须金光闪闪,根根胡须如银针焕发着耀眼的光芒,真是前无古人后无来者,美轮美奂之极。

　　这日早上,梅姨替"金钩大伯"洗完长须,见李腾云闭目养神,她便知趣地端盆悄悄下楼去了。

　　今年的天气很反常,不冷,虽然入了冬,却是个暖冬,院子里的一棵蜡梅早早开了花,香气扑鼻。到了吃早饭时,突然天空"轰隆隆"滚过一阵响雷,客家谚语说"冬日响雷公,十个牛栏九个空",这可不是好兆头。梅姨心里一紧,猛然想起在楼廊上的老爷,连忙往楼上奔。

此时的"金钩大伯"背靠着太师椅微闭着眼，睡着了一般。阳光从天井上空斜斜地打下来，将他胸前的长须照得金光闪闪，微风轻轻地撩着，如燃烧的火焰。梅姨突然感到不对头，上前喊了两声，没有应，又喊了两声，还是没应答，梅姨轻轻拉起"金钩大伯"的手，那手已经变得冰凉，老爷已经走了。梅姨唤了声"老爷"，顿时泪如泉涌，腿一软，就跪了下去。

梅姨一边安排"金钩大伯"的后事，一边派人赶往省城告知在福州做生意的大少爷李少卿，等李少卿雇了马车日夜兼程赶到家时，"金钩大伯"面目安详躺在灵堂上的楠木棺材里已经是第六天了。李家大院的长工和佃户都被安排着轮流守夜。"金钩大伯"是高寿，白喜事，前来吊唁的络绎不绝，李家大院专门安排人派发红包，见者有份。除了吹吹打打做超度的道士，李大力也被请来给死者唱丧堂歌。

李大力唱这些早已是驾轻就熟，歌词也是现成的，道士休息时就轮到他唱。他就坐在天井里，面对寿棺，一连唱了好几天，李家大院管吃管喝，还给工钱。李少卿进家门时，李大力正好拍着竹筒唱得悲悲切切：

拍一声来惊东方，惊动东方木龙王，木在凡间有何用，人死还要木来葬。拍两声来惊南方，惊动南方火龙王，火在凡间有何用，人死还要火烧香。拍三声来惊西方，惊动西方金龙王，金在凡间有何用，人死还要念金刚。拍四声来惊北方，惊动北方水龙王，水在凡间有何用，人死还要水洗亡……

李大力把竹筒拍得低沉缓慢，曲调也悲伤哀切，李少卿听了顿时悲从心起，"扑通"跪倒在他爹的棺木前，一边哭一边不停地磕头。

　　那些吊唁的、守灵的个个都说这个唱曲佬其实不癫，很会来事。倒是王天木说："唱曲佬唱起曲来不发癫，不唱曲时就说三不着俩，就发癫。"大伙想想也是，这唱曲佬来镇上也有两年了，哪日不是邋里邋遢蓬头垢面的样，要不发癫能这样过？

　　李大力晓得王天木是在帮自己打掩护，他担心李大力会露馅。有时李大力的心情也很复杂，王天木处处把自己当成李大力的保护神，可他不会想到，他保护的对象一心想着要如何处置他。有时候，李大力自己都说不清现在究竟扮演的是一个什么样的角色。

　　"金钩大伯"的丧礼十分隆重，前前后后半个月，墓穴是他早在十多年就请了江西梅窖三僚村的一位风水大师选好的，在莲花山半山腰，叫双狮抱球，后靠青山，前拥流水，是绝佳的一块风水宝地。

　　"金钩大伯"驾鹤西去后，因李少卿常年都往来于小镇与省城之间做生意，李家大院上上下下的事就由梅姨管理。王天木因老实厚道，做人本分，让梅姨很看重，每次押运土纸去长汀或赣州都一定要王天木参与。也就在这个时候，王天木发动了一次"保路运动"，让镇上的人刮目相看，也改变了王天木随后的人生轨迹。

　　从檀河至长汀有两百多里路程，在宁化和长汀交界的蜈蚣

岭常有一伙土匪打劫来往商贩，为首的叫马占鳌，领着一伙土匪杀人越货，来往商贩深受其害，纷纷请求县衙剿匪肃寇，但这伙土匪来去无踪，县衙派兵清剿了几次，都让他们逃脱，无功而返。蜈蚣岭山高林密，不要说那一二十个土匪，就是藏匿上千人马也杳无声息。"金钩大伯"李腾云在世时，每年私下给马占鳌一笔买路钱，所以这些年李家大院的运纸马帮倒也相安无事。可这马占鳌贪得无厌，"金钩大伯"去世后，欺负梅姨是个女流之辈，所索买路钱层层加码，因梅姨没有满足他狮子大张口的要求，马占鳌心里有了怨气。当然，李家大院与马占鳌之间的私下交易外人是不知道的，王天木这些年随马帮在蜈蚣岭上上下下都平安无事，还以为是"金钩大伯"名声大，土匪打劫也要看人下菜，可不曾想，第一次领队运货就撞在了马占鳌的枪口上。本来李家大院的运货领队是纸厂的大师傅，只是大师傅因背上长了个鹅头疮，痛得连路都走不动，梅姨就让王天木负责带领马帮送货去长汀。

　　王天木带领的马帮三十多人一路西行，到达蜈蚣岭天色已晚，王天木就让伙计卸下纸担，按惯例在岭上的山神庙内歇息，生火做饭。大家走了一天，吃完饭，早早就打好地铺歇觉。半夜时分，忽听绑在庙门外的骡马"咴咴"惊叫，大伙跑出庙门一瞧，只见几十匹骡马已经被一伙蒙面人赶下岭了。王天木急了，领着伙计们追，可哪追得上那些骑在马背上的土匪，一眨眼工夫，除追回来十几匹，一大半的骡马都被土匪抢走了，还被打伤了几个伙计。马占鳌本来是要打劫宁化城关咸丰米店江老板的粮队，可不料江老板那天因临时有事，粮队未能成行，马占鳌岂会空手回山，正好拿李家大院的马帮来敲打敲打那不知天高地厚的梅姨。

伙计们惊慌失措，关紧庙门，双眼溜溜挨到天亮，个个都为王天木担心，第一次领队就遭了抢，丢了二十来匹骡马，回去如何向梅姨交账。大伙都问王天木怎么办？王天木坐在庙门口一句不吭，大伙都以为这个"薯兜佬"吓坏了，六神无主拿不出什么主意来。可过了一会，王天木让大伙将几十担的土纸按原计划送到长汀去。有伙计就说："还去个朘啊，丢了那么多骡马，这几十担纸够买几条骡子回来？"

王天木说："我们就是送纸的，纸还在，我们就得把货送到。"

看王天木那么坚决，大伙也没办法，挑的挑，驮的驮，又走了一天，把纸送到了长汀水东街商号里。

王天木结了账，却让大伙不要急着回去，他寻了家客栈，给大伙开了房，交了伙食费，自己就出去了。大伙也不知王天木葫芦里卖什么药，反正管吃管喝，也乐得好好歇歇。一连两天，王天木都早出晚归，直到第三日吃了早饭，他才让大伙打点行李上路回家。

大伙出了城，走到蜈蚣岭下，发现那里聚集了黑压压的人群，个个持刀驮棒，约莫二三百人。一问，都是常年往来宁化、长汀的行商走客。到现在伙计们才明白，原来这两日王天木早出晚归就是到各商号联系商贩，组成保路队伍，准备和马占鳌

那帮土匪拼一场。以前来往商贩只求自保，多年受尽了马占鳌那帮土匪的敲诈勒索，现在有人出来挑头，个个义愤填膺，一传十十传百，短短两天就组织起两三百人，约定在此聚集，上山剿匪除恶。

王天木俨然成了总指挥，他让十几个盐贩挑盐先行引诱土匪，大伙跟在后面，只等土匪一出现便围而歼之。

马占鳌果然上当，一见有十几担的盐，顿时两眼发亮，领着土匪冲下山来抢。可没想到随着一声呐喊，山路上一下子冲上来黑压压的人群，个个持刀舞棒将他们团团围住。马占鳌当了半辈子土匪，从来都是他欺负别人，还没见过有人敢寻他的麻烦，顿时气得哇哇叫，持刀就朝冲在最前面的一个大个子兜头劈去。王天木手里提着一根茶木扁担，当头一格，扁担就被削掉一截。还没等马占鳌收刀，王天木已经一跃而起，蹿到他面前，一拳就擂在了马占鳌的面门上，顿时马占鳌的脸上就开了花，骨碌碌就顺着山坡滚了下去。众人一见土匪头都被王天木打倒了，信心大增，呐喊着围着土匪棍棒齐下，一阵狂殴。那些土匪从来没经历过这一阵仗，虽然个个穷凶极恶，但双拳难敌四手，何况是十几个人打一个，哪里招架得住，只恨爹妈少生了一条腿，抱头鼠窜。可哪里逃得脱，不一会全被揍得鼻青眼肿，手断脚折。众人拿出早已准备好的绳索，将这些哭爹叫娘的土匪捆粽子一般五花大绑起来。马占鳌跌下山坡头破血流，被王天木追上，王天木骑在马占鳌身上左右开弓，一顿铁拳擂得一佛出世、二佛升天，马占鳌的一排门牙都被打掉了，满口吐血。王天木找回被抢的骡马，领着众人一路浩浩荡荡将土匪押回了宁化，交给了县衙。

县长做梦都没想到，官兵剿了几年，连马占鳌的毛都没捞到一根，想不到这帮穷凶极恶的土匪竟然被商贩自发组成的保路队伍一网打尽，顿时喜出望外。一打听，领头的竟然是檀河镇李家大院的长工。

王天木名噪一时，让大家刮目相看，真是人不可貌相，海水不可斗量，这个平时三巴掌拍不出个屁的"薯兜佬"竟然这么有勇有谋。可王天木说他就是担心被土匪抢去那么多骡马，被东家怪罪，他当一辈子走厂佬也赔不起，一急起来就不顾后果了。其实自己有屁功夫啊，无非就是人长得高大，有几斤蛮力罢了。大伙也觉得他说的是实话，平时看他挑石灰上山，一担就是两三百斤，走起路来还轻松自如的，两个人都挑不过他。

但有人不这么想，他觉得王木佬做走厂佬有点屈才了，这个人就是檀河镇的民团团总李占邦。王天木剿灭了土匪让他长了脸，怎么说王天木也算他檀河镇的人嘛。他觉得这种人得收到自己手下来为他所用，所以他找到王天木，要王天木去加入民团。

王天木一听慌了，心想：这不就是让我去做"斗鸡眼"的事吗？我好歹也是干过红军的人，怎么可以去当民团，这不就是投敌了吗？以后跳进黄河也洗不清啊。王天木说什么也不干，这可惹恼了李占邦，气得一拍桌子："肏你老母，在檀河镇还没人敢在我面前说个不字，你干也得干，不干也得干！"

李占邦走后，王天木和水莲一宿都没合眼，这可是要把人往绝路上逼啊，这欺压百姓，杀害红军的民团干的那是连屎都吃得的事啊。特别是水莲，她最害怕的还是李大力，这两年在她暗中斡旋下，李大力没有奈何王天木她已经谢天谢地。她很清楚，要是王天木真的当了民团，李大力是一定不会放过王天木的，所以她坚决不同意王天木去干民团。王天木这时也后悔起来，当时就是气不过才召集商贩起来保路斗匪，原本这是好事，可没想到给自己惹来这么大的麻烦。我到哪里都还是红军，怎么能去当那个倒灶绝烟的民团？可不去，李占邦能饶过我吗？这李占邦外号"东霸天"，檀河镇就是他的天下，跺跺脚地皮都要抖几抖。惹火了他，他什么事做不出来？到那时水莲怎么办？来福怎么办？王天木一想到水莲和儿子人都软了，这可是他这辈子的命，不敢让他们再有什么闪失。六神无主的王天木想起了"金钩大伯"，要是"金钩大伯"还在，还会帮自己说说话，可现在"金钩大伯"走了，这棵庇护自己的大树倒了，没人说得上话了。

　　夫妻俩商量来商量去，都拿不出什么办法来，一直双眼溜溜到天明。王天木也就只好能拖一天是一天，他祈祷李占邦或者是一时兴起就那么一说，时间一长也许就忘了。

　　可一个墟后，一个团丁来找王天木，说团总召见，让他马上去团部，根本没有商量的余地。

　　民团团部就设在火烧坪的区公所里，一见王天木，李占邦就扔给他一套团丁的黑衣黑裤。到了这份上，哪还有王天木说话的份，只能老老实实套上了那身团丁服装。

李占邦鼓着一对金鱼眼不动声色打量了王天木半响，猛地一拍桌子："不错，人高马大，是个当兵的料！"李占邦起身拍拍王天木的肩，"从今朝起，你就是我檀河镇民团的小队长了，跟着老子好好干，我不会亏待你的。"李占邦还叫邱团副给王天木拿来一把汉阳造步枪。

邱团副把枪交给王天木："小子哎，团总重用你，有些团丁干几年都还扛梭镖大刀，你一来就有枪，还不快多谢团总。"

王天木心里五味杂陈，又要装出胆小如鼠从没摸过枪的样子，不接："我不要，我不要。"

李占邦哈哈大笑："他妈的，当兵不会使枪还成？明天开始，跟队出操训练去！"

王天木还想说什么，李占邦大手一挥："滚滚滚，别坏了老子兴致。"

王天木只好背着那杆老套筒出来，垂头丧气往家里走。当年参加红军时，他朝思暮想就想要把枪，可现在背着这把老套筒他比背着根搅屎棍都更恶心。他觉得这是在往死路上走，明知这路走下去是悬崖绝壁，会摔得粉身碎骨，可他没有选择的余地了。

王天木就这么懵懵懂懂当了民团，每天一大早就得到火烧坪和那些团丁一起操练。对于那些基本的军事知识王天木怎会不知道，可偏偏要装出一副啥也不懂的样。人都喜欢不懂装懂，可要把懂装成不懂真是难为了他，差点没憋死了他。每天和那

帮恶人在一起，比杀了他都难受。他有时想，要是自己还在部队，这些民团都会被他送去见阎王。

　　李大力做梦都没想到王天木会去干民团，当他看到王天木穿着民团的黑衣裤，背着那把老套筒出现在他面前时，李大力恨不得一竹筒砸碎王天木的脑壳，他没想到王天木竟然如此不要脸，当了逃兵现在又去干反动民团，这完完全全就是叛变革命！早知王天木会这么无耻，当时就不该放过他！如果说之前李大力对王天木还有那么一点的同情之心，但现在他是彻彻底底被激怒了，无论如何都不能再饶了王天木，他必须为他可耻的行径付出血的代价！

第八章

寒来暑往，日升月落。

一晃李大力已经在镇上过了三个年头，他已经成了镇上妇孺皆知的唱曲佬，大凡有红白喜事他都会被请去唱曲。对小镇的人来说，你要问镇长是谁，可能有人还答不上来，可是问起唱曲佬，无人不知无人不晓。

一转眼，夏天又来了。檀河边的夜晚，空气中飘荡着浓浓的烧辣椒草的辛辣味道，老樟树下时常坐满摊凉听古的人。敞胸露脯的汉子们和妇女们放肆地调笑，一些汉子总想占些女人的便宜，趁一些女人听古入迷，时不时就在女人的胸脯或屁股上抓上一把。一些泼辣的女人也不示弱，几个人一声吆喝，将色眯眯的男人按倒，扯开抿裆裤，将一把辣椒塞进男人的裤裆里，还死命搓上一搓。那辣椒草又辛又辣，让男人裆里几天都

火辣辣的，走路都得迈八字步。

故事听完了，意犹未尽的大伙就让李大力唱曲来听，这是必不可少的节目。最让人称道的是李大力不仅会唱，而且能编，你让他唱什么他能唱什么。豆腐侯四就说："李大力这个唱曲佬要不是脑壳坏了，肯定是个人精，见人说人话，见鬼说鬼话，哪个厅堂唱哪个曲他心里明白着呢。"

当然李大力在这个时候唱得最多的是调情段子，来乘凉的汉子和妇女们都好这口，要是唱别的大伙还不喜欢。就像今夜，李大力一人扮男女对唱情歌，听得大伙儿拍手叫绝。

十八哥哥游花园，碰到一个女娇莲，细声上前问老妹，问你妹子连不连？情哥哇（说）事是好言，开口就问连不连，老妹眼下年纪小，要连还得过两年。老妹哇事是好言，怎么要哇过两年，看你老妹十八岁，是嫌哥哥冇铜钱？情哥哇事冇道理，有心就得过两年，我要哥哥情义好，有情相连不要钱。老妹哇事情义好，情哥与妹永相连，好石磨刀不用水，好妹连郎不要钱。高山流水永相伴，月到中秋分外圆，情哥有心妹有意，石板搭桥万万年。

李大力一会男声一会女调，配合得天衣无缝，让大伙都支棱起耳朵听，不像听古时嘻嘻哈哈爱打岔。虽然个个听得意犹未尽，但李大力一夜只唱一曲，唱完依旧坐在阴影里抱着竹筒不吭不声，任你说破嘴皮他也不再唱。大伙也不和这癫子计较，反正第二天还能听，于是就嘻嘻哈哈散了场。

尽管老樟树下日日都很热闹，但王天木却很怕去了。自从干上了民团，王天木就知道李大力瞧不起他，他好几次去找李大力想解释一下，可李大力连正眼都不瞧他一眼，他都觉得自己在李大力眼里已经连猪狗都不如了，这和认贼作父的畜生没什么两样了。原本王天木到了晚上还会驮着来福去听李大力唱曲，可李大力对他的不屑让王天木无地自容。来福哪会晓得当爹的心理，每天吃完夜饭就缠着要去听李大力唱曲，实在拗不过，有时王天木也只好去，但这时的王天木再没有以前的放松了，他搂着来福坐在树荫里，不吭不响。有时一些爱烧红灶窟的人①，还王队长长王队长短地喊他，让他更是恨不得在地上找条缝钻进去。

李大力依旧拍他的竹筒唱他的曲，但只要王天木在，他就会唱那首叫《死膛皮》的曲：

村头寡妇假正经，穿红着绿画蛾眉；东家少年西家郎，蜂不叮人是乌蝇。锅要底来鱼要鳞，大红灯笼要人提；人要脸来树要皮，人不要脸死膛皮。

这曲原本是客家山歌，是挖苦女人淫荡没羞耻心的。王天木十分明白李大力这是在指桑骂槐，是刻意编排着骂他的，可是他只能装聋作哑。他越来越怕见到李大力，能不碰面就不碰

---

① 红灶窟的人：客家人形容喜欢拍马屁的人。

面，避免那种尴尬。唯一能理解他的是水莲，来福要去听李大力唱曲，王天木不愿带他去，都是水莲抱着去。有时听古的也会问，木佬怎么没来？水莲就打圆场说木佬有事脱不开身。就有人接茬说，也是，木佬现在是民团小队长了，管的事多着呢。被别人这么一说，水莲就红了脸，支支吾吾不知怎么说话了。

虽然王天木在训练中时时掩饰自己熟练的军事知识，但不管怎么装傻，都会不自觉地表露出来。因此，无论是队列操练，还是武器使用，王天木都远远超出了民团中那些土包子。这让那些团丁个个刮目相看，想不到这个"薯兜佬"学起东西来还这么快。他们岂知，这些基本的军事知识对王天木来说已是驾轻就熟。王天木的出色表现，让民团团总李占邦十分满意，他觉得自己没看错人，这王木佬一点都不傻不憨，在给团丁训话时常免不了夸上王天木几句，让那些团丁眼热得半死。

王天木平时做得最多的就是领着几个团丁上街巡逻，维护治安。没想到上任没几个月就给李占邦捅了一个大娄子。那日正值墟天，王天木带人在街上巡逻，遇到驻扎在镇上的国军排长黄天德。这家伙和做了水浸鬼的"斗鸡眼"李三赖是一路货色，平日横行霸道，敲诈勒索，还借口防匪，瞒着上峰每个墟日在街上向商贩收保护费。

这日一早，莲花山一个老猎户打到一只山羊，高兴极了，恰逢墟日，便将山羊扛到街上想卖个好价钱，正在将山羊剥皮剔骨，就被黄天德撞见了。黄天德一眼看到山羊，顿时两眼发光，他一脚踏在羊头上，叫道："交一块钱保护费来。"

老猎户说:"老总,我生意都还没开张,怎么有钱交喔。"

"没钱,砍两条羊腿来抵也行。"黄天德"嘿嘿"一笑,伸手提起山羊。

"没那个说法。"老猎户护住山羊。

"他妈的,不识抬举的东西!"黄天德将老猎户狠狠推了一把。

老猎户猝不及防,一屁股跌坐在地上,但死死拖住山羊不松手。

"肏你老母,你个老死尸!"黄天德挥起一脚踹在老猎户的面门上,老猎户顿时满脸是血,痛得在地上翻滚哀号。

黄天德哈哈大笑,拎起山羊正要走,突然肩膀被一只大手按住了,回头一看,是个挎着把老套筒的高大的团丁。黄天德平时就瞧不起镇上这些民团,在他眼里就是一群乌合之众。现在被按住了肩膀,感觉那力道有点来者不善。他用力晃了晃肩膀,却没有甩开对方的手,顿时有点火:"小子,想做啥?!"

"把山羊还给人家!"王天木比黄天德高出一个头,他俯视着黄天德那对绿豆眼。

"哟嚯,哪个的裤裆没扎实,露出你这个有长毛的胺?"黄天德劈胸推了王天木一把,可没推动。这可惹恼了他,伸手就去拔腰上的枪,"老子今朝就崩了你!"

王天木哪有给他拔枪的机会,一拳打在黄天德的脸上,黄天德"哎哟"一声弓下腰,又挨了王天木一脚,还没明白怎么回事,腰上那把盒子炮就到了王天木手里。王天木一声吆喝,几个团丁一拥而上，扭住黄天德连推带搡拖回了区公所。

李占邦没想到这个愣头愣脑的王木佬给他捅了这么一个娄子，可又不能明着怪他，是自己叫他维护镇上治安的，他只是遵命行事而已。可这个"薯兜佬"脑子拐不过弯，丢个石头就咬个石头，这些国军平时就在镇上作威作福惯了，也没把他这个民团团总放在眼里，李占邦虽然头痛，但又阻止不了。他与驻军营长王鹤亭本来就面和心不和，作为一个维持地方治安的团总，又是本乡本土人，他也不希望这些驻军在自己的地盘上为所欲为。可毕竟人家是正规军，自己这个民团团总许多事还得听他们的。所以王天木把黄天德扭送到区公所时，他有点不知如何处理这个烫手的山芋。可黄天德却嚣张得很，破口大骂，说要让国军来灭了他的民团。这可惹恼了李占邦，一怒之下，将黄天德五花大绑，领着一帮人浩浩荡荡押送到关帝庙的国军营部去找王鹤亭处置。李占邦也是老奸巨猾，早就放出风去，人还没押到，关帝庙门口就聚集了黑压压的人群，纷纷控诉黄天德吃拿卡要，鱼肉百姓的罪行。王鹤亭心里虽然清楚被李占邦摆了一道，但又有口难言，毕竟手下做得太过分引起民愤是明摆着的事实。所以表面上还得称赞民团做得对，并将黄天德革职查办。

镇上的百姓受黄天德欺负多了，没想到竟然让王天木给出了气，个个额手称庆，都觉得王木佬这人虽然干了民团，但和多数团丁不一样。王天木被人这么一夸，也心安了些，安慰自己说，其实干什么不重要，关键是干了什么才重要。

王天木的所作所为，李大力一清二楚，但他却不这么认为，他十分清楚镇上的白军和民团是面和心不和，王天木虽然做了一件好像是为老百姓出气的好事，但其实他就是在为反动民团卖命。王天木再这么继续下去，总有一天会与革命为敌，与红军为敌，如果说之前王天木当逃兵还情有可原，那么这一次当民团是罪不可恕。

王天木自认为自己身不由己参加民团，但不做坏事，去做一些有益镇上百姓的事应该会得到李大力的谅解。可水莲心里却像明镜似的，她非常清楚李大力不可能会原谅她的老公，也不会放过她老公。但她又不能明说，除了每天王天木出门时她都提醒一番外，她想得最多的是如何说服李大力，如何稳住李大力。她不晓得李大力后面还有多少人在帮他，可她心里很明白，就算李大力是一个人落难到了这里，但他身负追捕王天木这个任务是千真万确的。就算他现在奈何不了王天木，可他身后有红军，有成千上万的红军，虽然现在红军不知去了哪里，可总有一天会回来的，到时王天木就是有十张嘴也说不清。所以李大力不管在镇上待多久，他都是有组织的人，他都是红军的人，不像王天木是逃兵，现在又干了民团，在李大力眼里就是红军的死对头了。一想到这，水莲就提心吊胆，总担心王天木哪天出门就回不来了。水莲思来想去，想出了一个先稳住李大力的办法来。她决定让来福跟李大力学唱曲。

可李大力不同意："这怎么成，跟我一个乞食佬学唱曲，让人笑掉大牙呢。"

水莲说:"李大哥,这孩子和你有缘,天天都嚷着要跟你学。"

李大力不言语。

水莲又说:"李大哥,我和天木在镇上也冇亲冇靠的,能相互帮衬也是前世修来的缘,要不就让孩子认你做干爹吧。"

李大力一听,吓得跳了起来,连连摆手:"这使不得,使不得。"

水莲却不管,推了来福一把,在路上就让水莲教好的来福很懂事地"扑通"一声跪在李大力脚下,一边磕头一边叫干爹。

猝不及防的李大力一时没了主张,连忙牵起来福,看着水莲不知该说什么好。李大力晓得水莲心里想的是什么,也真难为她了,或许对她来说,让来福认了他做干爹,看在孩子的份上,他对王天木就下不了手。水莲啊水莲,你太低估我了,一是一二是二,你老公罪该万死,你就是对我再好,我也不可能放过他,这是我的责任。但是,来福太可爱了,李大力实在不忍伤了来福,就这么懵懵懂懂成了来福的干爹和唱曲师父。李大力也想过,现在王天木干了民团,有枪有人,如果自己表现得过急,很有可能就会触犯水莲,毕竟王天木是她老公,她要是权衡了利害得失,把他李大力的真实身份告诉王天木,王天木很有可能就会一不做二不休,反正都投靠了民团,对他下手就成了情理之中的事了。所以水莲让来福认他为干爹,他见推辞不过就答应了下来。水莲想稳住李大力,而李大力也想要稳住水莲,两个人心照不宣,各有目的,都希望眼下能相安无事。

四岁的来福和李大力很亲，他根本不嫌李大力邋遢，而且人十分机灵，没学多久，居然能把个竹筒拍得有模有样。于是乎，在黄昏的夕阳里，人们常常能看到老樟树下一老一少在那里唱曲。当然李大力教给来福唱的都是一些童谣，而且李大力现编的童谣让来福学得津津有味。比如，看到有妇女上山割蕗基引火，李大力就编了一首童谣《割蕗基》教来福：

日头一出千条须，老妹上山割蕗基。蕗基割得多，家婆笑呵呵。蕗基割得少，骨头骂得倒。骂呀尽你骂，肚里想得化，只怨爹娘穷，要我格细①嫁。

镇上人把冬茅叫蕗基，割回来晒干后，每日生火做饭时就用来引火，大家对割蕗基都很熟悉，因此，《割蕗基》的童谣很快就在镇上流传起来，个个都会唱。

李大力教给来福的童谣还很多，许多都是现编的，来福也学得快，学会了就唱给小伙伴听，最流行的是那首风趣诙谐的《瘌痢头》：

瘌痢头，看黄牛。黄牛唔食草，瘌痢学剃脑。剃头剃出血，瘌痢学打铁。打铁难牵炉，瘌痢学钉箬。钉箬难破篾，瘌痢学做贼。做贼难打洞，瘌痢学打铳。打铳难扣火，

---

① 格细：那么小。

癞痢学修锁。修锁难修须，癞痢学赴墟。赴墟难行路，癞痢学砍树。砍树难修权，癞痢学做瓦。做瓦难搬泥，癞痢学装犁。装犁难凿眼，癞痢学做伞。做伞难斗把，癞痢做叫化。

以至于李大力在前面走，后面总会跟着一帮小孩子，一边唱着《癞痢头》，一边撵着李大力的屁股跑。

2010年，我受聘编修《宁化县志》，由于要编写人物传，我跑遍了大半个中国收集可以入志的人物资料。那年深秋，北京的天气已经十分寒冷了，我在丰台区杜家坎的原北京军区装甲兵司令部干休所收集到一个老红军的相关资料。新中国成立后，老红军在原北京军区装甲兵司令部工作，1993年病逝。

这位老红军就是泉上镇人，他参加红军时只有十四岁。1930年1月，为打破国民党军队的第二次三省"会剿"，古田会议后，毛泽东率领红四军第二纵队掩护朱德率领的第一、三、四纵队转移后，离开古田，甩开尾追之敌，向北经连城、清流、归化进入宁化到达泉上镇。当时他放牛归来，在檀河边的老樟树下听了红军的演讲，将牛一丢，就跟红军走了。

这位老红军参加过第一至第五次反"围剿"，抗战时期参加过平型关战役，新中国成立后任原北京军区装甲兵司令部工程处副处长等职，曾获二级八一勋章、三级独立自由勋章、三级解放勋章、红星功勋荣誉章等。让我最为惊喜的是，我在老红军的回忆资料中发现他和李大力在一个班里并肩战斗有两年之久，而且李大力还是他的班长。按老红军的回忆，李大力也是在红四军这次行军途中参加红军的，不过不是在泉上镇，而是在宁化最北的安远镇。

安远因地处闽赣交界，自古边界贸易活跃，宋朝建下土寨，设监巡官。到了明代，废寨改置为"安远司"，虽经几度兴废，但当地百姓依旧喜欢称此地为"安远司"。

虽然李大力比这位老红军晚入伍两天，但因年龄较大，又有功夫，很快就当了班长。当时这位老红军是全班年龄最小的一个，因此比他大九岁的李大力对他格外关照，有时星夜急行军，他走不动了，李大力二话不说就把他背在背上。在老红军的印象里，李大力就像他的亲哥哥一样，因此老红军的回忆资料里特别对李大力有较为详细的记载，这使得我对李大力的身世有了一个比较全面的了解。

很凑巧的是李大力老家就是宁化北部河龙排人，河龙排宋朝时叫锡源驿，正是伊公的故乡。李大力是个孤儿，父母早亡，十六岁时就跟村里的曲蓬学唱曲。曲蓬亦称"地台"或"唱子班"，是以鼓手和乐工为主体，分行当演唱流行小调或传统戏曲的民间音乐组织。其特点是清唱，不化妆，乐器有唢呐、胡琴、三弦、小堂鼓、响板、单皮等，每逢年节，或遇喜庆，常应聘到场唱曲助兴。李

大力的师傅姓温，不但曲唱得好，武功也高强，还会起千斤庄①，又会摸骨看相排八字。由于勤奋好学，李大力深得师傅器重，不仅将所有"唱子班"里的演唱技巧悉心传授给他，还将一身武艺也传授给了李大力。几年下来，李大力熟练掌握唱曲和表演技艺，又练就一身武艺，能将《大封相》《由天记》《双麒麟》《观灯记》《文武魁》《满堂福》《风入松》《六毛令》《玉芙蓉》《哭皇天》《打金榜》等五十多个曲目的演唱说辞记得滚瓜烂熟，唢呐、二胡、京胡、锣鼓、笛子等乐器演奏也悉数掌握，而且难能可贵的是李大力脑瓜子十分灵活，他能现编现唱，将曲蓬演出时的曲调唱得淋漓尽致，让师傅十分满意，一心想把他培养成自己的接班人。

　　李大力的人生轨迹在二十三岁那年发生了彻底的改变，毛泽东率领的红四军队伍从檀河出发到达安远镇时，李大力所在的曲蓬班子正在给沈姓大户祝寿演唱。那日下午，李大力上街给师傅买纸烟，正好遇到红军在街上演讲。好奇的他挤进人群中一听，顿时豁然开朗，天下竟还有这么好的军队，连烟也不买了，和一帮卖柴的青年二话不说就跟红军走了。李大力当时不会知道，就是这次在宁化行军途中，毛泽东写下了热情洋溢的光辉词篇《如梦令·元旦》："宁化、清流、归化，路隘林深苔滑，今日向何方？直指武夷山下。山下，山下，风展红旗如画。"李大力当

---

① 千斤庄：民间武艺，一只手抓一只八仙桌脚就能把整张八仙桌举起来。

时也不会知道，五年后，他在"唱子班"学到的技艺竟成了他掩饰身份和赖以谋生的手段，得以在檀河镇生活了几十年。

这位老红军和李大力在一个班形影不离两年，直到1932年部队整编时，两人分手后就再没有相见。老红军在回忆录中很怀念这个如兄长般关心照顾他的班长李大力，如果新中国成立后他知道李大力还活着，我想，他一定会去找李大力的。

我还清楚地记得，当我走出干休所大门时，寒风呼啸，路边的钻天杨叶子都掉光了，裸露着光秃秃的枝丫直挺挺地伸向灰蒙蒙的天空。我站在路边等公交车，不知怎么的，就想起了李大力，心情一下子就变得十分沉重起来。我可以给这位老红军列传，可我根本没办法在县志上给李大力留下一笔，李大力这个悲剧性的人物也许很快就会被历史的滚滚烟尘湮没，这是他的悲哀，也是我的悲哀。

李大力当了来福的干爹，又教来福唱曲，让王天木暂时放下心来，他觉得李大力应该是理解了他的苦衷。但就在这个时候，王天木却被他的顶头上司李占邦看出了端倪。

距镇上五十多里有个九龙寨，据说南明王妃曾在此反清复明，聚众起义，该寨地势险要，易守难攻，集聚着一伙土匪，为首的邱子坤，因幼时出水痘，落下一脸麻子，加上面白无须，那麻子更是十分显眼，背又有些驼，自小心理扭曲，为人凶恶，

镇上人都称他"麻子精"。邱子坤少年离家到连城拜师习得一身武艺，二十岁那年回镇上将曾取笑他"麻面无须不可交，罗锅腰藏杀人刀"的邻居一家老小全杀了，还放火毁尸灭迹。邱子坤犯案后逃上九龙寨，没几年就夺得寨主之位，带着一帮匪徒四处打家劫舍，恶贯满盈。邱子坤为非作歹，镇上民团也奈何不了他，只能睁只眼闭只眼。可镇上有个县参议员雷七爷为民请命，上书县衙，力陈匪患，镇上民团不作为。县长责令李占邦限期清剿。李占邦无奈，只好带民团进山围剿，可九龙寨一夫当关，万夫莫开，攻打了两次都无功而返。想不到邱子坤有恃无恐，竟然在一天夜里摸进镇里，将李占邦入股的赌庄洗劫一空，还连伤五人。李占邦大怒，发誓要灭了这帮不知天高地厚的歹徒。可民团作战能力太弱，李占邦没辙，只好厚着脸皮去请国军营长王鹤亭帮忙。王鹤亭上次因为黄天德的事被李占邦摆了一道，正愁没地方出气，现在李占邦求上门来，正好看李占邦的笑话，推辞说地方治安是民团的事，他的部队岂会干这杀鸡用牛刀的事。李占邦明知王鹤亭是在推辞，但理由又堂而皇之，没办法，只好回到团部召集手下商量。这些民团平时欺压百姓个个能耐，可一听说要上山打"麻子精"，大家都当了缩头乌龟，不是拿不出注意就是相互推诿。后来还是邱团副说要不让王木佬带人去试试？打得下来固然好，打不下来送了命也无妨，反正是外来人。大伙都觉得这个主意好，一致同意由王木佬带队去剿匪。

王天木根本不晓得民团那些人把他当过河卒子，一想到剿匪是为民除害的事，当即就满口应承下来。王天木在民团里挑了二十几个身强力壮的团丁打先锋，李占邦带着大队人马随后接应，约定得手后就放火为号。

下半夜，王天木带领团丁在迷蒙月色中摸上山，但见寨门紧闭，两米多高的寨墙挡在石径上，左边是悬崖，右边是绝壁。一个放哨的土匪正倚在墙垛上抽烟，红红的火星一明一灭，这土匪怎么都没想到就在墙垛下隐伏着十几个虎视眈眈的团丁。王天木从腰上解下棕索，打了个活结，捂住嘴"咕呱，咕呱"学起了猫头鹰叫，他要引诱那匪徒从墙垛上探出头来好下手。果不然，那匪徒听到墙脚下有猫头鹰叫，伸出头来想看个究竟，只听"呼"的一声，还没明白是怎么一回事，就被王天木甩出的绳套套住了脖子。王天木顺势一拉，匪徒闷声就从寨墙上栽了下来，被早已等候的两个团丁伸手接住。王天木捧着匪徒的脑袋用力一扭，只听"嘎嘎"几声脆响，那匪徒连哼都没哼就被扭断了脖子见阎王去了。

王天木让两个团丁蹲下身，自己站在他们肩头挺身而起，只见身形一错，手指抠在寨墙的石缝间，人已经像只壁虎般贴在了寨墙上。黑暗中只见王天木的身影像只狸猫般一伸一缩往上爬。不一会王天木就翻过墙头，悄悄打开寨门，团丁们悄无声息闪身进去。

邱子坤占据九龙寨十多年，自觉山寨一夫当关，万夫莫开，寨门一关，一般人是很难进来的。自从被李占邦带人攻打两次后，他也提高了警惕，晚上在寨墙上安排喽啰轮流放哨，可他

怎么也想不到，竟然会有人半夜摸上山来，措手不及，多数喽啰在睡梦中还没缓过神就让大刀削掉了脑袋。

王天木揪住一个喽啰问清邱子坤的住处，提着大刀直奔青龙堂后院，一脚踹开房门，昏暗中隐约见床上卧着一个黑影，料定是邱子坤，挥刀就剁。待撩起被子一看，竟然是一个木制枕头！就在这时，耳边掠过一阵阴风，倒挂在屋梁上的邱子坤猛扑下来，手中的鬼头大刀朝王天木兜头劈下。

王天木暗叫不好，情急之中，横刀上格，只听"当"的一声，火星四溅，王天木只觉得虎口被震得发麻，不禁后退了两步。

邱子坤趁这一空当，甩出两枚飞镖，趁王天木躲闪，一个"鹞子翻身"从窗户飞身而出。王天木一见，紧跟着从窗户上一跃而出，穷追不舍。

邱子坤一开始不知道是谁要算计他，但他寻思既然能摸进山寨定是有备而来，所以三十六计走为上计。当他逃到寨门口，趁着月色，这才看清将他团团围住的是一帮黑衣黑裤的团丁，顿时放下心来，他根本没把李占邦的民团放在眼里，"嗷"的一声怪叫，转身挥刀朝王天木劈来。

王天木侧身闪过，挥起一脚踢中邱子坤的心窝，邱子坤向后踉跄几步。王天木趁邱子坤立足未稳，欺身向前，朝邱子坤横腰就是一刀。邱子坤慌乱中提刀一格，"当"的一声，又后退了两步，这正中王天木下怀，一个"懒驴打滚"，一刀剁在了邱子坤的大腿上，邱子坤一声惨叫，跪倒在地。王天木"鲤鱼打挺"从地上一跃而起，挥刀横扫，只见寒光一闪，邱子坤的脑袋齐刷刷落在地上。

早有团丁在寨墙上放起火来，在山脚下的李占邦没想到竟然让王天木得了手，带着大队人马赶上山来，却见满身是血的王天木一手提刀，一手提着邱子坤的人头，威风凛凛地站在寨门口。

山风呼啸，月明星稀，李占邦惊讶之余心中又升起种种不安，他从王天木的眼里看出了什么，不禁倒吸了一口冷气。

之前，李占邦对王天木的表现出色还真没当一回事，一直以为这个傻大个是因为自己把他招进民团给了他一个小队长的职务受宠若惊，感恩戴德，所以尽心尽意，刻苦训练。现在想来自己可能大意了，看走了眼。红军走后这几年，他的民团没少捕杀漏网失散的红军，可就是没怀疑这个到镇上落脚的王木佬。当时也是有"金钩大伯"李腾云的担保，加上王天木处处谨小慎微，还真没什么人把他当一回事。李占邦看着王天木一身杀气，再想想王天木的种种表现，猜测王木佬十有八九是个漏网红军。

一段时间来，李占邦默默地观察王天木，他越看越觉得王天木就是个红军，要不哪有这样的身手和组织能力？可他一时又没有证据，再说这王木佬是自己在民团里树起来的典型，现在又说他是红军，岂不是打自己的脸。但李占邦就是李占邦，他思来想去，不怕一万只怕万一，要真是个漏网的红军，老子不先下手，说不定割了我的脑壳都不晓得。再说了，要让国军看出苗头，把王木佬给先抓了，弄我一个窝藏红军的罪名，那时老子就被动了。一咬牙，管他是真是假，先抓起来再说。

第九章

就在李占邦安排抓捕王天木的时候，蒙在鼓里的王天木吃了水莲给他煎的两个荷包蛋，把来福驮到伊公庙交给李大力后，就去民团点卯。今天是王天木二十五岁生日，水莲说她上午包好烧卖来，让他转屋时邀一下李大哥来吃午饭。王天木说李大哥啥时来屋里食过饭，他这人仔细着呢。水莲说，邀就邀一下吧，他不来是他的事。王天木答应着，一路心情舒畅吹着口哨进了区公所。

王天木到队里点了卯，就见邱团副进来告诉他，团总有事找他。王天木听了就跟着邱团副去了李占邦的办公室。

一进团总办公室，王天木就觉得气氛有点异常。坐在办公桌后的李占邦一句没吭，只是用一双阴冷的眼睛死死地盯着他，王天木觉得李占邦那眼神就像毒蛇的信子不断在自己身上探索着什么，让他感到脊梁骨一阵阵发冷。当王天木意识到危险时，已经晚了，随着李占邦手里的茶杯猛地掷在地上，一声脆响，门口一下冲进五六个团丁，手中的枪全都顶在了王天木的脑袋上。

王天木清楚这时做任何反抗都是无谓的，只要自己动一动，脑袋就会被子弹打爆，他痛苦地闭上了眼睛。很快，王天木就被五花大绑起来，按在地上。

到了这个时候，李占邦才从太师椅上站起来，他走到王天木面前，一把揪住王天木的头发，紧紧盯着王天木的眼睛："你这个赤匪，竟然钻到老子的肚子里来了，你还真以为是孙猴子啊？你要是孙猴子，老子就是如来佛，你再跳也休想跳出我的手心！"

李占邦松开王天木，反身一脚踹在王天木的面门上："给我关进水牢，我要杀一儆百！"

几个团丁蜂拥而上，将王天木拖了出去。

区公所发生的这一切，水莲当然不会晓得，到了中午，水莲将烧卖包好了，只等王天木回来就上锅蒸。大凡客家妇女个个都会包烧卖，宁化烧卖与别地方烧卖最大的区别在于馅皮不是用面粉做的，而是用芋泥和地瓜粉揉制而成。用这种馅皮包上煮烂沥去水分的萝卜丁以及瘦肉丁、香菇丁、鲜笋丁、虾米、香料为原料炒熟的馅，捏成小茶盅大小的圆锥形蒸熟，佐以猪油、麻油等调味品，口感润滑细腻，香气扑鼻。对于包烧卖习俗的形成，有这么一个传说：早年中原汉民为避战乱大举南迁

来到宁化石壁一带，他们不仅带来了先进的耕作技术，而且也把中原一些饮食习惯引入宁化，中原汉民原本喜欢面食，平时喜欢制作一种用面皮包着肉馅的食品蒸熟吃，他们称之为"烧麦"。可是迁徙至宁化后，地处南方的宁化是稻粮产区，自古小麦种植少，主食大米，面食并不多。这种包馅的食品因为缺少面粉渐渐食用就少了，让迁徙到石壁的中原先民深感遗憾。而宁化盛产的地瓜粉又过黏，根本无法取代面粉，后来石壁出了一名心灵手巧的张姓女子，她就试着把当地盛产的芋子煮熟剥皮后捣烂和地瓜粉混合，用来代替面粉做成馅皮，再把馅料包进去，没想到蒸出来的烧卖个个玲珑剔透，看上去就像秋天咧嘴的石榴，比先前用面粉制作的烧卖有过之而无不及。因为解决了馅皮原料，烧卖制法渐渐流传开来，家喻户晓，成为宁化最出名的客家小吃。

水莲左等右等也不见王天木带来福回家吃饭，她就将烧卖放入锅中，盖上锅盖，在灶膛塞了两块樵筒，便掩上门去伊公庙，她想老公是不是在伊公庙和李大力摆龙门阵，连回家吃饭都忘了。

远远就见来福坐在李大力身边，抱着竹筒，一只小手有模有样地打着节奏，嘴里还咿咿呀呀地唱着曲，虽然童音稚嫩，但却是有板有眼：

　　　　萤火虫，挂蓬笼。蓬笼暗，跌下崁。崁好高，净冬茅，冬茅使刀斫，斫来做草鞋。草鞋赞，换把伞。伞好遮，换支花。花好插，换把尺。尺好量，换斤糖。糖里好多沙，拿来粘糍粑。

来福见了水莲，高兴地叫起来："娘，干爹教我新歌了。"

水莲眼睛朝庙里扫了扫："李大哥，木佬没来吗？"

"没啊，早上他把来福送来就走了。"

"今天是他闲散生日呢，我包了烧卖，让他邀你回来吃午饭，怎么到这个时候还没回来呢？"水莲有点心急。

"莫急莫急，可能木佬有事，慢点回来也说不定。"李大力安慰水莲。

水莲被李大力这么一说，也没多想，拉起来福走了。

区公所民团的水牢里，阴暗潮湿，只有天窗上漏下一丝亮光。王天木泡在冰凉的水里，水淹到他的下巴上，无数的蚊虫包围着他，在他露出水面的头脸死命叮咬着。王天木为了躲避蚊虫的叮咬不得不将脑袋钻入又腥又臭的水里，实在憋不住了才露出水面来大口大口地喘气。

王天木想不通自己怎么会在李占邦眼里露了马脚，怎么就被看出了破绽？这些年来自己在镇上处处小心，沉默寡语，就是要隐瞒曾经当过红军的身份，思来想去，应该是自己在民团表现得太出色了些，太锋芒毕露了些，老话说出头檩子烂得快，一个本来在别人眼里老实巴交的"薯兜佬"，怎么可能有那么厉害？李占邦不是那么好糊弄的，肯定让他看出了破绽。这些民团没别的本事，可杀起红军来比白军都更狠，自己今朝落在他

们手里，必死无疑。我要死了，水莲和来福怎么办？一想到这些，王天木忍不住流下了痛苦的泪水。

水莲是在掌灯时分得到王天木被抓的消息的，她一个下午都心神不宁，神案上一早点的两根香烛被风吹灭了几次，更是让她心惊肉跳。一直挨到做夜饭时，王天木都还没回来，水莲等不及了，背起来福，去区公所寻王天木。

进了区公所，连问了几个人，都说没见着王木佬，水莲就坐在区公所大门外的台阶上等。后来还是一个王天木小队上的团丁悄悄给水莲露了一句口风，告诉她王天木有赤匪嫌疑，被关起来了。

宛如晴天一个霹雳，水莲一下就呆了，过了好长一会，她才发出一声凄厉的尖叫，不顾一切地朝区公所里闯："孩子爹，孩子爹，你在哪里？"

很快，水莲就让两个团丁拖了出来扔下台阶，水莲一声哀号趴在地上就昏死过去。

"娘，娘。"来福趴在水莲身上，摇晃着水莲不停地哭喊着，可水莲瘫在地上像死人一般。来福想了想，抹了把眼泪，撒腿就往伊公庙跑。

李大力此时正坐在伊公庙门口的门槛上，竹筒就横在他怀里，像抱着一个婴儿。

"干爹，干爹。"来福跌跌撞撞跑来，边哭边喊。

"来福，怎么啦？走得这样急。"

"干爹，我娘死过去了，你快去看下。"来福气喘吁吁，边哭边说。

　　李大力一听，心一下提了起来，他放下竹筒，拉着来福就走。

　　两个人赶到区公所门口，那里已经围着一群人在指指点点。李大力挤进人群，只见坐在地上的水莲披头散发，哭得长声呦呦。来福叫了声"娘"，过去拉水莲的手，水莲一把抱住来福号啕大哭。

　　李大力看着号啕痛哭的水莲，突然束手无措，他站在人堆里六神无主。

　　邱团副从区公所出来，朝围观的人群吼道："团总有令，闲杂人等速速散去，要不都以赤匪论处。"

　　看热闹的人群一听，"哄"地都散了。邱团副冲水莲吼："你要再在这里号哭，连你也关进水牢里去！"

　　水莲扑上去，一把拖住邱团副："你关啊，你关啊，你把我和我老公关一起，我多谢你！"

　　邱团副火了，一脚把水莲从台阶上踹下来："你以为我不敢，再闹试试！"

　　水莲爬起来，不要命地往上扑，李大力连忙上前拖住水莲："水莲妹子，你这样不是办法，要真把你关起来了，来福怎么办？"

　　来福也扯住水莲的衣袖，"娘，娘"哭叫。

　　水莲被李大力这么一说，又看看可怜的来福，哭着说："李大哥，我怎么办啊？"

"水莲妹子，这里不是我们待的地方，先带来福回去吧。"

水莲拉着来福回到家，家虽矮小破旧，土墙瓦屋，原先只是李家大院边堆放农具的杂屋，但被水莲收拾得干爽清洁。屋里很暗，来福懂事地点着油灯，水莲坐在樵栏上只会哀哀地哭。

李大力安慰水莲说，虽然王天木被关起来了，但具体什么原因被抓也还没弄清楚，只是说有赤匪嫌疑。这么多年隐姓埋名，没人晓得王天木当过红军，再说了这不都没当了吗？只要死不承认，民团也没啥证据，说不定过几天就放回来了呢。

被李大力这么一说，水莲似乎心安了些。李大力见稳住了水莲，也就告辞出来。

王天木被抓了，王天木要死了！走在老街上，李大力的心里突然有按捺不住的激动，这种激动和他四年前进入檀河镇第一眼看到王天木时的心情很相似，唯一不同的是他现在有了就要完成任务后的一种喜悦，一种如释重负的快感。来到镇上这几年，自己过着人不人鬼不鬼的生活，就是因为有一个信念在支撑着他，有一个任务像山一样压着他。现在这个任务就要完成了，只要王天木一死，他就可以去寻找部队了，他就可以回去见团长复命了，这是多么激动人心的事啊。其实，这几年来，李大力也一直在悄悄地打听着红军的下落，但是，他几乎不清楚红军去了哪里，他的部队去了哪里。在这个偏远封闭的小镇是没有多少人会知道的，那些知道的人也不是他李大力平时能接触到的。直到王天木干了民团后，王天木零零星星听到了一些红军的动向，来和李大力聊起过。当时李大力虽然在王天木面前表现出一副漠不关心的神情，但他内心很不平静，原来红军从凤凰山出发后，九死一生，走了近两年到达了陕北，而且立稳了脚跟，又有了自己的根据地。现在只要解决了王天木，他就可以去找队伍了，此去万里迢迢也在所不惜，就是爬上几年，也要爬到陕北去，爬回部队去，那才是自己的归属。李大力有一种久别的孩子就要见到母亲的冲动，这种冲动一个下午一直在他心中翻腾，久久不能平息。

这个夜晚，李大力睡了一个好觉。他梦到自己回到了部队，团长见了他当胸给了他一拳，哈哈大笑说："好样的，是我的兵！"李大力抱住团长哭得泪人儿似的。团长伸出粗壮的手掌帮他揩去眼泪，吼道："哭什么哭，革命战士流血不流泪，不许哭！"但李大力分明看到团长眼睛湿漉漉的，他看到团长仰面朝天，不让眼泪掉出来。这个晚上，李大力是被自己哭醒的。他醒来时，清冷的月光从大门外斜斜地投进来，投在地铺上，投在神龛上的伊公神像上，黑暗中他看到伊公两眼炯炯发亮。

李大力起身跪在地铺上，倒头朝伊公尊王拜了两拜。

秋风起了，吹得老樟树的枝叶沙沙作响，有夜鸟的呢喃传来，有檀河的流水声传来。后来，李大力不再睡了，他披衣出门，抱着竹筒坐在老樟树下的石板凳上，轻轻地拍起竹筒，嘴里哼起一首歌。这首山歌是当年扩红宣传时他编唱的，名字叫《十做草鞋送亲郎》，但这几年他不能唱也不敢唱。今天不知怎么地，李大力实在按捺不住自己激动的心情，在夜深人静的时候，他轻轻地打着节拍，哼起了这首山歌：

一做草鞋鞋是新春，搦索铺底又动针，做起一双布草鞋，我郎穿起当红军。二做草鞋又一双，千针万线走忙忙，不长不短正合脚，我郎英勇妹风光。三做草鞋做双添，嘱咐亲郎心要坚，一心前方去打仗，莫把家中妹思量。四做草鞋布两重，红军穿起有威风，前方杀敌多英勇，哥哥立功妹光荣。五做草鞋送红军，个个穿了挺精神，着起草鞋打胜仗，前方喜报传频频。六做草鞋好漂亮，送给亲郎上前方，机智勇敢杀敌人，缴到枪炮用船装。七做草鞋细用心，红军穿起更有劲，坚决消灭反动派，反动头子要杀尽。八做草鞋好多双，双双草鞋送前方，哥哥打开平等路，妹妹翻身幸福厅。九做草鞋牢又牢，姐妹支前情绪高，豪绅地主无路走，白军民团哭号啕。十做草鞋真认真，针针线线连妹心，前方后方都一样，盼望红军得胜兵。

李占邦不费吹灰之力就将王天木抓了起来，自从"斗鸡眼"落水做了浸死鬼，民团基本没有再抓到漏网的红军，这么久来除了剿灭了"麻子精"能拿出来说说事外，就是维护一下镇上治安，真没什么可以拿得出手的地方。民团也真没什么斤两，不是嫖就是赌，又大多是当地招来的人，个个都有私心，有好处时像苍蝇见了屎蜂拥而上，要是遇到什么危险的事个个都当缩头乌龟。想当初"斗鸡眼"虽然是个泼皮，但还真像是自己养的一条狗，让他咬谁就咬谁，可能是把事做绝了，天要收他。可现在想来，这"斗鸡眼"的死还真有点蹊跷之处，王木佬要真是红军，搞不好是他干的也有可能。

李占邦提审了王天木两次，可王天木死都不承认自己当过红军，更不用说杀"斗鸡眼"了。但李占邦根本就不在乎王天木承不承认自己当过红军，对他来说这根本不重要。在这小镇上老子说你是你就是，老子说你不是就不是，别人说了不算。老子瞧你的身手，瞧你的打仗能力，要没受过专门训练，有那么厉害？哄鬼差不多。你要是干过国军，就没必要藏头藏尾，这本来就是国民党的天下。你这样装，怕人晓得底细，除了干过红军赤匪，别的没得解释。老子打打杀杀半辈子，当初打土堡时，要不是我有先见之明，先逃走一步，早都掉脑壳了。可这些泥腿子还真以为变天了，分我家的地，分我家的财，想不到啊想不到，三十年河东四十年河西，檀河又是老子的天下了，这些穷鬼我一个也不放过，该杀的杀，该关的关，那些漏网的红军我就是挖地三尺也要寻出来，斩草除根，一个都不留，抓住就砍头。老子正愁没什么东西和王鹤亭炫耀，管你王木佬是不是红军，老子就拿你做个替死鬼又如何？

可让李占邦做梦都没想到的是，就在他准备在火烧坪的石桅杆下砍王天木的脑壳时，王鹤亭却让他把人放了。

"放了？他可是我抓到的红军，怎么能放？！"李占邦急了。

"正因为是红军，那就更得放。"

王鹤亭把一张报纸扔给李占邦："你好好看一下，这可是委座的讲话。"

李占邦是个土包子，没什么文化，他抓着那张报纸："我看

不来，都写的啥？"

"你是脑大不听风，东洋人都打进来了，现在是要全民抗战，国共又要合作了，你现在还来杀红军，这不是破坏统一战线吗？"

李占邦被王鹤亭这么一说，丈二和尚摸不着头脑："你说的可是真的？"

"和你这种人说不清楚，我是正规军，跟你搅和不到一块，你自己扯长耳朵去打听打听。"王鹤亭是山东人，比李占邦高出一大截，连说话都很有些居高临下的味道。

李占邦被王鹤亭奚落了一顿，又不好发作，回到区公所，想来想去，决定进城一趟，到县党部去打探清楚。我就不相信，共产党和国民党是死对头，打了这么多年，就这样算了？摇身一变又称兄道弟了？骗鬼呢。

第二天一早，李占邦带着一队团丁，坐着抬轿，"吱吱呀呀"去了县城。

没想到在县党部一打听，还真如王鹤亭说的，国共两党真的又合作起来了。"七七"卢沟桥事变，日军大举进攻北平，抗日战争全面爆发。1937年9月22日，国民党发表《中国共产党为公布国共合作宣言》，次日，蒋介石发表《对中国共产党宣言的谈话》，事实上宣布承认了中国共产党的合法地位，国共两党实现第二次合作，抗日民族统一战线正式形成。国民党同意将中国工农红军改编为国民革命军第八路军，由朱德和彭德怀分别担任正副总指挥，并承认陕甘宁边区政府。随后，南方十三个地区的红军游击队改编为新四军,原先活跃在闽赣边界方方领导的闽西红九团也编入新四军第二支队,北上开赴抗日前线。

对于李占邦这种土包子来说,他根本弄不清上头是什么意思,县监狱里关押的政治犯也陆陆续续释放了。但既然县长都这么说了,那就是真的了。虽然李占邦是个大老粗,但他十分懂得见风使舵,既然都合作了,再杀王木佬就没多大意思了,弄不好还被扣个破坏统一战线的大帽子,这事我才不干。管你王木佬以前干过红军也好,白军也好,的确是个人才,老子不杀你,留着以后还能替我卖命呢。

所以第二天一回到区公所,李占邦就让邱团副去把王木佬放了。邱团副丈二和尚摸不着头脑,还以为听错了。李占邦就把县长告诉他的话学了一遍,自然也把邱团副听得懵懵懂懂。李占邦就说:"哎呀,你这木兜脑壳怎么这么不开窍,什么叫国共合作,我给你打个比方,原来两兄弟不和,在家里打出人脑屎来,可现在有外人打上门来了,兄弟再不和也得联起手来把外人先赶跑不是?"

邱团副似懂非懂,叫上两个团丁去了水牢,将王天木放了出来。

第十章

王天木回到家大病了一场，在水牢里关了一个多月，又受了两次刑，人虚脱得说话的力气都没有。幸好人年轻，筋骨好，加上水莲无微不至的照顾，身体渐渐调养回来。等到他病好，已经入了冬，天气渐渐冷了下来。

镇上的国军开走了，据说是调往北方抗日去了。没有了王鹤亭，李占邦像搬走了一块堵在心眼上的石头，只觉得浑身上下通畅无比。根据上面的指令，他的民团除了维护地方治安外，还多了一项任务，打击破坏抗日的坏分子。李占邦叫人通知王天木再回民团来上班，可王天木说什么也不去干民团了，他宁愿回李家大院去做走厂佬。李占邦听了就火冒三丈骂道："他妈的，你竟然敢跟我叫板，老子当时抓你抓得对，现在放你也放得对，你莫不识抬举！惹恼了老子，我照样一枪崩了你！"

王天木的犟脾气也上来了，任由李占邦软硬兼施就是不答应。李占邦原想好好收拾王天木一顿，后来想想还是算了。别看这小子憨憨的，可却命大，要是老子当时早两天动手，砍了就砍了，可一熬就给他熬到了国共合作，两个死冤家都冰释前嫌了，这样一个傻大个我还计较什么。再说了，这憨人有憨福，都说大难不死必有后福，这小子命不该绝，那就留着吧。

李大力得知王天木被放回家的消息时大惊失色，他怎么都没想到，这板上钉钉的事说变就变了？王天木到底使了什么魔法让李占邦刀下留人？随后的日子里，李大力发现镇上的气氛和之前不一样了，区公所大门两边原先写着的"精诚团结，肃清赤匪"的大字改成了"精诚团结，支援抗战"，老街上那些店铺的墙上也贴满"团结起来，支援抗战！""有钱出钱，有力出力！""国家至上，民族至上！""军事第一，胜利第一！"红红绿绿的标语。古戏台上不时有募捐义演，经常有从县城来的青年学生在那发传单，发表演讲。直到这个时候，李大力才懵懵懂懂得知东洋鬼子打进国门来了，共产党和国民党又搞合作一致对外抗日了。这一切对李大力来说就像天方夜谭，他做梦都没想到，两个打得你死我活的冤家眨眼间又握手言和。平心而论，李大力自从参加红军，加入共产党，他认定的死对头就是国民党反动派，在刀光剑影腥风血雨中与白匪争斗，双方都欲置对手于死地而后快。打了这么多年的仗，身边的战友流血牺牲，死了不计其数，目的就是要推翻国民党的反动统治，建立一个没有压迫没有剥削的新中国，可是目标都还没实现，怎

么说变就变了，又来搞合作了？那之前自己所做的一切还有什么意义？一点意义也没有了，王天木当了民团不就成了合理合法的事了？早知如此，我又何必用这么多年的时间来追捕一个红军的逃兵？此时的李大力，把脑袋想爆也想不通这是怎么一回事。

李大力再见到王天木是一个多月以后，那天晚上，王天木提着一坛老酒和一包花生米，驮着来福走进了伊公庙。这时的李大力正在锅里煮饭燉菜。

王天木整个人瘦了一圈，也黑了许多，胡子虽然剃过，但又长出了胡茬子，脸显得黑青黑青的。

两人围坐在火堆旁，就着花生米喝酒，来福很懂事，捧着酒坛子不停地给两个大人倒酒。

李大力看着王天木心里十分复杂，自从王天木被抓他就做好了离开檀河镇的准备，只要一有王天木被杀的消息，他就出发去找自己魂牵梦萦的部队，可是等来等去，王天木没死，又活生生回来了，还来推杯换盏与他喝酒，就像是向他示威一般。李大力所有的计划彻底泡了汤，面对王天木，他真不知该说什么了，这出戏到底要如何再演下去，他一点把握都没有。

"木佬，大难不死，必有后福。"过了好久，李大力才憋出这么一句言不由衷的话。

王天木咕噜噜灌下去一碗酒，搓了根辣子烟点燃，重重吸了一口，然后说："李大哥，我们今天打开心胸说说心里话，不说骗人的话行不？"

李大力心里"咯噔"一下，他不知道王天木说这句话究竟是什么意思。他撩了一下乱蓬蓬的长发，紧张地盯着王天木，脑袋里飞快地想着对策。

王天木把烟袋递给李大力："你跟我说实话，你到底是不是红军？"

李大力低头搓了根烟，接过来福递过来的火柴点燃，然后才反问："你怎么问这事？"

"我就是想晓得。"

李大力长长吸了口烟，嘻嘻笑起来："我能当红军？你啥子眼神，红军会要我这样的癫子？"

"你不承认我也没法，我今日要告诉你，我以前的确干过红军。"王天木说。

李大力似乎并不感到惊讶："你怎么要跟我说，这事藏在肚子里就好，弄不好要掉脑壳的。"

"李大哥，你是脑大不听风，现在是啥时候了，国共合作了，要不李占邦那个王八蛋能放过我？脑壳早就被他砍掉了。"

"敢情你被抓就是因为当过红军啊？"李大力明知故问。

"那还用说，我这么多年藏头匿尾，处处小心，也不晓得李占邦那个畜生是怎么看出来的。"

"你之前在莲花山捉了土匪，后来又剿了'麻子精'，你一个走厂佬哪有这么大的本事，明眼人一看就明白，你真以为李占邦是傻瓜啊？"

王天木被李大力这么一说，也觉得有道理。

"古话说出头椽子烂得快,你再有本事也得夹着尾巴做人,哪有像你这么喜欢出头天的。"

"不管怎样,现在好了,红军和白军都整一块了,我听说红军都改编成国军了,我也就不要怕了,所以今日我才和你说实话。"王天木咕噜噜灌下一碗酒。

"你听谁说红军都改编成国军了?"李大力大吃一惊,国共合作这一段他道听途说晓得了一点,可红军被改编成国军这是他万万没想过的事,难道红军现在都要听国民党的了?这可是万万使不得的事。

"民团里传出来的,十有八九假不了。"

李大力不说话了,对他来说时局的变化他想不到。

王天木把坛里的最后一点酒倒出来,和李大力干了,摇摇晃晃站起来:"反正我把老底都兜给你了,你是不是红军我也不管。要是,就冇必要再这样装得人不像人鬼不像鬼,过正常人的日子,现在没人会把你怎样了。"

李大力好像没听到一般,没有接话,等到王天木拉着来福走到门口时他才说:"你喜欢怎么过是你的事,我就是一个唱曲佬,各人有各人的活法。"

王天木回头看了看蓬头垢面的李大力,想说什么,终究没说,牵着来福走了。

那个晚上,清冷的檀河上空回荡着如暴风骤雨的"嘣嘣"声,经久不息,睡梦中的许多人都被惊醒,搞不清楚乞食佬又在发什么癫了。

王天木没有再去干民团,他又回到了纸厂。他的这个决定,在小镇解放时帮了他的大忙,否则很有可能他会被当做反动民团枪毙了。

　　因为有了之前的经历,大家都对王天木刮目相看,纸厂的大师傅也不再让他去做踏料工,让他跟自己学焙纸。焙纸是土法造纸最高的技艺,稍不留神就会将纸刷烂,不少伙计学上几年都不能出师。别看王天木长得五大三粗,但他却粗中有细,大师傅对他又客气,因此不出两年,就能独自操作。他站在焙壁下,左手挽着一沓湿漉漉的毛边纸,右手握一把硕大的棕毛刷,膀子轻轻一挑,便从左臂那沓纸中粘起一张,然后右手一扬,棕毛刷上下翻卷,龙飞凤舞,顷刻间薄如蝉羽的宣纸便舒舒展展贴上光滑的焙壁,冒起一股白白的热气,散发出翠竹特有的清香。每隔三两个月,梅姨就会让王天木负责押运土纸去长汀或赣州,自从王天木组织商贩剿灭了蜈蚣岭的土匪,商道就平静了许多,王天木的名声在外,所以每次押运土纸都顺风顺水,所经手的银圆都能一分不差地交到梅姨手里,让梅姨十分放心。

　　虽说王天木依旧是李家大院的长工,但李家上上下下都没把他当长工看待。听说王天木有建房的打算,梅姨二话不说就答应将现在王天木住的耳房的地基送给王天木,这让王天木和水莲感动得不知说什么好。王天木和水莲商量,自己努力赚钱,等攒够了钱,就把现在的住房拆了,建它三间有天有地的真正属于自己的大瓦房,那日子就能一天比一天好起来,到时把爹

和秋生从凤凰山接来，一家人和和美美过日子，那要多美气就有多美气。此时的王天木似乎看到了美好的生活在向他招手了。

一晃，来福就六岁了，被王天木送到了镇上的私塾念书，一年五斗米学费，每天提着盛着书本纸砚的柳条篮子到檀河对岸的李家私塾读书。私塾的李老先生留撮山羊胡子，满口之乎者也，自称是李世熊的后裔。李老先生讲课时，手里总拿着一片二指宽的夹肉竹板，专门用来打不听话学生的手掌。

李家私塾设在原来李世熊遗留下的檀河精舍里，檀河精舍是康熙二年李世熊六十二岁时在此辟沼结茅，临河修建的，原有书院、藏书楼、家舍、宗祠、文人戏台等，历经数百年，到了李老先生这辈，就剩下主厅和左右供居住的厢房。李家私塾有二十几个学生，多是镇上大户人家的子女，像来福这长工的儿子在私塾读书就他一个。当时有人笑话王天木一个长工命，还想指望到了来福这代咸鱼翻身？可王天木并不在乎别人怎么说，第一天送来福去学堂时就一路嘱咐："客家人有句老话叫'生子不读书，不如养条猪'，我是睁眼瞎该当长工的命，你可千万别像爹目不识丁，枉费一生。"

来福很听话，人又静，知道自己家穷，不和那些大户人家的子女攀比，每天都认真听老师讲课，勤学苦练，一段时间下来学习名列前茅，经常都被李老先生表扬。而有几个大户人家的子女仗着家里财大气粗，读书不用功，书本背不下来，就常被治学严谨的李老先生用竹板将两只巴掌打得又红又肿。这几个大户人家的子女心里不服，就把怨气撒在来福身上，常常合伙欺负来福，来福怕父母担心，回家都不说，所以来福在学堂受了委屈王天木和水莲都不知道。

来福每天去上学放学都要过石拱桥，经过伊公庙时都会进去叫声"干爹"。待来福放学回来，李大力就早早等在老樟树下，来福就跟干爹唱会儿曲，一老一小两个人拍打着竹筒咿咿呀呀唱着歌，一副其乐融融的样子。

这一天放学，李大力看到来福眼角青了一角，就问来福是怎么回事。来福一开始不肯说，被李大力问多了，就哭着告诉李大力在学校被欺负的事，说完又让李大力千万莫告诉爹娘，要不会让他们担心。

李大力爱怜地看着来福，想不到王天木还有这样的好命，养了一个这么懂事的娃。他告诉来福："你莫怕，干爹不会再让那帮臭小子欺负你。"

第二天一早，李大力就坐在石拱桥上等来福，来福来后，他让来福不要那么快去学堂，给他指认那几个专门欺负来福的学生。过了一会，那几个大户人家的孩子邀肩搭背嘻嘻哈哈走上了桥，一看到来福边上站着披头散发的唱曲佬，都嘻嘻哈哈嘲笑起来福来。

李大力等那帮小子走到身边时，突然从地上跳了起来，手里拿着一块青砖，那帮小子以为这癫子要砸人，吓得撒腿想跑。李大力"呔"的一声大吼，那几个小子吓得定在那迈不开步。李大力把那块青砖拿到那几个小子的眼前晃了一番，然后"嘿"地一较劲，将那块青砖掰成两半，"咣当"丢在地上。那几个小子早吓得面如土色，看看李大力又看看来福，过了半晌，才哄的一声吓得屁滚尿流跑了。

也奇怪，自那天起，来福说那些人再也不敢欺负他了，有的还要和他交朋友，就是希望让来福叫癫子不要打他们。李大力听了哈哈大笑，笑完就不说话了。

李大力帮助来福镇住那帮欺负他的臭小子的事，虽然两个人有约定不告诉人，但李大力有功夫的事来福忍不住还是告诉了他母亲水莲。

这一日，半上午时，水莲提了一篮子青菜和番薯过来给李大力，两个人坐在伊公庙里聊了好久。水莲的意思和王天木之前对李大力说得差不多，她也觉得眼下形势变了，李大力也不要再装神弄鬼过这么辛苦的日子，反正现在的民团也不会再抓红军了。水莲说这些年她什么都不瞒老公，只有李大力身份这件事她从来不敢和老公说，到现在王天木都还不晓得李大力真正的身份。她想来想去，觉得到了现在可以和王天木说了，反正过去都过去了，今后大家就在镇上好好过日子。

李大力一听水莲说要把他真实的身份告诉王天木，急了，马上阻止水莲："水莲，你千万莫把我的身份告诉你老公，这么多年我们都保守过来了，大家都相安无事，你现在要告诉他，只有害处没好处。你不说，我也不说，大家都好，你要说了，谁晓得以后还会发生什么事，后悔都来不及。"

"李大哥，你说以后还会有什么事？"

"我也不能和你说得那么明白，我是有组织的人，我自然有我的事，我还是希望你就像以前一样，什么都不晓得为好。"

李大力没把话说得那么清楚，他晓得他这一段连哄带骗的话是可以唬住水莲这个未见过世面的妇道人家的。她现在最希望的就是一家平平安安过日子，不再生出什么枝节，对她来说，其他都不重要。

果然，李大力这番话，说得水莲心里像十五个水桶打水七上八下。她思来想去，觉得还是不要告诉王天木好，王天木要是晓得李大力是来抓捕他的红军，心里肯定不痛快，凭他那脾气，说不定脑袋一热会干出什么冒失的事来。就算王天木得了手，那也没好日子过，李占邦对王天木不干民团早就不满，要真让他抓住小辫子，那不正给他提供把柄。再说了，李大力到镇上这么些年，虽说来监视王天木，但他从来没对王天木做过不利的事，反倒还认了来福做子，说起来其实就是一家人，一家人哪有不互相帮衬的呢？好好过日子比什么都好。

到了这个时候，李大力认认真真考虑了自己目前的处境，他现在变得十分迷茫，自己的任务到底还要不要执行下去？是不是取消了？他不知道去问谁，他不知道去找谁，他不知道还有谁能告诉他。一段时间来，李大力变得十分焦躁不安，他此时的纠结和焦虑比当年负伤躲在山上养伤时都更复杂和难受。究竟还要不要在这里待下去，在这里待下去还有多少意义他不知道。李大力有好多个晚上都在想是不是就此离开檀河镇，去寻找部队，去找到团长来问个明白。可是部队现在哪里和日本人打仗，他一点都不知道。李大力拿不出主意，他觉得自己无路可走了。平心而论，这时的李大力他没有那么高的政治眼光，但冥冥之中他觉得共产党和国民党不可能是一条道上的人，现在联起手来那是外人打进来了，等把日本人赶出去后，肯定还有的戏唱，古戏里就说过"天下之事，分久必合合久必分"，这是历史大势。

区公所大门口设立了募捐箱，号召大家捐款支援前线，公告墙上不时贴出前方将士浴血奋战抗击日寇的消息。小镇消息闭塞，许多消息都滞后好几个月，但几年下来，小镇上的人还是陆陆续续晓得蒋介石的国民政府迁到重庆去了，东洋人在南京屠城杀了三十多万手无寸铁的老百姓，一会儿是上海丢了，一会儿是武汉丢了，打来打去，大半个中国都落入了日本人手里。

李大力每天早出晚归，挨家挨户站在人家店铺门前唱曲乞讨，之前人家打发他一点剩菜剩饭他不嫌，但现在他都要人家给他钱，一个铜板两个铜板都成。讨了钱，他就一瘸一拐走到区公所，把讨来的钱悉数倒进募捐箱里。对于李大力来说，他现在能做的也许就是这样尽自己的绵薄之力，他希望自己讨来的钱能换来几颗子弹，让前线的将士多杀几个日本人。

每到墟天，李大力就早早坐在火烧坪的牌坊下，面前摆着一个洋铁盆，拍着竹筒，一曲接一曲地唱曲，墟天的人多，讨来的钱比平日也多。每当有人往洋铁盆里丢钱时，李大力就会刻意地"嘣嘣"拍两声竹筒，表示感谢。一天唱下来，李大力常常喉咙痛得说不出话来，但他乐此不疲。墟散了，人也散了，这时的李大力就把竹筒装进一个布袋内背在背上，一手拄着拐，一手端着盛着铜钱纸币的洋铁盆，高一脚低一脚地往区公所走去。这时的老街已经夜幕四合，李大力孤独的身影伴着"笃笃"的拐棍声在鹅卵石铺就的街道上渐渐远去。

到了晚上，李大力会将一块烧得通红的木炭夹到盛了清水的碗里，"嗤"的一声，木炭浸在水里冒起一股青烟，李大力就将那碗水"咕噜咕噜"喝了，喉咙立马清爽起来，声音也不嘶哑了。这是在曲蓬唱戏时师傅教给他的秘方，治声音沙哑有极好的疗效。

县政府给各区公所下达了认购救国公债、美金公债的任务，李占邦为了完成任务，将镇上商会所有老板召集到区公所开会，分摊公债任务。万乐布庄的阴老板和京果店官老板认为区公所摊派的任务太重，不愿承担，气得李占邦下令将两个老板五花大绑，第二天墟天在火烧坪桅杆下以破坏抗日罪名当场枪毙了。但多数商会老板都很识大体，踊跃认购。因纸商资本最厚，李家大院一家就认购了两项公债的一半。在区公所提出"有钱出钱，有力出力"的号召下，梅姨还领着王天木，扛了一谷箩的银圆到区公所捐献。在梅姨的带头下，镇上商会纷纷出钱出力，支援前线。李家私塾的李老先生将自己教书所蓄二百银圆交给省抗敌后援会慰劳前方抗日将士，侯四也揣着十块银圆来捐。檀河区公所积极的筹款行动受到省抗敌后援会和县党部的张榜表扬。

梅姨在这一年被推选为镇商会会长，在她的倡议下，商会还组成晨呼队，每日早上开市前，列队沿街高呼："团结起来，支援抗战！""有钱出钱，有力出力！""日本必败，抗战必胜！"等口号，激发群众对抗战的热忱，然后才能开门营业。区公所及商会组成检查队，共同检查仇货。民团由一个中队长负责，商会推荐了王天木，每到墟天就负责带领检查队到各商铺检查，经确认是日本货，一律没收销毁。在梅姨的推动下，镇上所有的商店，在售后发票右上角，都加盖"抵制日货，勿忘国耻"蓝色印，进行爱国宣传。这年春节，县党部派员到镇上视察，认为商会这一举措行之有效，给予了肯定，并将此办法在全县进行推广。李占邦也被认为工作积极，管理有方，被推选为国大代表，这让李占邦更是踌躇满志，洋洋自得。

对于镇上的老百姓来说，他们见过国军和红军打仗，见过国军和民团杀红军，杀共产党，但几乎没有人见过东洋人，总觉得在这偏远的小镇天高皇帝远，再怎么打仗也不可能打到这里来，所有人脑海里对抗日基本没什么概念。尽管区公所张贴出来的消息都是报喜不报忧，但镇上的人也不全是猪脑子，那些大城市一个接一个丢了，国军要是真顶得住，怎么东洋人能这样长驱直入？说不定东洋人哪天就杀到家门口来了，镇上的国军早走了，要真的东洋人打过来，谁来保护我们啊？于是乎，家家户户都多加了根撑门棍，不少汉子在床边放了把柴刀或一把斧头，真要有那么一日总不能伸着脖子由人家砍。

镇上的民团原来松松散散，现在也被每天集中起来站岗放哨。到这时，李占邦又想起王天木来，这小子有一身功夫，得让他出来给这些团丁当教练。他太清楚自己手下这些人了,对老百姓飞扬跋扈,抓手无寸铁的失散红军,邀功请赏个个冲在前面,可要真枪实弹干,没几个可以拉得上战场的。这檀河镇可是我的祖业,家大业大,哪天东洋人来了,我总不能拱手相送,没米也得和他们较个斗来,要不我这个"东霸天"白叫的?

王天木一听说让他再回民团,说什么也不干。李占邦火了,他妈的,给脸不要脸。他给王天木一天时间考虑,来也得来,不来也得来,现在全民抗日,敢不来,就以破坏抗日定罪。

王天木现在最怕的就是和李占邦打交道,他觉得干民团是他这一生的奇耻大辱,他不想再惹是非,踏踏实实做个走厂佬就成。可梅姨劝他还是去:"眼下形势不一样了,你就是和李占邦有再大的仇,但胳膊扭不过大腿,他随便都可以给你安个破坏抗日的罪名,要想过个安稳的日子,有时就得能屈能伸。"王天木被梅姨这么一说,也无话可说了。现在都全民抗战了,大家都要团结起来不当亡国奴,不管李占邦出于什么目的,都是堂而皇之的理由。前些天,李占邦还下令镇上每家每户编三双草鞋,缝两双布鞋送到区公所,由区公所统一送到县政府,再转运前方慰问战士。就连雷七爷都对李占邦伸出大拇指,夸李占邦是个有民族大义之人。

事到如今,王天木还有什么可说的,只好应承下来。随后的一段日子里,在区公所外的火烧坪上,王天木每天都教那些团丁练刀法,但王天木跟李占邦提了个条件,教功夫可以,但

不再干民团，教会了他还做他的走厂佬。这一点李占邦倒是没为难他，答应得挺爽快。

那些团丁平日里做事只凭横，没几个有功夫的，几个墟操练下来，才发现这个王木佬还真是个厉害角色，那身手几个人都难近他的身。

王天木在部队时跟团长张云峰学过"破锋刀法"，按团长的说法，这"破锋刀法"荟萃了明代戚继光《辛酉刀法》、程宗猷《单刀法选》、清代吴殳《单刀图说》等传统刀法精华，动作简捷，具有大劈大砍、迅猛剽悍的实用特点。王天木记不住这刀法是谁发明的，但人灵活，学习又刻苦，团长要求又严，所以王天木一有空就练，几年下来，刀法大有长进。他在九龙寨对决"麻子精"邱子坤时正是运用了"破锋刀法"，轻易就结果了对方的性命。

"破锋刀法"有一个口诀：

迎面大劈破锋刀，掉手横挥使拦腰。

顺风势成扫秋叶，横扫千军敌难逃。

跨步挑撩似雷奔，连环提柳下斜削。

左右防护凭快取，移步换形突刺刀。

当年王天木向张云峰学刀法时，张云峰就让王天木要死记下来。王天木没文化，光记这八句口诀就费了他九牛二虎之力，最后还是张云峰逐字逐句一边演示一边讲解才让王天木牢牢记在心里。可眼下王天木是不得已留在民团教那些团丁练功夫，这"破锋刀法"可不能传授给这些团丁。王天木灵机一动，假装虚虚实实，也说得头头是道："刀法的基本功有劈、扎、缠头、裹脑四种。打仗的时候，要干掉对手，必须要很快靠近对方，才能发挥刀的作用。刀的厉害在砍，劈砍是刀的主要用法，这个要用大力才有用。所以刀法练习，要注意气势要猛，动作要快！"

王天木一边讲解一边演练，只见他手握大刀，腾挪跳跃，虎虎生风，猛见一招"盘龙吐信"，转身一个反劈，一个碗口大的木桩被齐刷刷拦腰劈断。

王天木三招两式就镇住了那些团丁，原本把他当"薯兜佬"的那些团丁个个变得老老实实。

大概教了一个多月，王天木就去找李占邦说，该教的他都教了，"师傅领进门，修行靠个人"，他得回到李家大院做他的走厂佬了。这一回李占邦倒是没再为难王天木，还让账房支付了五块大洋给王天木做工钱。但王天木不要，交给账房做抗日的捐款。

时不时，王天木会将做工来的钱捐进区公所的募捐箱里。他给水莲说："房子我们可以过年把再建，我也是当过兵的人，打仗很辛苦，我出不了力，就出点钱，这样心里才踏实。"

对于王天木的做法，水莲很理解，这辈子只要能和她心爱的天木哥平平安安过日子就是她最大的心愿了。

过年的时候，王天木准备带水莲和来福回一趟凤凰山，以前隐姓埋名不敢，现在形势变了，国共都合作好几年了，不会再有什么危险了，正当一家人准备启程回凤凰山过年时，妈三

却提前来看望他们了，一听说他们要回凤凰山，脸都变了，连骂王天木糊涂，长了一副猪脑子。

"这么些年来，冇人晓得你们去了哪里，也没人晓得你和我女儿成了家，我们还欠着李初一一条人命呢，你这样一回去，不就是不打自招吗。再说了，我再冇见过世面，也晓得共产党和国民党搞不到一块，村里民团打着抗日旗号，三天两头搞摊派，有多少钱被他们揣进腰包，鬼才晓得。"

"他们连这样的钱也敢贪？太冇法理了。"

"冇法理的事这多年官府做得还少吗？啥钱他们不敢要？"

王天木被妈三这么一说，想起区公所募捐的钱财会不会也被李占邦贪污了？这李占邦现在表现得十分积极，和以前的贪得无厌判若两人，真不相信会有不吃腥的猫。王天木想到这，心里有点不安。

妈三问王天木有冇有人晓得他以前当过红军？王天木就把被李占邦关进水牢的事说了，但他冇承认自己干过红军，镇上除了告诉过唱曲佬，其他无人晓得。

"那个唱曲佬和你有什么关系？你做啥要告诉他？"妈三急了。

"他是来福认的干爹，也是红军。"

"你怎么晓得他是红军？他自己说的？"

"他不承认，可我猜得到。"

"你太相信人了，总有一天你还要吃亏。"妈三急了，指着王天木的脑袋说，"你怎么就长了一个猪脑壳，就算他是红军，他都不承认,你倒好,自己跑去跟他说,一个逃兵,你好高哉啊?"

王天木被妈三一顿抢白,脸红一阵白一阵,嘀咕说:"他不会说出去的。"

"知人知面不知心,哪日你被人卖了都帮人数钱!唱曲佬在哪里?我得去看一下。"

"在伊公庙里。"

水莲一听心里发慌:"爹,那个唱曲佬是个癫子,有啥好看的啊?"

妈三说:"癫子就癫子,我又不惹他,我来去伊公庙讨点香炉灰,平时磕磕碰碰用得着。"

水莲拦不住爹,灵机一动:"爹,我也去庙里点火,陪你去。"水莲拿了香烛,跟爹一块出了门。

路上,水莲把李大力的事从头到尾跟妈三说了,妈三听了差点翻了个跟斗。早听说那几个抓王天木的红军在神仙桥被杀了,想不到竟然还有一个追到了檀河镇,而且成了外孙的干爹!

真不晓得这些年他们是怎么对付过来的。但妈三对水莲一直保守这个秘密没有让王天木知道倒是十分赞同,他觉得水莲做了一件十分明智的事,不管李大力是不是身后还有人帮他,是不是来监视王天木的,这些年能和女儿一家相安无事就是天大的好事。如果女儿把这事和王天木挑明了,谁晓得他会怎么想,万一做出出格的事来,之前当了逃兵就被红军记在账上了,

要是再和李大力发生冲突，那这罪责就更是洗不清了。只要共产党还在，红军还在，这笔账不可能不找他王天木算的。

妈三和水莲进了伊公庙，却不见李大力。神龛上点着两盏长明灯，灯光摇曳昏黄。神龛上的伊公金盔铁甲，环目黑脸、仪态威严。妈三"扑通"跪下来，双手合十，纳头朝伊公拜了三拜。然后起身，从怀里拿出一块缎青布，从伊公神像脚下的香炉里包了一包香炉灰。水莲点了火，妈三让水莲先回去，他在庙里等李大力。水莲有点担心爹，可妈三说："担心啥？我跟李排长是熟人了，也只是和他聊聊天，没啥事。"

水莲被妈三这么一说，也就先回家去做夜饭了。

李大力今天一早就出门去给一家做满月酒的唱了一日的曲，回来时天都快黑了。李大力刚跨进伊公庙，一眼就看到了木墩上坐着一个人，他以为是王天木，这庙里除了来祭拜伊公的善男信女，会在庙里逗留的只有王天木。可当木墩上那人站起来时，李大力大吃一惊，失声叫了出来："妈，妈三哥。"虽然好几年不见，妈三变老了，但身为侦察排长的李大力还是一眼认出了眼前的人就是凤凰山的妈三。

"李排长，你眼珠子真利。"妈三接口说。

"要真利，在凤凰山就不会被你们骗过去了。"李大力坐下来没好气地说了一句。

"李排长，水莲都跟我说了。我思量啊，过去的都过去了，你也落到了这个地步，大家都不容易，能活下来就谢天谢地了。以前的事大家都莫提了，就当没发生过，这年头兵荒马乱的，听说东洋人走到哪就杀到哪，抢到哪，能活下来都要多谢菩萨保佑，以后你们就在镇上踏踏实实过日子，互相帮衬吧。"妈三停了停又说，"我今朝来找你，冇别的意思，你是好人，我就是来看看你。你就当我冇来，谁也不认识谁，我就希望我女儿一家能平平安安过生活，不要再出什么纰漏了，大家都承受不起。再说你也成了这样，当年的红军你也寻不到了，不管你是不是来寻王天木麻烦的，眼下都冇啥意思了，你也冇有这个能力能做什么了，就好好过你的日子吧，莫要再生什么枝节，这样对谁都有好处不是？"

虽然妈三就是一个乡下人，但毕竟上了年纪经过的事也多，他一眼就看出了李大力目前的真实情形，所以李大力可以骗水莲，却骗不了妈三，被妈三这么一说，他一时都接不下话来了。但毕竟是枪林弹雨里闯出来的人，他很快就反应过来，无论今后自己会不会对王天木做什么，眼下都必须先稳住妈三，毕竟他们是一家人，如果真的感到有危险，他们毫无疑问会联合起来对付他李大力的。当年妈三在那么危险的情况下都敢冒着杀头的风险帮助王天木逃跑，真要有那么一天，妈三有什么不能做的？所以李大力告诉妈三，这些年自己流落到这里，也就是好死不如赖活着，根本就没想对王天木做什么，之所以会和水莲说那些哄人的话，就是担心王天木晓得他的身份会对他下手。再说，他都这样子了就算想做什么也做不了，让妈三放心。但他也求妈三一件事，千万不要把自己的身份告诉王天木，他怕王天木会杀了他。

经李大力这么一说，妈三完全相信了李大力，这样一个瘸子，天天靠要饭过日子，自己都泥菩萨过河，哪还有本事对付别人？看着李大力蓬头垢面、衣衫褴褛，妈三心里有些不忍。他告诉李大力他和水莲不会把李大力的身份告诉王天木，这样大家都好，都不尴尬，以后在这小镇还得生活下去，他让李大力放一百个心。

妈三走后，李大力喘了口长气，目前总算把妈三稳住了，今后该怎么做，只能走一步算一步。

那天晚上风刮得很大，几颗寒星落在波光粼粼的河面上，更显得清冷和寂寥。

第十一章

尽管外面的仗打得乌天黑地，省政府都搬到永安五年了，但偏安一隅的小镇日子依旧该怎么过还是怎么过。老樟树下依旧有人盘古，但这时都不说妖魔鬼怪和男女之事了，大多都是一些道听途说来的国军和日本人打仗的消息，但说来说去国军都没打过几回胜仗，个个都说不晓得国军这仗是怎么打的？几百万人还打不过武大郎般的倭人？大家说归说，但该出的钱还是出，该捐的款还是捐，打仗总是要拿命去拼的，出点钱出点力也是应该的。

李占邦下令征收人头税，每人得向区公所交十块钱，说是上头派下来的抗日人头税。民团挨家挨户收取，交不出钱的就搬东西抵账，敢违抗的一律按破坏抗日论处，弄得怨声载道。本来支援抗日个个都情愿，可李占邦这么按人头摊派强行征收，

就引发老百姓的不满。就在这时，李家大院大少爷李少卿贩运大米和猪肉去永安时听省政府一个秘书说，政府根本就没有出台过按人头收取抗日税的法令。李少卿回来把这个情况悄悄告诉了梅姨，认为李占邦很有可能借抗日巧立名目中饱私囊。身为商会会长的梅姨觉得事关重大，通过在县城商会界的朋友从县政府民政科了解到檀河镇区公所上缴的募捐款及摊派款与实际收取的存在很大的出入，很明显李占邦有贪污的嫌疑。梅姨气得全身发抖，这个时候竟有人敢发国难财，天理难容！她将商会的理事们召集起来，大家一听，个个义愤填膺，大骂李占邦不是人，这边装出爱国抗日到处让人捐款捐物，可一转身就装进他个人的腰包。捐钱抗日，大家责无旁贷，但钱被人贪污，这是决不能容忍的。大家一商量，决定第二天一早去区公所请愿，揭发李占邦的贪污行为。大家考虑到李占邦有人有枪，担心他狗急跳墙，提议让王天木负责保护梅姨的安全。

　　第二天正好是墟天，前来赶集的人特别多，由商会组织起来的请愿队一边喊着"支援抗日，反对贪污！""严惩破坏抗日的贪污分子！"的口号，一边向区公所进发，街上赶集的人一开始不知发生了什么事，请愿队就一边走一边宣传，老百姓一听个个都气炸了，纷纷加入请愿队伍，不一会就里三层外三层将区公所围得水泄不通，喊话让李占邦出来解释清楚。

　　李占邦没想到自己贪污抗日款的事情败露，可他又不能承认，这可是天大的事，捅破了可是破坏抗日的死罪。但老百姓不依不饶，一定要李占邦出来解释清楚。王天木虽然知道梅姨是个干练的女人，但想不到在这关头竟然有如此大的组织和鼓动能力，不仅佩服得五体投地。他担心梅姨会出意外，寸步不离跟在梅姨的身后，随时准备应付突发状况。

李占邦躲在区公所不出来，更证明这"东霸天"心里有鬼，大家群情激愤，开始向区公所里冲击，区公所的大门被推得摇摇欲坠。恼羞成怒的李占邦下令民团出动驱赶请愿队伍。就在大家奋力推门之时，大门哗地打开，一帮民团手里挥舞着木棍从里面冲了出来，见人就打，顿时就有十几个人被打得头破血流。一时火烧坪惨叫连天，鲜血四溅，人们四散逃命，乱成一团。

几个团丁持着棍棒朝梅姨冲来，他们得到李占邦的授意，专门负责收拾梅姨。王天木一看歹徒来势汹汹，连忙一把将梅姨拦在身后。一个团丁冲过来，挥棍朝梅姨兜头砸去。王天木伸手一挡，棍棒断成两截。

王天木挥起一脚将那团丁踢倒，从地上捡起一条板凳，抡得像风车一般，另几个团丁都见识过王天木的厉害，吓得驻了脚不敢向前。

王天木冲那几个团丁怒目喝道："滚！"

几个团丁好像得到什么大赦令，撒腿就跑得不见踪影。王天木拉起梅姨就跑。

当天晚上，商会的理事们聚集在李家大院商量对策，梅姨决定由她到县政府反映李占邦贪污抗战捐款的问题，大家都认为，这一回既然把事闹大了，就一定要把"东霸天"扳倒，要

不等"东霸天"反扑肯定就没有大家的好果子吃。第二天一早，梅姨和商会的两个董事，在王天木的保护下马不停蹄地往县城赶。

三天后，县长带了县保安团下来，将李占邦撤职查办，以破坏抗日，贪污义捐款的名义押送永安省政府法判。县保安团派了一个中队副赖顺到檀河接任民团团总。

檀河镇这么多年来被李占邦横征暴敛苦不堪言，想不到这个横行一方的"东霸天"竟然让梅姨给扳倒了，大家奔走相告，火烧坪的古戏台接连演了三天的祁阳戏，镇上比过节还更热闹。

这年冬天，王天木把他的大瓦房盖起来了。搬新屋那天，王天木来请李大力，李大力死活不肯去，可王天木说："你是来福的干爹，我在镇上也就你这个亲戚，你不去怎么行？"

李大力实在拗不过，就说："要我去也成，可我不坐桌，我就去给大家唱唱曲。"

王天木想想也答应下来，王天木在镇上也没什么要好的，就请了几桌人，除了纸厂的一些伙计，就是李家大院平时走得较近的几个，但梅姨和马管家也来了。

开席后，李大力任王天木说破了嘴也不上桌，他说自己一个踉里踉跄的癫子不要倒了大伙的胃口，他就坐在大门口给屋里的客人唱曲。很奇怪的是，李大力这天没有像以往一样唱些约定俗成的东西，竟然唱了一曲长长的《三十六条虫》，他也不管里面酒桌上的人愿不愿听，主人高不高兴，端起酒碗嘬了一口酒，胡子上挂着酒沫星子，一边拍打着竹筒，一边摇头晃脑顾自唱：

虱麻虫来虱麻虫，怎么住在头顶中？好比地痞流氓佬，咬人两口是名功。红臭虫来红臭虫，怎么住在床缝中？好比江湖买药佬，打开药箱臭烘烘。黄庇虫来黄庇虫，怎么住在灶缝中？好比寿木漆匠佬，肩胛背脊彤彤红。灶鸡虫来灶鸡虫，怎么住在灶角中？好比龙船来饮水，两行龙须漾漾动。萤火虫来萤火虫，怎么住在棘丛中？好比过年讨债鬼，屁窟脑上带灯笼。康蟹虫来康蟹虫，怎么住在冷水中？好比打铜打铁佬，两个钳钳是名功。蚊子虫来蚊子虫，怎么住在蚊帐中？好比赖子来食饭，嘤嘤嗡嗡是名功。黄鳅虫来黄鳅虫，怎么住在田当中？五马将军来拿到，进钻两下是名功。松毛虫来松毛虫，怎么一身毛茸茸？好比长毛来造反，食山过海是名功……

李大力的《三十六条虫》才唱到第九条虫，就被马管家叫住了："你这唱曲佬好不晓得事，今朝是木佬乔迁之喜，你不唱点讨彩的，尽唱什么虫，唱你的头啊。"

李大力就停了巴掌住了口，不吭声。王天木倒不在意说："不碍事，不碍事，就是听这曲调寻个乐子。"

水莲让来福给李大力端上一碗吃的，李大力接过就坐在一边吃起来。来福抱起竹筒说："干爹，我唱唱行吗？"

李大力看了看来福，又扭头朝屋里的王天木看了一眼，点

了点头。

来福又问:"干爹,我唱啥?"

李大力就嘿嘿一笑:"我教你那么多,随便唱。"

来福坐在板凳上,小手在竹筒上轻轻拍了两声,又拍了几声,随着"嘣嘣"的声响,来福打好了节奏,张开嘴稚气十足又一本正经唱起来:

　　金橘子,金盘栏,做人女,好清闲,做人新妇好艰难。天没光,要爬起,鸟子叫,要洗米,平桶洗米嫌太多,钵头洗米嫌沙多,蒲勺洗米嫌太少。锅里撸一撸,家婆说我偷煮粥;锅里滚一滚,家婆说我偷煮粉;屋里游一游,家婆说我偷舀油;鸡厨脑上拔根秆,家婆说我偷捡卵;壁上摸一摸,家婆说我偷来金银有几多?

来福唱得摇头晃脑,很有李大力的味道,惹得大家都哈哈大笑。

这一日,是王天木十分开心的一天,他喝得酩酊大醉,半夜他醒过来,一手搂住水莲一手搂住来福,哈哈大笑:"我有老婆,有儿子,还有三间大瓦房,这辈子我值了,我比什么都值了。"

王天木在檀河把日子越过越滋润的时候,恰恰是李大力感到比任何时候都困惑迷茫的时候。原先不管有多难他都觉得自己就算是一枚遭遇狂风暴雨的风筝,也有一根线牵着,这根线是共产党,是红军,是团长和战友们,这根线藏在他的心里,别人看不见，但他自己看得见，他知道自己该做什么，他有一个明确的目标。可是这几年下来他觉得那根牵着他的线松了，断了，他这枚风筝在茫茫风雨中不知要飘到哪里，他找不到自己的根了。现在除了乞讨些屈指可数的钱财作抗日募捐外，他不知道自己还能做什么，他完全迷失了方向。

当看到王天木一家把日子过得和和美美、蒸蒸日上时，李大力的确有一些不平衡，他觉得这老天真的瞎了眼。王天木是个逃兵，是个必须受到惩罚的人，可他却有妻有儿还有房。而自己是来追捕王天木的，却是一个废人，过着人不像人鬼不像鬼的日子。都说善有善报恶有恶报，可这话用在他们身上并不灵验啊。曾几何时，他觉得自己已经是个被遗忘的人，是个多余的人，这样苟且偷生地活着毫无意义，他想到了死。

除夕夜，李大力拒绝了王天木要他去家过年的邀请，一个人在伊公庙里静静地坐了一天。前来焚香点烛的人熙熙攘攘，爆仗声不绝于耳，但李大力就那么坐着，和谁也不打招呼，甚至连睁开眼皮看人一眼都没有。大家对这个癫子都习以为常，也没谁在意。到了镇上炮仗接二连三响起，大伙都在吃年夜饭的时候，李大力很平静地从地铺上起身，掩上庙门，将一根早已准备好的绳索甩上横梁，爬上木墩，将脖子伸进了活结里。水生、二毛，我没本事替你们报仇，我就来陪你们吧。就在他准备蹬掉脚下的木墩时，他抬头看了一眼神龛上的伊公尊王。黑暗中伊公尊王两眼如炬，闪着逼人的光芒死死瞪着他，李大力全身打了个激灵，一下就愣住了。他就那么静静地和伊公尊

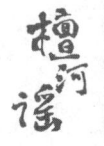

王对视着，渐渐地，他发现伊公尊王的双眼发出红光，那红光越来越亮，越来越亮，闪现着炫目的光芒，将整个伊公庙照得如同白日。李大力看着看着，全身开始发起抖来。后来他从木墩上抖抖索索下来，蹲在地上，用双手蒙住眼，他感到冰冷的眼泪如泉水般汹涌而出，顺着他的手一滴一滴掉在地上，发出刺耳的脆响。

在很长的一段时间里，人们都没有听到李大力拍竹筒的"嘣嘣"声，但经常可以看到这个唱曲佬怀里抱着竹筒，静静地坐在老樟树下。风来的时候，将他花白的乱发吹起，但吹不动那个日渐枯萎的身子，李大力在人们眼里坐成了一尊雕像。

檀河水又一次涨起来的时候，从福州传来消息，小鬼子的炮艇在闽江口击沉了两艘国军兵舰，日机隔三岔五轰炸福州城，城内居民死伤甚众，时局越发紧张，当局要在闽江口沿岸构筑江防工事，开始向内陆山区调运木材。宁化是木材生产大县，得到消息的木商们个个像火燎脚底似的将长龙般的木排日夜不停放出城，只是此时节时常暴发山洪，风高浪险，许多木排还未至沙溪就触礁散架。从县城的翠江至闽江上游的沙溪，水流湍急，迂回曲折，暗礁、险滩密布，二百来里的水道上就有"猴子孔""乌龙峡""剪刀架""黄鲶洞""七姑泷""鬼见愁"等令人心惊肉跳的险恶之处，自古就有"九龙十八滩，滩滩鬼门关"之说。这段水路如果顺风顺水一般一天一夜可达沙溪，进了沙溪江面宽缓，就是大风大雨也难不倒排工们。可翠江这一天一夜的水路却常常让排工们胆战心惊，尽管放排工个个水性好，但遇到恶劣天气木排一旦把持不住就会触礁散架，那满江漂浮的木头在暴烈的洪水冲击下如脱缰野马横冲直撞，每年都有放排工暴死途中，葬身鱼腹。

县政府接连两次组织放排都未能出沙溪口就遇到了山洪暴发，成千上万根木头被冲散，特别是后一次那批木排在"猴子孔"发生连锁撞礁，几千棵杉木在滔天洪水中如脱缰野马，横冲直撞，江面上惨叫连天，血肉横飞，排工死伤无数。这次触礁事故成为翠江筏运史上最大一次惨剧。

木头不能如期到达福州，县长急得火急火燎，将木材筏运任务分配到各个区公所，檀河民团团长赖顺只好来与梅姨商量，梅姨是个明大理的人，知道家国之事绝非儿戏，迅速给商会分派任务，梅姨也把多年囤积五百副"老油板"和三百根"长尾"全部贡献出来。"油板"和"长尾"都是杉木大材，"油板"为生长数百年的老杉，木质赤坚，充满油脂，埋入土中百年不朽，是制作寿棺的绝好材料，烙以"宁化老杉油板"印记的杉木，深受福州和广东佛山木商喜爱，价逾其他名贵木材。"长尾"生长于深山老林数十年，条直无弯，长达二十余米，年轮细密，木质坚硬，每根"长尾"上烙以"正宁化"印记，筏运至福州后，多做航海船只桅杆之用，价格不菲。杉木大材因物少价高，更显得奇货可居。

檀河边的木材堆积如山，放排工用长钩将码头上的木材拖进江里，用蚂蟥钉、青竹篾扎排、串排，河面上灯火通明，串起的木排宛如长龙，一片繁忙景象。

商会只用了短短一个墟的时间,就组织了三千多根杉木大材运往福州。但一时放排工不够,区公所就贴出告示,征集会水的放排汉子,王天木报了名,想不到李大力也报了名。

对王天木来说,他觉得自己水性好,能为抗日做点事情也能弥补一点心中的亏欠,所以他和水莲一说要放排去福州,水莲虽然有点担心,但还是答应了。她十分清楚王天木憋屈压抑得太久了,不让他去他会十分难受。再说她晓得王天木的水性,她相信自己的老公。而对于李大力来说,与其这么毫无意义地活着,不如去做点有意义的事,死了也更有价值。反正他对死已经看淡了,大年三十如果不是伊公那对炯炯闪亮的眼睛看穿了他的内心,他那天就已离开这个世界。可是赖顺觉得李大力就是在开玩笑,这样的人自己都泥菩萨过河,还会放排?将李大力呵斥了一顿赶出了区公所。

第二天一早,碧空万里,檀河上绵延数里的木排长龙般鱼贯出城,手持长篙的排工兀立排头,"呦呦"号声在晨雾中飘荡,沿江两岸挤满送行的人群。头排上的王天木古铜色的脊背在朝阳的映照下发出耀眼的光芒,只见他回首冲排尾的艄公一吼:"起排——",手持撑篙,身若弯弓,一篙到底,脚下的木排如箭般射出,木排如龙,浩浩荡荡溯河而下蜿蜒南去。对于这次放排,镇志有载:"排行五里,万人空巷,蔚为壮观。"

坐在石拱桥上的李大力看着王天木愈来愈远的背影,此行水路遥迢又凶险,他突然为王天木的安危担心起来。他闭着眼睛双手合十,口中念了一句"阿弥陀佛"。

第十二章

自从那日送走木排后,水莲就天天盼着王天木能平安回来,一日、两日,一个墟、两个墟,整整过去了二十日,都还没有放排的消息。水莲不清楚从镇上到福州到底要多少时间,她唯一能做的就是每日到伊公庙烧香点烛,向伊公尊王祈祷保佑她的老公能平安回来。

一开始,李大力并没有想那么多,可是随着时间一天一天过去,他预感到排队可能出事了。他粗粗算了一下,从小镇出发走水路,顺利的话一日可到翠江,两日可达沙溪,再一日可入闽江,到福州闽江口满打满算有五日足够,来回有半个月时间绰绰有余,可现在都快一个月了,竟然没半点消息传回来,这不能不让人担心。但李大力安慰水莲:"莫急,说不定明早你一开门,木佬就回来了。"

就在镇上人提心吊胆望眼欲穿的时候，放排工王老七独自一人回到了镇上。他在路上走了半个多月，一路要饭回来的。原来从檀河放出去的木排一路顺风顺水，第四天就到了闽江口。那天艳阳高照，碧水蓝天，如长龙般的木排在江面上宛如一条巨龙，国军也派出了一条炮艇来引航。就在大家欢呼雀跃时，江面上响起尖厉的警报声，只见天边飞来几只黑色的大鸟，那些大鸟发出尖厉的呼啸，贴着江面朝木排飞来。不知谁喊了一句"东洋人的飞机"！木排上的放排工大多数没有见过飞机，连听都没有听说过。那飞机转眼间到了头顶，张开巨大的翅膀在阳光的映照下发出刺眼的亮光，就连机身上画着的红红的膏药旗也看得一清二楚，飞机发出的巨大轰鸣声让放排工惊呆了，一个个像七月半的鸭子伸长脖子傻傻地看着天空。还没等明白怎么一回事，飞机上就像母鸡下蛋似的拉出一串串黑乎乎的大家伙来，紧接着就是巨大的爆炸声，江面上的水柱腾起几丈高，一根根水桶粗的木头飞上了天空。只一眨眼工夫，江面上火光冲天。王老七从水里钻出来，他的一只耳朵被削掉了，鲜血哗哗直流。他看到江面上到处是炸散的呼呼燃烧的木头，国军那艘炮艇也腾起冲天大火，到处是残肢断臂和漂浮着的尸体。

王老七凭着一身的好水性游上了岸。后来有一个政府官员模样的人给了他三块银圆，打发他自己回家。王老七就这么在路上走了半个月终于回到了家。

水莲一听说王老七回来了，撒腿就往王老七家跑，可王老七说，他在岸边等了三天，也没看到打捞上活的人，更没看到王木佬。

"都死了，都死了，没活的人了。"王老七一边说一边哭得像个孩子似的。

水莲叫了一声"孩他爹"，便倒了下去。

大伙七手八脚把水莲扶起来，只见水莲全身僵硬，牙关紧咬，两眼直愣愣地一动不动。大伙急了，连忙把水莲抬到老街上的石记诊所，石老夫子一看这是气急攻心，连忙取出银针在水莲人中连扎两针。水莲身一抖，睁开眼，"哇"的一口鲜血喷了出来，号啕大哭。哭着哭着，水莲跳将起来，哈哈大笑，冲出门去，谁也拦不住。大伙一见，都说，完了，完了，水莲癫了。

水莲真的癫了。她一日到晚披头散发在镇上游走，见人就问："你见到我老公吗？你见到我老公吗？"有时候她看见男人就会一把拉住："老公，老公你回来了？快跟我回家。"水莲虽然癫了，但她有两件事却十分清楚，一就是自己的儿子来福，不管她在外面怎么疯疯癫癫，但一到饭口她就往家跑，回去给来福做饭。第二件就是每日一早就到伊公庙上香点烛，跪在伊公尊王脚下祈求她的老公能早日回家。

李大力真没想到事情的发展变化竟然如此反复无常，他曾想过王天木的种种死法，但还真没想到过王天木会这样死去。之前李大力巴不得王天木早点死，但是现在他真不希望王天木就这么死了。随着时间流逝，他渐渐放弃了要处置王天木的任务，他现在根本就没想要对王天木再做什么了，当他希望王天

木一家能在镇上平平安安生活下去的时候，王天木竟然出事了，竟然死在了日本人的炸弹之下。平心而论，撇开王天木是个逃兵这件事不说，王天木算是个有情有义、为人正直、敢作敢当的汉子。在小镇上，从某种意义上来说，李大力也就王天木这么一个朋友，如果要说是朋友的话，尽管朋友这两个字用在他们之间似乎并不合适。李大力也越来越感到，自己其实对王天木的依赖越来越严重，虽然他心里一直在否认，但他又不得不承认事实就是这样。他在想，当时如果赖顺没阻止他去放排，很有可能他也死在闽江口葬身鱼腹了。其实这就是他希望的结果，如果死在那，也算死得其所，他也死而无憾了。可是怎么就死了王天木呢？王天木现在死不得啊。该死的不死，不该死的却死了，要是能替王天木去死，此时此刻的李大力会毫不犹豫挺身而出。

尽管这样，李大力还是不相信王天木就这么死了，他总觉得王天木不可能那么容易就死了，他觉得王天木是个十分命大的人，不应该这么早就死了。所以尽管水莲疯疯癫癫，但他清楚那是气急攻心迷了心智，因此每日水莲来庙里上香祈祷时，他总是不厌其烦地开导水莲。可水莲连他都不认得了，任由李大力说什么，她都没当一回事，上完香，她就到处去找她的老公了。这个时候，李大力只能把来福带在身边，一边给来福传授唱曲的技艺，一边经常领着来福去寻找到处游逛的水莲，他总担心水莲出什么意外。

来福倒很懂事，自从水莲发癫以后，他就不上学了，变得沉默寡言，不声不吭。到了晚上，他就服侍水莲上床睡觉。有时候，水莲会清醒过来，搂着来福，在漫漫长夜里哭得撕心裂肺，长声呦呦，让人听了十分凄惨。

最让李大力不安的是，镇上一些汉子原本就垂涎水莲姿色，王天木在时这些人也只能偷偷咽咽口水，现在虽然水莲癫了，有时还会拖着汉子认作王天木，这些汉子就想沾点腥，反正做了就做了，这个癫婆子也不晓得是谁。别看水莲人是癫了，但那身段，那前凸后翘的胸脯和屁股还是让一些汉子垂涎欲滴想入非非。

这天半夜，来福突然急匆匆跑来寻李大力，说他醒来不见了娘，不知去了哪里。李大力一听心里就慌了，他走不快，就和来福约定一个从东往西，一个从西往东找，约好两人在土堡门口碰面。

李大力拄着拐棍，一脚高一脚低地从西往东走。寒风呼呼地吹，吹得人的骨头都要化了。老街上冷冷清清的，从一些店铺门缝里漏出一丝昏黄的灯光，投在冰冷的鹅卵石铺就的街道上，似乎也冻住了。李大力走到火烧坪，远远就看到牌坊下似乎有个人影，他一瘸一拐赶将过去，只见牌坊下卧着个白花花的人。近前一看，是水莲！

此时的水莲衣裳被脱得一件不剩，赤身裸体仰面躺在冰凉的石板上，两个白白的乳房耷拉在胸前，像死去了一般。月亮冷冷地照着，李大力是第一次这么看见一个一丝不挂的女人的身体，他的脑袋"嗡"地响了起来，想去扶水莲，可又有点束

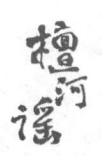

手无措。寒风呼呼地吹,水莲的衣服被吹得老远,李大力好不容易捡回衣服,蹲下身将水莲扶起来。水莲被冻僵了,全身冰冷没一丝热气。李大力摇晃了半天,水莲才睁开眼,全身冻得筛糠般,牙齿咯咯响:"冷,好冷。"

李大力手忙脚乱帮水莲穿衣服,在帮水莲提起裤子时,他触到水莲大腿根一片湿漉漉、黏糊糊的液汁,他似乎明白了什么,但不能多想,说:"水莲,快回家去。"

水莲两眼痴痴地,一把抓住李大力:"我老公呢?怎么就不见了?"

"水莲,我不是你老公,我是乞食佬。"

"好多老公,和我睡觉,好多老公。"水莲两眼痴痴地,拖住李大力。

李大力没办法,只好一手拄着拐棍一手扶着水莲往她家走,刚走几步就见来福远远跑来。

"娘,你上哪里啦?我们转屋去。"来福牵起水莲的手。

李大力陪着他们母子俩,到了家门口,看着他们进屋,关门,才一步步往伊公庙走。这些伤天害理的畜生啊,这是人做的事吗?天会收了你们的。李大力想,要是他晓得那些侮辱了水莲的男人是谁,肯定不会放过他们的。

水莲在火烧坪冻了大半夜,就病倒了,身上火炭般地烫,不停地咳嗽,梅姨特意关照马管家把石老夫子请来给水莲看了几次病。吃了石老夫子开的药,水莲烧渐渐退了,但两腮总是绯红,爱痴痴地盯着男人瞧,常常拉着一个汉子就叫老公,要拖人家回屋里睡觉。大家都说，水莲是想老公想癫了，发花痴了。

李大力没办法，只能经常和来福四处去找到处乱走的水莲，找到了就领着往家走。这时的水莲和李大力有得一比，蓬头垢面，衣裳龌龊不堪。老少走在老街上，就有人嘻嘻哈哈拿他们来取笑，豆腐侯四向来嘴巴就没遮没挡，见了就嚯嚯怪笑对李大力说："乞食佬，王木佬死了，我看你把这个癫婆子领回去做老婆正好。"

李大力对别人的取笑基本是不闻不问，就像聋了耳朵似的，可侯四这话却扎了他的心，他站下来，一声不吭地盯着侯四瞧。老街上的风一阵紧似一阵，将李大力一头乱发吹得像檀河里发大水的水草，齐刷刷朝一边甩。侯四看着李大力掩藏在高高眉骨下那一双白多黑少的眼睛，好像要冒出火来，心就虚了，老话说"皇帝都怕吊脚鬼"，这癫子莫不要发癫起来，连忙给自己寻了个台阶下："搞笑话，搞笑话，乞食佬你莫当真。"

李大力的拐棍在石板上重重顿了顿，转身离去。

老街上，李大力拄着拐棍在前面走，来福搀扶着水莲跟在后面，就像乞食归来一样，让好多人看了都唏嘘不已。

这日半夜，睡得迷迷糊糊的李大力做了个梦，他梦见有一个女人躺在他的床上，他看不清她的脸，但他能感到女人火炉般发热的身子紧紧贴着他，手脚像蛇一样紧紧缠住了他。李大力只觉得全身有一股烈火熊熊燃烧起来，他伸手摸着女人光溜溜的身子，他感到了顺滑与柔软，李大力全身一抖，睁开了眼。

神龛上那盏油灯冒着一豆火苗，在昏暗的灯光下，他朦朦胧胧看到身边真的躺着一个光溜溜的身子，而自己的一只手正捏着一只白晃晃的大奶子。李大力大吃一惊，猛然坐起，借着朦朦胧胧的灯光，他才看清躺在身边的女人竟是水莲！

赤裸的水莲迷离着眼，趴在李大力身上，两只手在李大力身上不停地摸着，一边摸一边叫："天木哥，天木哥。"

李大力被水莲这举动吓蒙了，他真弄不清楚水莲是什么时候爬到他床铺上的。他推开水莲急急地叫道："水莲，水莲，我是乞食佬，不是你的天木哥。"

水莲却好像没听到似的，一只手已经伸到了李大力的胯下，一把就握住了李大力那半截男根："你骗人，你就是我的天木哥。"

李大力羞愧难当，跳将起来，在水莲脸上拍了一巴掌，叫道："水莲，水莲，你醒醒，我是你李大哥，来福的干爹。"

这一巴掌似乎打醒了水莲。她松开手，怔怔地看着李大力："你不是我的天木哥？"半晌好像意识到了什么，突然捂着嘴哀哀地哭了起来。

李大力用被子将水莲赤裸的身子紧紧地裹住，他能感到水莲抖得一塌糊涂的身子。李大力就这么紧紧抱着水莲，不知怎么的，他抖得比水莲更厉害。

20世纪60年代末，檀河镇建起了华侨农场，安置从印尼归来的难侨。镇上的人称那些归侨为"华侨赖子"，只因为那些归侨穿着花衬衫,背着花布袋,和当地人有很大的区别,让镇上的人看着感到实在稀奇。

我是四岁那年随下放的父母来到镇上的,当时就住在与檀河精舍一墙之隔的一处破旧瓦房里。我记得那时有一个大约三十多岁的女人,常常牵着一个五六岁的孩子沿街乞讨,后来听说是印尼归侨,当时她和她丈夫带着儿子乘轮船回国,但当她上船后才发现她的丈夫没来得及上船,等到归国后她人就疯了。那女人长得白白净净,有一头的卷发,常年穿着花花绿绿的裙子,她要了饭,就一口口喂那小男孩吃,直到小男孩吃饱摇头了她才把剩饭自己吃了,边吃边流泪,大家都说她实在可怜。但这女人隔三岔五就会发花癫,撵着镇上的男人屁股后面追,要拖人家回去睡觉。有时她还会脱了衣服,一丝不挂地躺在石拱桥上,大伙见了都躲着走。有一个白天,镇上有个叫"栾子"的癫子在一些人的怂恿下,当着众人的面就在石拱桥上把那个女人给奸污了。据说当时看热闹的人很多,个个兴奋异常,大呼小叫,比看电影都热闹。再后来,那女人不知怎么明白过来,赤身裸体追着癫子打,几天后的晚上,那女人就跳进檀河里淹死了。

这个女人在镇上把许多汉子撵得落荒而逃的时候,水莲已经死了有近三十年了,镇上的人基本都忘了她,这个女人的到来让镇上的人再一次想起了水莲。大家都说,这个女人得的病和当年王木佬老婆得的病一模一样,都是丢

了老公迷了心智，发的都是"花癫"。那个时候，有一段时间，镇上最热门的话题就是这个归侨女人和当年水莲发花癫的话题。再后来，这两个发花癫的女人的故事被编排成了许多版本，在镇上流传下来。

几十年后，当我回到镇上采访时，我特别去请教了石老夫子的孙子，他现在是镇上很有名的中医。他告诉我，镇上人所说的花癫在中医上叫作"花痴"，是一种病名，一般是受了强烈的感情刺激，该病患者的性反应超常强烈，甚至达到不分场合、不避亲疏的程度。他还提到，当年水莲得病后，他爷爷也曾出手医治，可是都不见效，他还把他爷爷当年说过的一些故事告诉我，其中他谈及的一件事情让我感到很是吃惊，因为在此之前我从来都没有听人说过。石老夫子的孙子说，当年他爷爷曾医治过三个下身受过伤的男人，这三个男人当时都在民团里当团丁，其中有一个的男根被切掉一截，另外两个的睾丸都被重击过，肿得像牛卵砣一般。但这三个人都无法说清究竟是谁侵害了自己，直说是走夜路时突然被人从后面打昏，至于为什么要专对他们的命根子下手，他们都缄口不言。

我问石老夫子的孙子："你爷爷说过这事发生在哪一年吗？"

"就是檀河放排去福州那年冬天，我听我爷爷说，这三个团丁当时的名声很臭，吃喝嫖赌抽啥都干，我爷爷给他们治伤，他们没给过一分钱，还威胁我爷爷不得乱说，否则要我爷爷好看。所以这事当时镇上没什么人知道。"

"你爷爷没有说是何人所为吗？"

"没有，我爷爷说他在檀河生活了一辈子，活到九十多岁，几乎没有他不知道的事，但就是这事让他很想不明白。"石老夫子的孙子顿了顿又说，"不过，我听我爷爷说，他还发现过有一个人的男根也少了一截。"

"谁？"我的心"咚"地猛跳了一下。

"当时镇上一个会唱曲的癫子，听我爷爷说，这癫子在新中国成立前夕不知怎么得罪了土匪，两只眼睛被土匪挖了，当时我爷爷帮他治病，发现这个癫子的男根也短了一截。"

"这两者有什么关联吗？"

"这个故事我听我爷爷讲过多年了，当时年纪也不大，听过也没多想，现在被你一提醒，我还真觉得这里面有文章。"

"此话怎讲？"

石老夫子的孙子这么给我分析："我是这么想的，这个会唱曲的癫子，据说有功夫，他是不是因为自己那地方受过伤，心里扭曲或者说是变态，对那几个人下手？"

"就算是心理变态，他也不可能专门找民团下手啊。"

"也对，这我就想不明白了。据我爷爷说，那几个受过侵害的民团在解放初期上山为匪，不久就被解放军的剿匪部队击毙了。可能到死他们都不知是谁要找他们下手。"

我不敢肯定这件事一定是李大力所为，但在当时的檀河镇会做这事的人除了李大力似乎又没有别人。如果是李大力，那么他就是在帮水莲复仇，他以他的方式严厉惩罚了曾经侵害过水莲的人。究竟李大力是如何查到那天晚上在火烧坪奸污水莲的人，我不得而知，甚至李大力用何种方法做得如此天衣无缝，神不知鬼不觉，我也不得而知。当然，这只是我的猜测，这或许永远都是一个谜。

一晃年关就到了，但今年小镇没有了往年的气氛，镇西灯盏坳乱葬岗一下多出了几十座衣冠冢。几十家人少了当家的，都还沉浸在悲痛中缓不过神来。

腊八这天，李家大院的大少爷李少卿从省城回来，他给梅姨带回来一张几个月前的《福建民报》，梅姨看到这样一条消息："10月16日，从闽西北筏运进城的木排在闽江口遭日机轰炸，散落的木头漂满江面，排工死伤甚众。据悉，这批木材是某商会支援国军修建江防工事捐出的杉木大材，价值不菲。从打捞起来的木材上有些还烙有'宁化老杉油板'和'正宁化'之印记。"

就在梅姨看到这张报纸的第二天，王天木竟然回来了。

这天一早，水莲依旧挽着一个竹篮去伊公庙烧香，这是她雷打不动的功课。自从那个晚上发生那回事后，李大力看到水莲就有点不自在了，水莲在上香时，李大力就拿着扫帚将庙里里里外外扫了一遍，又将香炉里的香杆清理了一遍。

水莲上了香，就跪在伊公神像下双手合十，口中念念有词。神龛上的蜡烛摇曳的火光照在水莲苍白的脸上，让李大力看到一种纯粹又圣洁的光芒。

突然，水莲倏地睁开眼，竖起了耳朵听了一会，一把拉住李大力："是天木哥，你听，是天木哥转来了。"水莲一下跳起身，转身就朝庙门外跑。

李大力忙赶出去，庙门外雾气重重，老樟树上有大把大把的垂露滴下来，落雨一般。檀河里冒着腾腾的白气，有脚步声从雾气中传来。

李大力不由自主地盯着雾气笼罩的石拱桥，他看到那重重的雾气似乎在抖动着，然后朝两边散开，一个高大的身影从浓浓的白雾中走了出来。

水莲站在老樟树下，目不转睛地盯着石拱桥上那个身影，她看着那身影从桥上的石阶上一步步走下来。

"天木哥——"，水莲大叫一声，那声音撕心裂肺又激动万分。

迎面过来的身影怔了一下，叫了一句水莲，丢下背上的褡裢冲了过来。

水莲摇晃了几下，软软地瘫了下去。王天木一把抱住水莲，过了半天，水莲终于缓过气来，一头扎在王天木怀里，哭得地动山摇。王天木紧紧地抱住水莲，那么高大的汉子顿时也"嗷嗷"哭了起来。

李大力发现，此时的王天木一头又长又乱的头发，胡子拉碴，衣衫褴褛，人瘦了整整一圈，和自己有得一比。可以想象得到，王天木不知吃了多少苦才回来的。他看着这一对抱在一起痛哭的夫妻，只觉得自己的眼睛也湿漉漉的，默默地转身回到伊公庙去了。

几天后，李大力才听王天木说起，木排在闽江口被日本人炸毁后他就翻身落了水，虽然他的水性好，但是他被木头撞昏了脑袋，在水里漂浮了一天一夜，后来是一条出海的小舢板发现了他，几个渔民把他救了起来。但那时的王天木脑袋撞伤了，一直昏迷不醒，那几个渔民怕惹事，把王天木带回村里后就将他抬到村口的一座妈祖庙里丢下不管了。

几天后王天木才从昏迷中苏醒过来，可他什么也记不得了。由于与当地渔民语言不通，根本没法交流，颠颠倒倒的王天木就在渔村里当起了乞丐，这样一晃就是两个多月。一天早上，王天木坐在沙滩上，面对大海里升起的一轮朝阳，突然就想起了在檀河边第一次见李大力时的那轮跳动的红日，电光火石间，他的记忆一下就打开了，他想起了水莲、来福、李大力、"金钩大伯"、梅姨，甚至想到了团长张云峰、"斗鸡眼"李三赖等等一些人。当他恢复记忆后，就日夜不停地往家里赶，一路要饭，风餐露宿，足足走了一个多月，终于回到了小镇。

王天木的归来成为镇上的一个传奇，他和王老七是这次三十六个放排工中活着回来的两个人。这在很长一段时间，都成为老樟树下人们讲古的重要内容。

镇上的区公所和商会专门在古戏台开大会，表扬了他们的事迹，商会还拿出了一笔安抚费给死难者的家属，这件事渐渐平息下来。

王天木回来了，水莲也不发癫了，但却落下嗑血的病根，原先那么圆润的一个女人变得面黄肌瘦，脸上惨白惨白，不见一点血色，还不停地咳嗽，咳着咳着冷不丁就吐出一口鲜红鲜红的血来。

水莲可是王天木的命，王天木三番五次带着水莲找石老夫子，吃掉的药可以用谷箩来挑，可水莲就是不见好。石老夫子说这是原来的急火攻心，又加上寒气入侵进了肺，落下的病根，他也无能为力。建议王天木带到外面去看看。

接下来的时间里，王天木带着水莲进县城，去长汀，下赣州，遍访名医，花光了所有积蓄，幸好梅姨大方，还资助了王天木一笔钱，可是水莲的病依然不见好，身体也每况愈下。王天木搞不清水莲为什么会寒气入侵，气急攻心他可以理解，这寒气入肺到底是如何落下来的，他怎么都想不明白。乡下人都是劳作惯了的命，有些风寒咳嗽也是喝碗姜汤出出汗就可以解决的事，怎么到了我水莲身上就治不好了呢？

水莲这个病症是如何落下的，只有李大力知道。那个夜晚，要不是李大力从牌坊冰冷的地上找到赤身裸体的水莲，水莲可能那天就冻死了，那么个大冷天，赤裸地躺在冰冷的石板上，人都快冻僵了，这病根就是那日落下的。可是李大力不能说，这事只能烂在肚子里。

为了攒钱给水莲治病，王天木除了走厂外，得空就随商贩

到安远司去挑猪肉或潮盐去永安，赚挑担工钱。王天木力气大，一担可担二百多斤，走永安来回只要三四天。这时的王天木恨不得一分钱都掰成两分钱花，每分钱都用在刀刃上，只要听到哪里有医生，他就去求医问药。那一回他在安远司，听说江西塘坊有一个会治疑难杂症的神医，连担也不挑了，二话不说就上了路，上百里地等找到那个神医已是半下午。王天木拿了药，火急火燎就往回赶，走了大半夜，在离镇上还有四十来里的猪肚崃，见前方有两盏铜铃般大蓝幽幽的光。王天木以为也是赶夜路的人，正想打招呼，猛然一阵山风吹来，飘来一股火焦味，王天木心里一怔，那是老虎身上发出的特有的骚味！借着迷蒙的月光定神一看，一只斑斓大虎就在离自己十米开外的地方虎视眈眈地瞪着他。王天木手里提着给水莲的药，转身想逃，可双腿打战迈不开步。老虎发现王天木，"嗷"的一声啸吼，震得树叶哗哗而落。王天木料想今日必葬身虎口，又想到家中的病妻和幼儿，不禁悲从中来，冲天发出一声绝望的哀号。那只老虎也不知怎么看了王天木一眼竟掉转身慢慢走了。惊魂未定的王天木跌跌撞撞回到家天都亮了。王天木半路遇虎的事他从不在水莲面前提起，他怕水莲担心，可是水莲吃了王天木拿回的药依旧不见效。王天木没辙了，从来不求神拜佛的他竟然跑到伊公庙里求伊公尊王，跪在神龛下一下一下地磕头，将脑袋磕得咚咚直响。

　　李大力知道，王天木要不是到了走投无路，他是不会来求神拜佛的，就像他一样，在伊公庙里这么多年，日日和伊公做伴，他什么时候求过伊公。他不是什么无神论者，但经历过那么多腥风血雨，他把许多东西都看透了，活生生的人尚且不可靠，何况是一尊泥菩萨？

当得到日本人投降的消息时，小镇上的人正在秋收，此时的稻田黄了一片，天空蓝了一边，艳阳照了一地，那些挥舞镰刀正在收割的人们扔了镰刀，抱着谷穗在田野上打滚。街上卖瓜果的小贩丢了秤把，把筐子里的桃梨，大把大把朝人群抛掷，高呼"不要钱的胜利果，请大家自由吃呀"！侯四煎了一担煎豆腐，摆在店门口，免费供人品尝。街上到处是标语，火烧坪天天都有舞狮子、踩高跷，古戏台上演着祁阳戏和傀儡戏，小镇沉浸在一片欢乐之中。

日本人投降了，李大力深深地舒了口气，虽然小镇闭塞，绝大多数人也没见过东洋人，但是小鬼子投降是大家都愿意看到的事。这些天，李大力每日都在火烧坪唱曲，和以往不同的是，他的面前不再摆着一个要钱的碗，他不讨钱了，这些日子他唱的是心情。另一个最大的变化是，从听到日本人投降的那一天起，他就剪短了头发，剃掉了胡子，衣服也穿得整洁多了，一改多年衣衫褴褛、疯疯癫癫的形象。虽然依旧瘸着脚，额头上的伤疤依旧红渗渗地怕人，但人清楚多了。人们发现，唱曲佬其实长得很有精神气的。

这天又逢墟天，李大力早早就坐在牌坊下，兀自拍着竹筒，怡然自得地唱他的曲：

什么生来丛打丛？什么生来叶下红？什么生来啷当吊？什么生来两条龙？韭菜生来丛打丛，番椒生来叶下红，茄子生来啷当吊，豆角生来两条龙。什么生来尖上天？什么生来排两边？什么生来鱼骨样？什么生来月团圆？杉树生来尖上天，杉枝生来排两边，杉叶生来鱼骨样，杉卵①生来月团圆……

李大力唱的是客家人流行的"锁歌"，有问有答，经他以唱曲的声调唱出来，别有一番趣味。

李大力正唱得起劲，突然来福拨开人群急匆匆挤进来，一把拖起李大力："干爹，我娘不行了，你快去看一下。"

李大力一听脑袋"嗡"地一下就大了，他抱起竹筒，深一脚浅一脚跟着来福往他家跑。远远就看到来福家门口围着一大堆人，还没进门就听到屋里传来像杀老牛般的嗷嗷大哭声。

李大力进了屋，只见王天木抱着水莲坐在地上，鼻涕眼泪垂在胸前，号啕大哭。有邻居过来想拉开王天木，可是王天木怎么也不放开怀里的水莲。李大力晓得这时说什么也没用，他将瑟瑟发抖的来福搂在怀里，就那么看着王天木泪雨滂沱地哭。

那一天一夜，镇上的每个人都听到了王天木撕心裂肺的号哭声。直到第二天凌晨，哭声停止了，静得让人心慌，让人莫名其妙地害怕。

---

① 杉卵：杉果。

第十三章

　　水莲死了，王天木似乎一下子就老了，背驼了，头发也白了，整日除了走厂干活，他几乎不和人交往，又回到才来镇上那几年的样子。

　　这年冬天，原先驻扎在镇上的国军又开回来了，但营长已经不是王鹤亭，听说王鹤亭在上海保卫战时就被日本人的炮弹炸死了。很快，镇上就传开了，赶走了日本人，共产党和国民党又开始争天下了。

　　当听到共产党和国民党又分裂了，李大力原先早已蛰伏在心中的某根神经似乎被谁拽住狠狠地扯了一下，猛地从糊糊涂涂的混沌中一下回过神来。说实话，李大力得知这个消息时很激动很兴奋，本来共产党就要推翻国民党的黑暗统治，建立新中国的嘛。现在好了，红军还是红军，共产党还是共产党，凭

什么要听国民党的。李大力越想越兴奋，虽然他不清楚红军现在在哪里，有多少人，但他想，既然敢跟国民党撕破脸皮争天下，肯定比以前强得多。到了这时，李大力心里开始蠢蠢欲动，他觉得自己还是一名战士，他应该还是一名战士才对啊。

可对王天木来说，国民党也好，共产党也好，如何争天下和他一点关系都没有了。自从水莲死后，他就万念俱灰，现在他只想把来福好好抚养成人，在这小镇上度过残生，不想再有什么枝节发生了。

李大力谢绝了王天木搬到他家住的邀请，王天木说，他多数时间都在走厂，李大力搬来也可以帮他守守家，关顾一下来福。原本李大力也有这样的打算，可一听到国共又打起来了，他就不想了。李大力觉得现在的形势一下又回到了十多年前，这些年红军忙着打日本，原来的许多事都搁置下来，现在这些事应该又要提到桌面上来讲了。国共翻了脸，王天木当时是红军的逃兵，还当过民团，这笔账不可能不算。李大力虽然不知道现在自己的部队在哪里，但他坚信，团长肯定没有忘记他，团长给他的任务他还没有完成，他还得把自己该做的事重新做下去。至于要如何对待王天木，现在是应该考虑一下了。

时局一天天紧张起来，镇上的国军来来去去，一会说这边打仗，一会说那边打仗。民团也如临大敌，经常无缘无故就在街上搜查行人，镇外几个路口一天到晚都有人把守，盘查过往行人。

隔三岔五，火烧坪桅杆下就杀人，镇上小学的林先生和石寮下榨油坊的张老板都被枪毙了，说是共产党。

李大力吓了一跳，这两个人他都知道。在街上唱曲的时候，戴着一副金丝眼镜，斯斯文文的林先生从他边上经过时，总是会在他的碗里放上几个铜板。而那个榨油的张老板，经常都会挑油到街上来卖，一副大嗓门，开朗得很。想不到他们竟然是共产党，这么多年自己竟然啥也没看出来。李大力有些后悔，要是早知道他们是共产党，那早就和他们接上头了，也不至于这么多年自己就像个聋子、瞎子，对共产党红军的消息一点也不知道，说不定他们还会知道自己部队上的消息。李大力想到这些，恨不得摔自己几个大嘴巴。

让小镇人更恐惧的是，镇上经常三更半夜会响起尖厉的警报声，这警报啥时候装在区公所的屋顶上没人注意，直到有一天半夜，"呜呜——"的怪叫一声紧似一声，小镇的人从来没听过这种尖厉得刺破耳膜的怪叫，个个吓得不敢吭声，小孩子更是哇哇大哭。后来这种尖叫时不时就会响起，大家都见怪不怪了，知道那又是民团在抓人了。

这天半夜，王天木和来福被炒豆般的枪声惊醒，来福吓得搂着王天木："爹，我怕。"

"莫不是民团又在抓人了，莫怕，有爹在呢。"王天木搂住来福，竖起耳朵听外面的动静，突然他似乎听到"咚"的一声，好像有人从围墙外跳了进来。王天木一骨碌从床上爬起来，低声对来福说："你莫动，我出去看看。"

王天木顺手抄起一根撑门的茶木棍，蹑手蹑脚出了门，远

远就见院子里趴着一个黑影。

"谁？"王天木吃了一惊，提着木棍警觉地问。

"你莫喊，民团在追我。"

王天木蹲下身，这才看清是个山里人打扮的中年汉子，手里提着一把盒子炮，一手捂着肩胛，好像在不停地流血。

"你是做啥的？怎么会跑到我屋里来？"

那汉子还没回答，外面就响起杂乱的脚步和吆喝声，那汉子提枪欲起身，可趔趄两步又倒在地上。院子外亮着火把，院门被擂得咚咚响。王天木心里明白是怎么回事，一把扛起那汉子走进屋，将他放在檐栏角落里，拖过两捆引火的散柴蔴萁遮住，然后才出去开门。门一开，一伙民团打着火把就冲了进来。

"你们半夜三更折腾啥，还让不让人睡了？"王天木打着呵欠说。

这些民团与王天木都是老相识，有些还跟王天木学过刀法，所以看到王天木还是比较客气，为头的忙解释说："木佬哥，我们在追一个共产党呢，往这个方向跑了，挨家挨户都要查呢。"

"哪有什么共产党，我歇得好好的都被你们吵醒了。"王天木领着团丁朝屋里走，"快查，快查，查完我还要睡呢。"

为首的团丁看王天木这么主动，觉得真没什么好查的："哎呀，算算算，你屋里没啥查的，再说你还干过民团呢，不放心你放心谁？"说完领着那伙民团往下一家查去了。

王天木长长地嘘了口气，说实话，这时他还真紧张得出了一身汗。在这个时候，他能干啥，能阻止他们搜查吗？肯定不能，这些民团要真的进屋搜出那个共产党，他会不会出手相救？王天木无法回答自己。

王天木关好门，这才来到灶房，点起一盏油灯，那个汉子已经自己从樵栏里爬了出来，看到王天木，感激道："老伯哥，多谢你救了我。"

"你是共产党？"

"我是清源山游击队的，今日来镇上侦查民团的部署，也不晓得怎么走漏了风声，出镇时被堵住了，只好又逃进土堡里来。"

清源山游击队王天木之前有听说过，他们一段时间不停地骚扰镇上的国军，但都神龙见首不见尾，镇上的民团清剿了几回连毛都没捞到一根。王天木不说话了，找出一块织布帮汉子肩膀上的伤扎了扎。汉子说他得马上走，拖到天亮可能就走不了了，再说留在这很危险，怕连累了王天木，随即朝王天木拱了拱手："老伯哥，我们后会有期。"说完就出了门，身影一闪就消失在了黑暗中。

王天木没想到自己救过的这个汉子，在新中国成立后反过来成了他的救命恩人，如果没有这个汉子作证，王天木在解放初期很有可能就因当过民团被枪毙了。

次日一早，王天木去担水，路过伊公庙时，就把昨晚的事和李大力说了。李大力听了半天没吭声，等王天木走后，他突然在庙里面像个无头苍蝇般一直走来走去，他现在十分担心那个共产党会不会被民团捉住？要是被捉住会不会被杀头？

一连几天，李大力都在火烧坪上转悠，可他没发现区公所里有什么异样，也没看到民团在牌坊下杀人，这说明那个共产党没被捉住，到这时李大力才松了口气。

几天后的一个半夜，随着区公所那只警报器尖厉地响起，区公所后面的粮仓腾起冲天大火，火光把半个镇子都映红了，民团乱成一团，鬼哭狼嚎。大火足足烧了两个时辰，第二天镇上的人才知道，共产党游击队摸进了镇子，不仅袭击了区公所，打死打伤十几个民团，还把区公所准备运往永安国民党军五十二师的五百担军粮烧得一粒不剩。

王天木听到这个消息，不禁打了个寒噤，敢情那天半夜那个共产党是来踩点的啊，幸亏那晚就让他走了，要不还不知要惹出多少事来呢，说不定就牵扯到自己头上了。王天木现在对打仗已经十分厌恶了，这个时候，对王天木来说，战争已经彻底离他远去了，他只想过好自己的日子，再也不想去掺和了。

对小镇的人来说，这些年的日子就没消停过，之前是国军和红军打来打去，后来又说合起来去打东洋人，现在把东洋人打跑了，国民党和共产党又打起来了。如何打东洋人小镇人不知道，也没见过，但大家都或多或少出了钱，最伤心的是死了几十个放排工。但国军和红军的争斗小镇人见得多了，之前是红军和国军你来我往地打，小镇城头隔三岔五变换旗帜。红军一来打土豪分田地，地主老财哭爹叫娘，穷苦百姓欢天喜地，让老百姓感觉红军是穷人的队伍，确实比国军好多了。现在又打来打去，国军一翻脸就乱砍乱杀，红军可都是硬汉子，怕你？果不然，国军兵败如山倒，镇上的国军一个晚上就不晓得开去哪里了。

接下来就听说蒋介石都跑台湾去了，镇上一些地主老财也收拾细软能走的都走了，民团团总赖顺也脚底抹油溜了，据说他不知从哪里弄来一张通行证，跑到厦门搭船去台湾了。树倒猢狲散，民团也成了一盘散沙，能跑的都跑了，跑不了的就卷起铺盖藏好枪支回家吃老米了，个个都担心共产党一打来，要跟他们算老账，所以区公所除了几个文职人员，几乎也看不到管事的人了。

李家大院的大少爷李少卿已经在香港联系好了安家的地方，要带一家老小去香港定居了。临走时，梅姨将李家大院交给马管家看守，请了所有的长工和佃户吃了一顿饭，还给每家一笔钱。但大家都吃不下，个个想起梅姨的好处，不少人都掉了泪。梅姨也动了情，当着大伙的面哭了很久。翌日，梅姨领着全家大小给"金钩大伯"上了坟，回来就交代王天木每年清明一定要代李家给"金钩大伯"醮地。王天木答应下来，"金钩大伯"是他的恩人，就是梅姨不交代，他也会的。

第二日一早，梅姨一家就上路了，他们出了土堡大门，走过老街，走过苍凉的火烧坪，走上了石拱桥。梅姨站在桥上，深深地朝迷雾笼罩的檀河镇鞠了一躬，就转身走了。

秋风吹起梅姨的裙摆，吹乱了她的头发，她这一去再也没有回头。

镇上国军和地主老财的仓皇出逃让李大力看到了希望，和

镇上许多人的想法一样，这天要变了。但李大力想得更多的是，国民党走了，共产党就要回来了，他在镇上整整待了十五年，苦日子要熬到头了，团长应该要来接他回部队了。在小镇十五年，李大力有三次激动得不能自已，第一次是发现了王天木，第二次是得到日本人投降的消息，第三次就是现在。这天夜里，李大力坐在老樟树下，兴奋地拍打着竹筒，当着来福的面肆无忌惮地唱了一首小镇人耳熟能详的《割掉髻子当红军》的山歌：

韭菜开花一秆心，割掉髻子当红军，保护红军万万岁，割掉髻子也甘心。韭菜开花新又新，割掉髻子当红军，保护红军长长久，拿把红旗打南京。韭菜开花一秆心，割掉髻子当红军，保护红军打胜仗，妇女解放大翻身。

这些年，李大力教过来福唱很多曲，但从来不敢教来福唱与红军有关的歌曲，弄不好就要掉脑袋。但现在他觉得不要再防什么了，这是他第一次这么忘乎所以，第一次如此肆无忌惮。

来福感到很奇怪，问："干爹，我以前从来没听你唱过这样的歌呢。"

李大力嘿嘿笑着："在什么厅堂唱什么歌，饭可以乱食，曲不能乱唱。"

"那你今朝怎么唱？"

"今朝干爹高兴。"李大力用力拍拍竹筒，"来福，想不想干爹教你唱这个曲？"

"想呢。"来福高兴地抱过竹筒,"嘣嘣"地拍着竹筒,李大力唱一句他学一句,曲蓬的曲调都大同小异,只是词不同,很快来福就学会了。

李大力高兴地拍拍来福的脑袋:"以后,干爹教你更多这样的歌,说不定你将来经常都能唱呢。"

李大力此时的心情就像潺潺的檀河水,欢快不停。

都说黎明前的黑暗是最黑暗的,新中国成立前夕也成了小镇最混乱的时刻。原先一些散兵游勇、地痞流氓知道他们的好日子到头了,纷纷上山为匪,都想在新旧政权更替之时大捞一把。这些土匪穷凶极恶,到处杀人放火,大白天都敢成群结队跑到镇上来劫财物,抢女人。

也就在这个时候,石老夫子的诊所就被两帮土匪洗劫一空,侯四的老婆去檀河边洗衣裳时也被土匪掳走了。镇上的人个个提心吊胆,谁也说不清这些土匪从哪里冒出来的,一眨眼工夫就出现在你面前,砍人家的脑壳就像砍瓜切菜般从来都眼皮子不眨一下。有办法的人纷纷跑进土堡躲避,原本土堡居住着百十户人家,现在一下涌进来几百户,变得拥挤不堪。因为晓得王天木有功夫,大伙纷纷推举他出来牵头组织群众自保。这一回王天木倒没推辞,他把青壮年分成几个小组,日夜值班,一发现土匪来犯就鸣锣示警,堡里的村民闻讯就纷纷上城墙上拒匪。这一招很奏效,有好几股土匪想打进土堡,因墙高门厚,墙上石头如雨下,都未能得逞。特别是来自县城西部的匪首张融庆,一心想打开土堡发笔横财,没想到墙都没爬上去,就让

墙上的石头砸伤了三个手下，气得张融庆哇哇大叫，发誓要攻下土堡，血洗一场。

这日半夜，张融庆带着喽啰摸进镇子，刚下石拱桥，就听到伊公庙里传来"嘣嘣"的拍打声，那声音抑扬顿挫，富有韵律。张融庆觉得好奇，领着几个喽啰闯进庙，只见昏黄的油灯下，坐着一个披头散发的老头，正闭着眼，旁若无人地拍着竹筒。

张融庆围着李大力转了几圈，蹲在李大力面前，饶有兴趣地打量着他。李大力突然睁开眼，犀利的眼神让张融庆吓得像蛤蟆般往后一骉。

张融庆觉得有点失态，嘿嘿一笑："老人家，竹筒拍得不错。"

李大力微微颔首，咧嘴一笑。

"镇上的人都躲进土堡了，你怎么不躲？"

李大力瞟了一眼张融庆手里的枪，用手指了指自己："我有啥好躲的，除了一身皮尸骨，还有啥让你可以抢的？"

张融庆一听，哈哈大笑着出门去了。

之前，王天木就叫李大力住到他家去，以防万一。李大力说我一个穷得空手捂个卵的乞食佬，土匪抢上抢下也不会抢我，我怕啥？再说了，土匪进镇子都要从伊公庙门口过，我也好给你们报个信。王天木被李大力这么一说，也觉得有道理。

土堡里，那些自发组织起来的村民毕竟没经过训练，到了下半夜一个个就坐在墙头上打瞌睡，有的干脆悄悄溜回去伴老婆睡觉去了。

王天木倒很警觉，当土堡外响起如鼓点般的击打声时，就晓得土匪来了。他翻身而起，撒腿就往城墙上跑，边跑边喊："土匪来啦，土匪来啦，后生子俚都上城墙打土匪啊。"

一时间，土堡里操着锄钯棍棒长矛大刀的乡民纷纷从家里跑出来，高声呐喊着往城墙上蜂拥而去。

张融庆这天晚上是准备了抓钩爬墙的，要爬进土堡大发一笔横财，没想到城墙上人头攒动，到处都是火把和喊打喊杀的人群。以前张融庆打家劫舍，十分清楚老百姓人再多也是一盘散沙，只求自保，只要土匪没打到自己头上，个个都关门闭户不敢出头，因此虽然他手下只有几十号人，但洗劫几百人的村子从来都得心应手，没有对手。原本想偷袭的张融庆一看城墙上戒备森严，哪还有得手的份，只好下令扯风。

张融庆领着喽啰一口气跑到檀河边，正要出镇，突然听到伊公庙里那乞食佬还在"嘣嘣"地拍打着竹筒，他站在桥上歪着脖子想了想，若有所悟，一挥手，领着手下朝伊公庙冲去。

张融庆一脚踹开庙门，昏黄的灯光下，李大力依旧盘腿坐在地铺上，半眯着眼专心致志地拍打着竹筒。

张融庆一脚踹翻李大力："好你个乞食佬，竟敢给土堡通风报信！"

李大力四仰八叉倒在地铺上，一脸懵懂地瞧着气势汹汹的张融庆。

张融庆一挥手，几个土匪一拥而上，将李大力死死按住。

张融庆从腰上拔出一根尺把长的竹管，狞笑道："敢玩老子，我拍掉你的眼！"

到这时候，李大力才意识到自己面临的巨大危险，闽西北一带的土匪用竹管拍瞎人的眼时有所闻，在当时的乡村时不时可见两个眼珠都没有的瞎子，这基本都是被土匪拍瞎的。

李大力知道这些丧尽天良的土匪什么事都做得出来。他试图挣开按住他的土匪，可是他的两只胳膊被反扭到了身后，骨头都似乎要被捏碎，根本动弹不了。此时此刻的李大力后悔莫及，他怎么都没想到，张融庆会向他这个乞食佬下毒手。要是张融庆一进庙门时自己就奋起反抗，就算会被乱刀砍死也比现在束手就擒要强。

一个土匪揪住李大力的头发将他的脸扳起来，这时李大力就非常清楚地看到张融庆手中的那根笛子粗细的竹管了。张融庆狞笑着将竹管放到嘴里吹了吹，竹管发出"呜呜"的鸣叫，像是一个人在哭泣。

张融庆将竹管一端抵着自己的眼，另一端对着李大力的一只眼睛看，他有一种猫戏老鼠的快感。李大力从竹管里看到另一端张融庆那只白多黑少的暴眼。

李大力"嗷嗷"大叫着，用劲一切想挣脱那些扭住他的土匪，可是他根本动弹不了，这些土匪都是练家子，个个身手不凡。到了这个时候，李大力只觉得全身一阵阵发冷，他从来没有现在这样的恐惧，这种恐惧就像一颗子弹一下子击中了他。他全身颤抖，眼泪一下子滚了出来，这是无助和绝望产生出来的恐惧。死，对李大力来说并不可怕，可怕的是生不如死的煎熬。他突然想到了王天木，此时此刻，他多么希望王天木会出现，会来救他。可是伊公庙里除了摇曳的灯光和土匪的狞笑，别的什么也没有。

张融庆将竹管削尖的一端抵在了李大力的眼眶上，李大力本能地闭上了眼，但他感到锋利的竹管深深地顶进了自己的眼眶。紧接着他感到竹管那端被猛地一拍，只听"刷"的一声，那锋利的竹管就插进了他的眼眶。李大力感到有东西从自己的眼眶里掉出来，滚进到了竹筒里，与此同时眼眶里有滚热的液体喷射出来，李大力惨叫一声，昏死过去。

张融庆如法炮制，将李大力的另一只眼珠也一掌拍了出来。

这个晚上，突然刮起了很大的风，下起了好大的雨。咆哮的风雨掩盖了伊公庙内传出的哀号。

第十四章

清早，雨停了，风却刮得紧。

檀河边已有三三两两担水的汉子，王天木挑着一担水桶从土堡大门走出来，昨夜打退了土匪，大伙都有点兴高采烈，问王天木怎么晓得土匪半夜会来进犯？这一点是他和李大力的约定，石拱桥是进镇的必经之路，李大力每天都守在伊公庙，一有风吹草动他都看得一清二楚，只要有情况，李大力就击打竹筒，给王天木报信。但这个秘密他王天木是不会告诉别人的，他得为李大力的生命安全负责。李大力半夜三更拍竹筒唱曲小镇的人早已习以为常，根本没人知道这里面有什么秘密。

王天木走到土地庙门前，朝里打量了一眼，突然他觉得好像有什么不对劲，连忙一脚跨进庙门。庙内灯光昏暗，只见李大力趴在地铺上，整个身子像虾公般弓着一动不动，王天木叫了声"李大哥"。可是地上的李大力没应答。王天木这才感到情况不妙，他一把扔下肩上的水担，扶起李大力一看，只见李大力满脸是血，两眼只剩下两个血淋淋的黑洞。王天木惊得倒吸了一口冷气，背起李大力就往老街上跑。

有很长一段时间，镇上的人都还清楚地记得，那天早上王天木背着李大力发了疯似的在老街上狂奔的情景，嘴里嗷嗷地怪叫着，那神情十分怕人。

石老夫子才起床，诊所的门还没打开，突然就听到大门被踹得"嘭嘭"响。石老夫子打开门，就见王天木背着一个人火急火燎闯了进来。

"石医师，快，你快救救他。"王天木将李大力放在医案上，石老夫子一看，也禁不住打了个倒惊，吓得后退了两步："这不是伊公庙的唱曲佬吗？"

"就是，你快救救他。"

石琴师看着李大力那两个还在冒血泡的眼洞，摇了摇头："这天收的土匪啊，怎么对一个乞食佬也下得了手？"

石琴师替李大力清理了伤口，弄了些止血止痛药帮李大力敷了，用纱布包扎好，对王天木说："反正眼睛是瞎了，治不治都一样，我只能让他伤早点好，别的神仙也没那个本事。"

王天木也非常清楚，李大哥这辈子眼睛是看不见了，能留下一条命来就已谢天谢地。他将李大力背回了家。来福一看到干爹眼睛瞎了，抱住李大力哭得昏天黑地。李大力直到第三天才苏醒过来，他晓得自己的眼珠没了，这辈子再也看不见了。

到了这个时候，他不能再想什么了，他也不再去想什么了。每天王天木和来福让他换药就换药，让他吃饭就吃饭，安静得连王天木都觉得可怕。

来福整天都坐在李大力的床边，抓住李大力的手："干爹，你怎么都不说话啊？我想听你说话。"

李大力让来福去伊公庙把竹筒抱来，他让来福唱曲给他听，已经十四岁的来福很听话，唱着唱着就哭了起来。

李大力在王天木家待了一个多月，就执意要回伊公庙，任王天木怎么劝都没用，而且他不要王天木送，只让来福扶他回去。这天早上，李大力拄着拐棍，背着竹筒，在来福的搀扶下缓缓地出了土堡，沿着老街朝伊公庙走。

遇到他的人都驻足，默默地给他让开道，一些妇女看到李大力那两个黑洞洞的眼洞都唏嘘不已。

李大力回到伊公庙后，一头栽倒在地铺上，整整睡了一个多月，对他来说，已经再也没有了白天和黑夜。

当人们再见到李大力时，已经又是一个多月后的一个雷雨天。大家都清楚记得，那天是夏至，原本天气出奇的好，突然之间就有一团巨大的云从西山后涌上来，那云越涌越多，越涌越厚，一开始是银灰色，后来就越来越黑，铺天盖地，将小镇上空遮盖得严严实实，就像一口倒扣的锅，比煞了夜暗还黑，伸手不见五指。小镇上了年纪的人都说活了几十年从来没遇到这么吓人的天气。在田里干活的汉子们连牛也不牵了，扔了犁耙撒腿就往回跑；在檀河边洗衣浆衫的女人们也不管洗好没洗好，提起桶来往家里赶。就在这时，黑乎乎的乌云里亮起了闪电，就像有人点起了香火一般，一闪一闪的，紧接着那厚厚的云层似乎就烧起来了，像是点着了十万响的炮仗，发出惊天动地的轰鸣，又如一个巨人握着一根烧红的铁鞭在云中挥甩，霹雳连天，电光闪闪。猛然间，天空似乎裂开一道口子，顿时大雨倾盆，那雨不是下下来的，而是从天上倒下来的。正当人们惊慌失措寻找地方避雨时，从伊公庙里跳出一个披头散发，长衫飘飘、不人不鬼的癫子。

这癫子挂着拐棍站在石拱桥上，他的头上电闪雷鸣，脚下河水奔涌。他一动不动，抬起头，瞪着两个空洞洞的眼仰面朝天。雨水打在他的乱发上，打在他黑洞洞的眼眶里，又从眼洞里冒出来，流进他的嘴里，流到脖子上、胸脯上。但这一切似乎对他根本就没有什么影响，他一直抬着头，口中不停地念叨着什么。突然他扔了拐棍，在桥上又蹦又跳，手舞足蹈，完全不像是个瘸了一条腿的人。

后来，雨停了，天空一下冒出了亮晃晃的太阳，李大力大步流星地朝伊公庙走去，让人们觉得很奇怪，好像他的眼睛没有瞎掉，脚也没有瘸。好奇的人们跟进伊公庙，只见李大力盘腿坐在地上，双手合十，口中念念有词，呜里哇啦的，谁也听不清李大力在念什么。有人就去把李老先生叫来，李老先生竖起耳朵听了好久，说李大力念的是《楞严咒》，这咒里边所讲的都是降服诸魔、制诸外道的，每一句都是诸佛的心地法门。镇上信佛的人多，但没几个人能念这个咒的，这癫子竟能念这咒

真的让人不可思议。更让人不可思议的是自那日始，人们发现李大力竟然无师自通有了算命的技艺。

最开始发现李大力会算命的是侯四，自从老婆大白天被土匪掳走后，侯四整个人就垮了，常常喝得颠三倒四，做豆腐也有一日没一日的。这日一早侯四到檀河边担水，经过庙门口时，坐在门槛上的李大力突然开了口："侯四，担水啊？"

侯四吓了一跳："你怎么晓得是我？"

没想到李大力竟然说："我会算。"

侯四撇了撇嘴："你个瞎子，会算我的卵差不多。"

"不信？你到伯公崖下去寻，你老婆就在那。"

侯四一听大吃一惊，蹲下身，装了一锅烟递给李大力："这话当真？"

"不信，你自可寻去。"

侯四将信将疑，当日就寻到了伯公崖下，果然在那发现了一堆枯骨，他在那左手拇指骨上看到了一个银顶针，这顶针侯四再清楚不过，就是他老婆戴的。侯四大哭了一场，将老婆的枯骨捡了回去，在灯盏坳做了门风水。

李大力会算命的事在小镇不胫而走，许多人来寻他，也很奇怪，李大力给人算命都说得八九不离十，就连新坊村里一老妪屋门口有个瓜棚吊了个大南瓜，铁锣坑有一家人灶台缺了个角，火烧坪后面黄寡妇屋里有个尿桶常年盛满臭烘烘的尿他都算得出来，这不能不让人信服，都说他是那日大雷雨中被伊公附了体，能看得到人的前世今生。李大力的名声越来越大，十里八乡都晓得镇上有个能掐会算的李瞎子，前来寻他算命的人越来越多。

　　这时的李大力已经不再走街串巷去唱曲了，他也走不了了。他就在老樟树下摆了一个算命摊，摊前竖着一根竹竿，挑着一块画着八卦太极图的布幡，进镇的人只要一下石拱桥，就能看见那面布幡在风中摇晃，这是来福帮他制作的。

　　李大力现在成了李瞎子，大家都这么叫他，王天木帮他弄了一副墨镜，李大力就一天到晚戴着墨镜坐在算命摊旁。他和别的算命人不一样，他帮人算命时还是拍着竹筒，别人是说，他是唱，像唱曲一般地唱，拍两声唱两句，而且和他唱曲一样抑扬顿挫，很有节奏感。有时候，有些算命的女人总是埋怨自己命不好，李大力给她们算了命，就会开导她们，甚至拿自己的遭遇来说事，偶然还会拍着竹筒给她们唱一段曲，唱得最多的就是《十二月古人歌》：

　　　　正月里来是新年，白石头上真玉莲；脱开花鞋为表记，连叫三声王状元。二月里来龙带头，小姐南楼抛绣球；绣球单打吕蒙正，蒙正头上逞风流。三月里来三月三，昭君娘娘去和番；回头看见毛延寿，手拿琵琶马上弹。四月里来日又长，私下三关杨六郎；泉州做官刘志远，房中受苦李三娘。五月里来莲花红，出门遇见赵子龙；有缘千里来相会，无缘对面不相逢。六月里来热难当，汉朝出了楚霸王；霸王死在乌江边，韩信功劳在何方？七月里来秋风起，

孟姜女子送寒衣；寒衣送到京城里，哭倒长城八百里。八月里来秋风凉，梅仆害死苏娘娘；李氏夫人来替死，满朝文武奏君王。九月里来是霜降，甘罗十二为宰相；甘罗十二年纪小，太公八十遇文王。十月里来是立冬，孟宗哭竹在山东；东山哭竹西生笋，郭巨埋儿天赐金。十一月来又一冬，孟良焦赞去搬兵；孟良搬来杨宗保，焦赞搬来穆桂英。十二月来就一年，韩公出来叫可怜；韩公生来韩湘子，雪拥南关马不前。

也奇怪，那些妇女经过他算了命回去，渐渐会觉得日子比以前更顺当起来，个个都说李瞎子是伊公尊王派来给她们指点迷津的。李大力的名气越来越大，就连县城一些达官贵人都常常骑马坐轿来找他，给的报酬也很丰厚。李大力从来不和人讲价钱，给多给少随意，遇到没钱的他也不计较，将送来的香纸蜡烛拿回庙里，供那些来朝拜伊公尊王的善男信女使用。

没人来算命的时候，李大力就坐在算命摊前，桌上放了一个茶壶和几个茶碗，他常常自斟自饮，有时也会唱唱曲，但多数的时候他就戴着那副墨镜在老樟树下打瞌睡。睡着睡着，不知不觉口水就流了出来，将花白的胡子弄得湿乎乎的。

过路的人常常会自己从桌上倒上一碗茶水来喝，喝完，再倒点茶水将碗荡一下，叠回去，虽然没说话，但李大力都会张口和人打招呼，让大家很奇怪的事，这个李瞎子叫出的名字都八九不离十，好像眼睛没瞎一般。每次王天木挑纸从纸坊回来，才下桥，李大力就会喊上一句："木佬，走厂回来了？"

王木佬将纸担放到算命摊前，坐下，从桌上倒了一碗水，咕噜噜喝完，抹抹嘴："李大哥，你真是神了，好像就看得到我一样。"

李大力听了就嘿嘿地笑。

日升月落，日子如流水般地走。

一晃，天气就冷下来了，檀河岸边许多人家在晾晒粉皮子，一块块挂在竹篙上，一排排一串串，被太阳一晒，亮晶晶的，甚是耀眼。

小镇说解放就解放了，当一个连的解放军在清源山游击队的配合下进入小镇时，没有受到任何的抵抗。

李大力是被火烧坪连绵不断的炮仗声和喧天的锣鼓声给惊醒的，他抹了一把胡子上的口水，不知镇上到底发生了什么事，身边不时有人欢叫着跑过，似乎都赶着去做什么。李大力拉住一个人："到底发生了什么事？你们火急火燎赶去哪里啊？"

"李瞎子，解放军来了，大家都去火烧坪欢迎解放军呢。"一个小孩甩脱李大力的手，急急忙忙地跑了。

仿佛天空响起一个巨雷，一下震醒了李大力。这些年来他陆陆续续知道红军后来改编成了八路军、新四军，赶走日本人以后，共产党的队伍后来就叫解放军了，目的就是要从国民党手里夺回政权，解放全国被压迫被剥削的穷苦人民。可自从眼睛被土匪拍瞎以后，他就什么也不知道了，也没人会和他说。李大力颤巍巍地拄起拐棍，一边探着路，一边朝火烧坪走去。

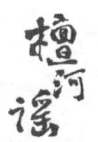

终于，李大力走到了火烧坪，这时火烧坪一片欢腾，"共产党万岁！""毛主席万岁！""中华人民共和国万岁！"的口号声此起彼伏，响彻云霄。到了这个时候，李大力才晓得共产党已经得了天下，改朝换代了。他虽然看不见，但是他的耳朵告诉他火烧坪上的人群有多么激动，有多么欣喜若狂，但他只能远远地听着。在激动人心的欢呼声中，李大力像被抽掉了筋一样靠在一堵墙上慢慢地坐了下去。当他坐到地上时，他感到自己下巴不停地发抖，他根本无法控制自己，最后悲从心起，他伸出了枯枝般的手掌捂住了脸无声地哭了起来。

自从眼睛被土匪拍瞎以后，李大力对一切都心灰意冷，也再没有去寻找部队的想法了，可是今天火烧坪震耳欲聋的欢呼声似乎唤醒了他，他的心里猛然涌起强烈的渴望，全国都解放了，他希望团长还没有忘记他，自己的眼睛瞎了，没办法去找团长，他希望团长会派人来找他，就像当年派他去寻找王天木一样，可是等啊等啊，他没有等到团长的任何消息。有时他又想，打了这么多年仗，是不是团长也死了？是不是那些战友都死了？要是这样谁会帮他作证呢？没人作证，他这人不人鬼不鬼的瞎子谁能相信他是个红军？谁又有空闲来搭理他呢？再说，当年自己是带着任务离开部队的，到现在也没完成任务，他去和谁提这件事呢？要追捕的对象就在这里，还跟他称兄道弟的，这就更说不清楚了，怎么还有脸敢说以前是个红军？鬼都不信呢。到了这个时候，李大力觉得自己根本就没脸去说出自己的身份，也不可能有人会相信他，再说了镇上的解放军和民兵都忙着剿匪，连王天木现在都是民兵小队长了，经常协助解放军在大山里寻找那些土匪，谁有空搭理他呢？

接下来的日子，小镇百废待兴，发生着天翻地覆的变化，火烧坪的古戏台上经常召开公审大会，那些从深山老林抓回来的罪大恶极的土匪头被五花大绑接受群众的审判，受尽土匪欺凌的小镇百姓不断地朝这些土匪身上吐口水，扔石块，恨不得寝其皮，食其肉。曾经掳走侯四老婆的土匪"钻天云"被游街示众的那日，侯四发了疯似的扑上去，手中握着一把铁钻将"钻天云"扎得杀猪般号叫。公审大会完后，这些土匪就被押到灯盏坳乱葬岗枪决，前去看热闹的人成群结队，一段时间来，看枪毙土匪成了小镇人津津乐道的事情。

让李大力最感到欣慰的是，匪首张融庆被抓住了。据王天木说，那日晚上解放军得知张融庆躲在莲花山的道观里，星夜赶了五十多里地将道观里三层外三层地包围起来。但这个张融庆躲在屋里负隅顽抗，有一个解放军排长带领两个战士从后面偷袭，不料刚伸手拨开门栓，就被藏在屋里的张融庆一刀劈掉了一只胳膊。那排长真是神勇，在被劈第二刀时开枪击中了张融庆的肩膀。

张融庆被抓回后，小镇百姓奔走相告额手称庆，开公审大会那日，整个火烧坪都是黑压压的人群。来福兴冲冲地来扶李大力去看。

但李大力却突然不想去了，他告诉来福他看不见。

"干爹，你看不见可以听啊。"

李大力摇了摇头,等来福走后,李大力坐在老樟树下,轻轻地拍着竹筒,"嘣,嘣嘣,嘣,嘣嘣",那声音低沉柔和,如泣如诉,拍着拍着,他那两个黑洞洞的眼窝里就流出了浑浊的泪水。

2019年冬天,我躲在宁化这座小城的宾馆里写我的小说,也就是在这个时候,我认识了当地一个叫胡子的作者。胡子平时不怎么言语,但为人真诚,他告诉我他姓王,老家就在凤凰山。他还说他在凤凰山的红军街上曾有一栋房子,后来全家都进城了,那房子就卖了。我问他知不知道当年他老家的房子住过红军?他说当然知道,那时凤凰山哪个老百姓家里没住过红军啊。我说那房子卖了可惜,要不现在就是革命遗址了。他就笑笑不说话了。

这年的冬天格外冷,小城里的人都说好多年都没有这么冷过了,而且阴雨连绵,寒风萧索,到处都湿漉漉的。突然有一天,胡子开车来邀我去东华山看雾凇,说雨一下,风一吹,山上白茫茫亮晶晶的一片,多年难得有此景象。一同去的还有一位作者老米,老米是这座小城里的一个局长。东华山是这座小城的祖山,海拔有一千三百多米。车进了山,沿着曲里八弯的路往山顶爬。上到一半,胡子接了个电话,突然就对我们说:"不去了,我得赶回去,老爹摔了一跤。"胡子把我送回宾馆就急匆匆走了,我也没多想。半下午的时候,老米打电话给我,说胡子的老爹走了,约我去殡仪馆。

到了殡仪馆，老人已经安放在灵堂里，胡子告诉我们说他爹今天又去老干局上访，不小心摔了一跤，被送到医院检查没发现什么问题，可回到家就不行了。我问胡子他爹因什么事要上访？胡子说根本就没什么事，他是脑壳有问题，千年记得臭狗屎。那天晚上，我们陪着胡子给老人守灵，得以对老人有了一个了解。让我更惊讶的是，老人这么多年的上访竟然与当年剿灭匪首张融庆有关。

胡子的老爹八十九高龄，是"512"干部，享受离休待遇。十多年前开始有一点阿尔茨海默综合症，他许多事都记不住，但对1952年剿灭匪首张融庆那场战斗却记忆犹新。我后来在胡子提供给我他爹上访的材料中对那次战斗有了一个较为全面的了解。胡子的爹当时就是跟着那个牺牲的解放军排长最先冲进张融庆藏身房间的两个战士之一。当时张融庆躲进屋里作困兽犹斗，解放军排长用刺刀拨开门栓第一个冲了进去，胡子的老爹和另一个战士也跟着冲了进去。房间内一片漆黑，猛地寒光一闪，胡子的老爹就觉得有一件东西飞了起来，随即有热热的液体溅在了他的脸上，他猛地感到那是血！就在这时，枪响了，在喷射的火舌中，他看到排长是用一只左手扣动了冲锋枪的扳机，提着马刀的张融庆应声栽倒在地，紧接着排长也倒在了地上。枪响过后，屋里又一片黑暗，传出张融庆粗重的呼吸。胡子的爹和另一个战士朝地上的张融庆扑了过去。已经受

了伤的张融庆不甘束手就擒，从地上一跃而起，挥刀朝胡子的爹兜头劈来，就在这千钧一发之际，一个身影从身边掠过，只听"当"的一声脆响，黑暗中冒出几粒火星，一把大刀格开了张融庆的马刀。几个战士一拥而上，将张融庆死死按在了地上。

后来，胡子的爹才知道，这个在危急关头救了他的人叫王木佬，是檀河协助解放军剿匪的基干民兵。再后来，胡子的爹和部队一起在闽西北一带剿匪，但无论走到哪里，心里对那个救过他命的民兵王木佬都充满感激之情。胡子的爹后来转业回地方，等他再去檀河镇寻找王木佬的时候，才得知王木佬在1960年和一个疯疯癫癫的唱曲佬因为互杀早就死了。

至于什么原因没有人能说清，这事一晃就过去了几十年，但胡子的爹一直耿耿于怀，再后来，他开始有了老年痴呆症，过去的许多事他都忘了，可他却对当年那个救过他命的王木佬记忆犹新。这些年他一直上访的目的，就是希望组织上能对当年王木佬的死做个合理的解释。这个事过去了半个多世纪，谁还能说得清，况且王木佬早就被人遗忘了，现在的人怎么还会知道他呢？可是胡子的爹却不依不饶，隔三岔五就到老干局折腾一番，弄得那些工作人员见了他就躲，老干部谁都得罪不起，但谁也没办法回答他的问题。胡子说，他经常都要连哄带骗去把他爹领回家。

胡子的爹长得人高马大，躺在玻璃棺里，依旧还有虎死不倒威的威严和神情，我看着这个已经走过将近一个世纪的老人，突然就有了许多感慨。生前他没找到他需要的答案，是否在另一个世界里能遇到那个已经去世大半个世纪的王木佬，弄清究竟是为什么，我希望在那个世界里他能找到他的答案。

日子依旧流水般地走，岁月在李大力身上留下深深的刻痕，他的头发和胡子变得花白，背也弯了，就像七老八十的老人。

李大力依旧在老樟树下摆着算命的摊子，这是他生活的来源。人们从树下过，李大力就会抬起头来和人打招呼，人们也会到他桌上倒一碗茶水喝，这都成了约定俗成的事。

王天木成了镇上纸业社的负责人，他告诉李大力说区公所成立了纸业社，让他组织工人恢复纸业生产，当然现在的区公所不是以前的区公所了，是人民政府的区公所，他要召集原来的伙计上山走厂了。接下来的一段日子里，王天木每天都早出晚归的，挑纸回镇上时一般都是黄昏了，但下了桥，他总要在李大力的摊子边歇下担子，喝碗水，再和李大力说上一会儿话。王天木的工作做得很出色，年底的时候镇上的纸业生产得到县政府的表扬，王天木也被区公所评为了工作积极分子，在古戏台上戴上了大红花。就在王天木越干越有劲的时候，突然有一天被民兵五花大绑关进了监牢。当来福哭着来告诉李大力的时候，的确把李大力吓了一跳。

王天木突然被抓和他曾参加过民团有关，自从水莲去世后，

镇上有许多人就想为王天木说媒，加上王天木又长得仪表堂堂，很得镇上一些妇女的喜欢。老街蛇糖店老板阴福寿的女儿相中了他，别人给她说了几个后生她都看不上，拖来拖去就成了老女子，在阴福寿的一再追问下才知道女儿是看上了死了老婆的王天木。可王天木自从水莲走了后，他的心就已经死了，他除了整天干活，就是尽心尽意照顾好儿子来福，一心一意将儿子拉扯大，让九泉之下的水莲放心。这阴福寿虽然不是十分愿意，但看女儿喜欢，也知道女大不能留，留来留去会成冤家，就托人给王天木来说媒。可当天晚上，王天木就梦到水莲，水莲一脸哀怨地看着他说放心不下儿子来福。王天木被水莲这么一说，心也渐渐凉了，客家人说"后来娘，铁打心肝也会斜"。担心续了弦会委屈了来福，就一口回绝了。阴福寿没想到自己热脸贴到了人家的冷屁股上，我家一个黄花闺女还反被你个死了老婆的单只子嫌，心里就渐渐生出怨气来，悄悄跑到区公所将王天木干过民团的事给报告了。区公所正忙着剿匪镇压反革命，没想到镇上还藏着漏网的民团，这还了得，连夜就将王天木给关了起来。

一审问，王天木就将自己当民团的事说了。但王天木对自己当过红军的事却只字未提，毕竟自己当年是偷偷离开队伍的，说出去反而会弄巧成拙。他牢牢记住妈三的话，打死也不说自己当过红军，要不既当过逃兵又干过民团，不死也得脱层皮。

王天木当过反动民团事实俱在，这在当时是十分严重的事情。王天木自己都没想到，这区公所不管是国民党的还是共产党的，似乎都和自己过不去，都要他来坐上回牢。上次民团让他坐水牢差点把命都送掉，这次虽然没坐水牢，但关在这暗屋子里也要人命。上回王天木因为国共合作阴差阳错捡了条命回来，这回他清楚没有那么运气了，国民党都打跑了，共产党得了天下，反动民团残余哪有容身之处。这回应该是命到头了。王天木这一回倒是心情很平静，来福也十四岁了，就算自己被砍了头，来福也饿不死了。死了倒好，可以去和水莲作伴，我和水莲的夫妻还没做够呢，到了那边还可以好好照顾水莲，了却自己的心愿。想到这些，王天木变得很坦然了，该吃就吃，该睡就睡，连看守他的民兵都说这王木佬死到临头还这么不在乎，少见。

　　就这么被关了一个墟，王天木又莫名其妙被放了出来，除了纸业社负责人没再让他干以外，其他什么也没追究他。后来王天木才得知，当时区公所是决定要枪毙他的，但这事被区公所的副主任晓得了，一查才发现王天木几年前曾在土堡里救过他一命，是对革命有功人员。知道是这么回事的王天木不禁暗自庆幸，那天晚上，他要没救那个翻墙跳进他院子里的共产党，那这一次可真的要掉脑袋了。

　　经过这一次的变故王天木似乎参透了人生，他把许多事都看得很淡了，他依旧回纸坊做他的走厂佬。到了晚上，王天木和许多的汉子妇女们一样集聚在檀河边的老樟树下讲古，听古，有时也听李大力唱唱曲，日子就如流水般从身边流走。

第十五章

春草绿，夏水涨，秋草黄，冬雪白。

新社会移风易俗，破除迷信，李大力不能再算命了，他就依旧唱他的曲。这时的李大力不光唱老曲子，他还学会了不少新社会的歌曲，一开始他会唱《解放区的天是明朗的天》，唱《东方红》，后来又唱"雄赳赳，气昂昂，跨过鸭绿江"，当唱到"公社是棵常青藤"时，人们就发现这个唱曲的李瞎子已经很老了，他的头发和胡子全白了，走起路来都有些颤巍巍的，拍竹筒打节拍也没有以前那么利落了。有时李大力会坐在大樟树下的青石板上，伴随着檀河水静静流淌。夕阳将李大力孑然一身愈发苍老的身影在地上越拉越长。随着时光的流失，李大力已经将当年的任务渐渐淡忘，或许他就会这样在小镇终老一生。

李大力老了，但檀河水不老，伊公庙内神龛上的长明灯依旧经年不息，檀河边的老樟树下依旧还是人们盘古听曲的去处。

月亮升起来的晚上，河面上吹起凉爽的风，石拱桥上垂下的藤蔓轻轻摇摆。吃过夜饭的汉子和摇着蒲扇的妇女们就三三两两从各自家里出来，有的还驮了张板凳来，集聚在老樟树下，家长里短打情骂俏。讲古是没有固定的人的，谁有什么好听的故事都可以讲，这个讲了那个讲，常常惹来嘻嘻哈哈的笑声。讲累了，大伙就让李大力唱个曲来听听，这是讲完故事必备的节目，要是没有听完李大力唱曲，大伙就少了些什么，心里就有点失落。李大力是不能扫别人的兴的，或许他也知道他在小镇存在的价值就是博大伙一乐的活宝，如果这点价值都没有了，那么小镇的人是会很快就忘记他的。

李大力就唱些当今社会上流传开来的歌，可大家都说要李大力唱些老曲，那曲听了才有滋味，才过瘾儿。经大伙这么一说，李大力就会唱一些情歌，听得大伙心痒痒的，有人就骂："瞧这李瞎子，都这样子了，心还挺红的呢。"大伙就哈哈笑。

这一晚，乘凉的人讲来讲去也没让人听得有滋味的故事，侯四就要李大力唱个有味儿的曲来听，大伙一致响应。李大力不能不唱，他就坐在树底下，背靠着大树，"嘣嘣"打响节拍，清了清喉咙就唱了个《十送郎》：

    郎有情妹有情，哪怕山高水又深，山高自有人行路，水深自有撑渡人。送郎送到枕头边，郎要起来妹要眠，郎要起来做买卖，妹要贪花赶少年。送郎送到衣架边，只见

衣服在床前,早晨叫郎穿衣服,衣服就在衣架边。送郎送到纱窗前,开开纱窗看看天,保护今朝落大雨,留我情哥住夜添。送郎送到屋门前,低头捡起一文钱,郎分别来姐分别,不知何日结团圆?送郎送到厅堂中,手捧香炉拜祖宗,祖公祖母要显灵,保佑我郎早回程。送郎送到大门边,双手扶住我郎肩,扶住肩来有别事,戒得贪花莫赌钱。送郎送到浮桥边,只见河水往下流,水流长江往大海,露水夫妻不回头。送郎送到大河边,水深脚小要郎牵,亲郎看见有人见,除怕丈夫在岸边。送郎送到五里坡,再送五里不为多,有人说道送哪个?就说庚妹送亲哥。送郎送到七里圳,老妹问郎几时回?回也不回写信转,免得老妹挂心怀。送郎送到十里亭,十里亭内说分明,本当再送二十里,脚尖又小步难行。

李大力很少唱这么长的曲,待唱完,大伙都叫过瘾,让李大力再唱。这时的李大力已经有点气喘吁吁,可没人体惜他,还是一个劲地要他再唱。王天木躺在麻石条上,嘴里叼着一根辣子烟,吧嗒吧嗒吸着,也说:"李大哥,你就再唱个么,免得扫大伙的兴。"

王天木的这种悠闲自得,不知怎么让李大力突然就有一种十分厌恶的感觉。他重重地拍打了两声竹筒说:"要不我也给大伙讲个古吧?"

李大力在镇上这么多年,从来就没讲过古,他的这个提议让大伙都感到很稀奇。这么多年来，这个疯疯癫癫的乞食佬对大伙来说其实很神秘，他的这种神秘因为他的形象被人忽视，现在大家都想听听这个李瞎子到底要给大家讲个什么古。

"有一年，我去看牛，牛跑山上去了，我找了两日才找到。"李大力没头没尾就开始了他的故事，才说两句就被侯四打断了。

侯四问："哪一年？你是哪里人？你来镇上几十年了，谁都不晓得你是哪里人。"

李大力就抱着竹筒不说话了，雷七爷就打断侯四："你莫打岔，让他说。"

李大力就说："我不晓得我是哪里人。"顿了顿又说，"我只记得以前村子的后龙山上有一棵比桶篁还大的枫树，我在山上找到了牛，牵着牛要回家，走到枫树下，就听到树上哗啦哗啦往下掉树叶，落雨一般，我就抬头往树上看，你们猜，我看到了啥东西？"

"啥东西？"王天木坐了起来，盯着李大力问。

"我看到一个比我家牛都大的崖婆，就站在树叉上，那个眼珠比铜铃还大，死死地瞪着我，那是要吃人啊。"

"你真是李瞎子，张嘴说瞎话。"王天木"噗"地把嘴里的烟屁股吐掉，"这个世上哪有比牛还大的崖婆，你在打大话。"

大伙被王天木这么一说，也嘻嘻哈哈笑了起来，还真看不出这李瞎子，说起瞎话来比谁都扯。

"谁说没有，就是比牛还大，当时我吓坏了，牛也不要了，转身就往山下跑，那崖婆就从树上飞下来要叼我，那个翅

膀张开来比庙门都宽，天都暗了一半，一树的树叶都刮得落雨一般。"

王天木就嘿嘿笑起来："李瞎子你真能编。"

"我没有编，就是这个样子，我记得清清楚楚。"

"你记得那么清楚，怎么就记不住你是哪里人？怎么到这里来的？"

李大力就不接王天木的话。

"你后来就跌进人家捕野猪的陷阱里去了，腿也瘸了，脑壳也戳伤了，什么也不记得了是不？"王天木挖苦道。

"就是。"李大力说。

王天木跳将起来，冲大伙嚷："你们谁看过比牛还大的崖婆？骗鬼呢，反正我是没见过，李瞎子，你真是闭着眼睛说瞎话！"

"王木佬，你没看过不能就说没有，我是没眼珠，可不说瞎话，你睁着眼睛就能保证不说瞎话？！"

镇上的人还是第一次看到李大力也会生气，也会和人争执，就为了争执一个这样的问题竟然和王木佬伤了和气。这两个人都是外来人，平日里还挺好的呢，怎么为了这么一个可有可无的问题翻了脸呢？这些镇上的人不会知道，知道的只有李大力和王天木。

王天木不明白李瞎子为什么要讲那么一个故事，但可以肯定，这李瞎子一定是有所指，当年在凤凰山后龙山上那一幕又闪现在他眼前。这个秘密现在除了还在凤凰山的老丈人妈三就只有他知道，可为什么李瞎子盘的古和那年自己经历的是那么相像呢？难道李瞎子就是李初一？这不可能啊，那个被他吓疯的李初一那年除夕就被妈三勒死了，难道这个李瞎子是李初一附体，阴魂不散来寻他报仇的？要不这李瞎子怎么会晓得那日发生的事？难道他是凤凰山人？难道他晓得内情？王天木想来想去，心里十分不踏实，他决定回凤凰山了解一下。这么多年来，在妈三的坚持下，王天木基本上没有回过凤凰山。在那兵荒马乱的年头，大家活着都不容易，小心为妙。但王天木心里这个疑问打不开让他寝食不安。他瞅准机会，悄悄回了一趟凤凰山。

恰逢凤凰山墟日，一条窄窄的老街让赶集的人群挤得满满当当，二十多年了，街还是原来的街，但基本没人认识王天木了，但王天木还是戴了只笠麻，扛了根扁担，装作赶集买货的村民。走到家门口，只见妈三嘴里咬着根竹烟管，坐在门口卖棕索，一边和人讨价还价。

王天木蹲下来，拿着一把棕索左瞧又瞧，待买索的人走后，王天木将笠麻朝上推了推，仰起脸，轻轻地叫了一声："爹。"

妈三发现是王天木，吓了一跳，看看没人注意，才起身回屋，叫了儿子秋生出来看摊。

王天木跟进屋，妈三就急急地说："你怎么来了？你来做什么？"自从水莲去世，妈三就不去镇上了，他觉得王天木就是一个克星，克死了水莲，要是当时自己不救王天木，就不会有后面这么多的事，这都是命啊。

尽管妈三对王天木心怀怨恨，但毕竟是女儿一心一意喜欢的男人，落到今日这样家破人亡也不是他故意的，命中注定有什么办法呢？再看眼前的王天木，头发也花白了，身子也弯了，带着笠麻，卷着裤管，穿着一双草鞋，哪还有当年那个英武后生的模样啊。

妈三说："你不该来，凤凰山不是你来的地方。"

王天木说："爹，我就是来打听一件事，弄清楚我就走。"王天木把李瞎子的事说了，问这些年还有谁晓得当年那件事。

妈三一听，就明白王天木说的李瞎子就是他曾在伊公庙会过面的李排长，想不到这么多年了，李排长还会把这个事提起来说，看来是有意的呢。有那么一刻，妈三也想把李大力的事告诉王天木，解放都快十年了，两个人在檀河镇也生活了这么多年，再多的恩恩怨怨也该一笔勾销了，还有什么放不下的呢？但话到嘴边妈三又改了口："成了精的崖婆想多大就有多大，有什么好疑问的？"

王天木从妈三那问不出什么，但他确定李初一是被妈三吊在了后龙山的枫树上早死了，凤凰山这些年也没有一个像李瞎子一样的人失踪。王天木第二天就回到了镇上，虽然他没找到答案，但对李大力多了一份心眼。他觉得李大力一定是个知情人，他身上存在的神秘对自己还是产生了一些威胁。

这年夏天，大旱，蝗虫铺天盖地从空中飞过，黑压压像乌云一般。伊公庙外老樟树的树叶已经让蝗虫吃得干干净净，上边结满白白的蛛丝，像蒙上了一张巨大的网。大家都感到这事诡异，很少再有人到老樟树下来了。

只有李大力，每日依旧坐在老樟树下，形单影只，就像一棵枯萎的茅草。树上有时会垂下毛茸茸的虫，掉在李大力的头上、身上，他也就是伸出枯枝般的手一搓，只听"啵"的一声，那虫就裂开肚皮，流出一股青绿色的汁液来。

立秋过后，让李大力很奇怪的是，一连几天突然大樟树下又开始聚集着乘凉讲古的人，这些天来他们都在议论一个话题——前些天县里回来了一个将军，到不少乡镇视察过。

"人家现在是将军了，将军你们晓得吗？那可是统帅千军万马的大官，当年他从凤凰山走时还是团长，那可是从死人堆里走出来的，什么大风大浪没经过。"雷七爷说。

有人就问："雷七爷，你吹吧你，人家到凤凰山你怎么晓得？"

雷七爷说："我儿子在县城工作你们又不是不晓得，那日他就陪将军去了凤凰山，他说将军去看了当年住的房东。"

李大力坐在阴影里，听着听着，全身就微微发起抖来。团长转来了，是团长转来了！我就想了，团长只要不死，他是不会忘记我的，团长不是那种人。那天晚上，李大力伏在地铺上哭了半夜，他相信团长会来找他，一定会来找他。

张云峰回来的消息让李大力悲喜交加，喜的是这么多年的苦日子终于熬到头了，悲的是自己沦落到这个样子，而且至今还没有完成团长交给他的任务。他想起了牺牲的陈水生和林二毛，想起了这些年来自己所经历的一切。他觉得自己愧对团长，愧对战友，也愧对自己红军的身份。他觉得只有完成了任务，才有脸去见团长，才能回到几十年魂萦梦绕的部队。

这日半夜，李大力蹲在石拱桥下的石阶上聚精会神地磨着一把一尺来长的裁纸刀。寂静的夜里，除了夏虫的呢喃，就只有嚯嚯的磨刀声有节奏地响着。

刀磨毕，李大力将闪着寒光的刀贴在脸上，久久不动，心里默默地说，团长，你见到我以前，我一定会完成你交给我的任务，一定会。

我在当地采访的过程中，发现张云峰将军除了1960上那次回家乡视察外就再也没有回来过。但我在当地的档案馆看到一份将军回家乡时委托当地政府帮助调查的记录。将军在县里召开的座谈会上谈到当年的那起失踪事件，他说不仅他的警卫员在长征出发前当了逃兵，他派出去追捕的人也毫无音信，他希望当地政府帮忙寻找。当时参加座谈会的是县委领导班子成员和一些工农代表，县委书记李一帆曾表示一定尽力而为，给将军一个满意的答复。

除了这份材料，我再没有找到与此有关的任何资料了。这让我感到有些奇怪。按理说，凭将军当年的身份，当地政府对他提出的要求一定会很认真去落实的，怎么就没有回音呢？

我和马墩在探讨这个问题时，曾提出一个疑问："后来为什么将军也没有再过问这件事了呢？"

马墩分析说:"张云峰解放后长期在部队担任领导工作,曾参与指挥炮击金门的战斗,日理万机,工作繁重,他看到的生死太多了,李大力只是他手下牺牲的千百个战士之一,他不可能一直关注这件事。还有一个不可忽视的原因,当年全县失踪失散的红军上万人,光参加红三十四师的就有三千多人,在湘江战役中大都牺牲,多少人连名字都没留下来。"

我想,王天木两兄弟以及李大力等人只是千百个失踪人员之一,在别人眼里其实极为普通,根本没有什么特别的地方,也就很快被人忘记。

第十六章

黄昏，夕阳西下。

形容枯槁的李大力坐在大樟树下，一动不动，面前的桌上，放着茶壶、茶碗。

王天木挑着一担纸从石拱桥上走下来。

"木佬，走厂回来了。"李大力远远就招呼道。

王天木放下纸担在李大力面前坐下，自己倒了一碗水咕噜噜喝了。

"木佬，听说县里来了一个将军，你晓得吗？"

王天木擦了把汗："我都在山上，怎么会晓得，啥子将军？"

李大力说："听说这个将军是当年从凤凰山走的，他还打听过他的一个警卫员。"

王天木的手抖了一下，碗里的水流到了桌上。

李大力似乎眼睛看得到似的："木佬，你手抖啥？"

"有吗？你见鬼差不多，晓得我手抖？"

"我感到桌子都在抖呢。"

王天木吃了一惊，将手离开桌面。

"听说那个将军的警卫员是逃兵，叫王天木，和你只差一个字呢。"

王天木脸色骤变："你在胡说什么。"挑起纸担匆匆走了。

李大力坐在那，面色凝重，一动不动。

两天后，还是黄昏，走厂回来的王天木将纸担放下，隔着桌子与李大力面对面坐下。

李大力提起茶壶，给茶碗倒水，虽然眼瞎，但茶水倒进碗里，滴水不漏。

王天木端起茶碗说："李大哥，好久没听你唱曲了，唱个来听吧？"

李大力这回答应得很爽快："木佬，我今朝就给你唱一个，就唱给你一个人听，以后，以后我就再也不唱了。"

王天木好像听懂又好像没听懂，他静静地看着李大力将桌上的竹筒抱在怀里，像抱着一个孩子。他那瘦骨如柴的手掌在竹筒上轻轻地拍了两下，竹筒发出"嘣嘣"两声低沉的响声，好像是试探一样，过了好长一会，他的手掌开始击打着竹筒，"嘣嘣"的响声由慢到快，由弱到强，由低缓到急促，由沉闷到激越。惊心动魄的击打声如狂风骤雨，若万马奔腾，王天木耳

边如雷滚过，他明显感到空气都在震颤，王天木听着听着，突然感到全身如筛糠般颤抖起来。

后来，李大力的击打声渐渐停了下来，时间似乎静止了，有的秋风轻轻地刮过，夕阳摇摇晃晃往西山顶坠落，四周一片寂静，暮霭一层层升起来。王天木静静地看着李大力，此时的李大力像一尊瘦骨嶙峋的雕塑，他的整个面庞淹没在长长的白发和白须中。王天木突然想说什么，这么多年来，他突然觉得有许多话要说，他嘴巴动了动，终究没出声。就在这时，只听"嘣嘣"两声脆响，李大力突然张口唱了起来：

> 唱歌仔俚莫称乖，晓得京城几条街？唱歌仔俚莫称王，晓得京城几口塘？唱歌仔俚莫好高，晓得京城几把刀？唱歌仔俚要称乖，晓得京城九条街，三条长来三条短，当中三条出秀才。唱歌仔俚要称王，晓得京城九口塘，三口深来三口浅，当中三口出鱼王。唱歌仔俚要好高，晓得京城九把刀，三把长来三八短，当中三把杀人刀。

老樟树上的绿色虫子垂着丝，像下雨一般往桌面上掉，李大力没去管，王天木也没去管。

"嘣嘣"两声，如裂帛，又如断弦，李大力的击打戛然而止，他猛地起身从衣袖中抽出裁纸刀隔着桌子，一下刺进了王天木的胸脯。

王天木此时手里依旧还端着茶碗，他低头看着插在胸口的尖刀，似乎早就意料到，他没有动，将茶碗里的水喝完，然后将茶碗倒扣在桌上。这时鲜血从王天木嘴角流出来，王天木朝李大力咧嘴笑了一下，头渐渐往下钩，伏在了桌面上。李大力探过身，从王天木胸口抽回刀，坐下，将刀尖对着胸口，慢慢用力，一寸一寸往里按，一尺多长的裁纸刀渐渐没入胸口，鲜血顺着刀柄往下滴。

李大力背倚树干，一脸安详如睡着一般，他的对面，是伏在桌上死去的王天木。

秋风骤起，宿鸟低飞。

暮色苍茫，残阳如血。

图书在版编目（CIP）数据

檀河谣/ 鸿琳著. —福州：海峡书局，2021.5（2024.7重印）
ISBN 978-7-5567-0817-8

Ⅰ. ①檀… Ⅱ. ①鸿… Ⅲ. ①长篇小说-中国-当代 Ⅳ. ①I247.5

中国版本图书馆 CIP 数据核字（2021）第 084088 号

责任编辑　刘晓闽
书名题字　茅林立
装帧设计　陈小玲

檀河谣
TANHE YAO

著　　者	鸿　琳
出版发行	海峡书局
地　　址	福州市台江区白马中路 15 号
印　　刷	三河市兴博印务有限公司
厂　　址	河北省三河市杨庄镇大窝头村西
开　　本	787 毫米×1092 毫米　1/16
印　　张	17.5
字　　数	174 千字
版　　次	2021 年 5 月第 1 版
印　　次	2024 年 7 月第 2 次印刷
书　　号	ISBN 978-7-5567-0817-8
定　　价	69.80 元

版权所有　翻印必究
如有发现印装质量问题请寄承印厂调换